白色長廊下

川田彌一郎 著

東正德 譯

台灣英文雜誌社有限公司

目次

序幕

走廊太長了。

十年前，高宗綜合醫院舉行高階會議檢討增建、改建工程設計案，當時的外科主任被徵詢意見時，脫口說出這句話。

高宗綜合醫院位於東京近郊J縣縣政府所在地K市的市中心，最初只是一家私人醫院，後來由醫療法人「成仁會」經營。一九七四年被醫療法人「健隆會」收購，這段期間建地擴張，建物增建及改建，逐漸發展成為K市的熱門醫院。

自七〇年前半起，都會醫院開始為用地不敷使用所苦，這種情況至今仍未改善。由於現代醫學發展迅速，陸續研發出來的新醫療儀器迅速普及於教學醫院和大醫院，不久，連規模較小的熱門醫院也必須擁有這些醫療儀器，否則便無法保持適度的醫療水準。而引進此類醫療儀器，經常要面臨的問題，就是它們的設置場所。尤其，十年前正值電腦斷層掃瞄器、超音波斷層攝影裝置、血管攝影裝置等儀器急速普及全國各醫院之際，高宗綜合醫院為了全面引進這些醫療儀器，並遷移空間狹窄的開刀房和一部分老舊病房，於是著手規畫大規模的增建、改建工程。

以前，高宗綜合醫院是由三層樓高的門診大樓、五層樓高的主要大樓，以及兩層樓高的舊大樓構成。增建、改建工程計畫的內容是：拆除舊大樓，在該建地和新購的鄰地上建築三層樓高的新大樓，並且改建主要大樓，將新大樓和主要大樓的各樓層以走廊串連起來。最初的構想包括：在新大樓的三樓設置規畫已久的開刀房，一樓設置含精密醫療儀器的檢驗室，然後將外科病房遷至二樓。但是，在計畫推展的過程中，卻因無法收購鄰地，以致新大樓被迫成爲比原案更狹短的建物。而根據庶務處的調查，它的寬度根本無法當外科病房，健隆會的副理事長草角愼二和當時的院長，只好變更原先的計畫，改提新案——外科病房仍留在主要大樓的三樓，將眼科和小兒科遷至新大樓的二樓。爲此還特別在高階會議時提出設計圖，尋求外科主任的諒解。

當時，外科主任喃喃自語地說出了開頭的那句話。

走廊太長了。

這句話的重點，並不在走廊本身的長度，而是在外科醫師心理上所感受到的長度。自來就有開刀房與外科病房距離愈短愈好的說法，理由是可以降低手術後的患者送往病房途中，出現突發事故的可能性。事實上，隨著麻醉技術、麻醉劑、麻醉儀器的改良進步，現在發生這種事故的可能性已經微乎其微，也很少有醫師在意開刀房和病房的距離，而開刀房和病房相隔遙遠的醫院也並不罕見。

不過，當時的外科主任是個作風極度保守的外科醫師，不難想像連接新大樓三樓開刀房與主要大樓三樓外科病房的走廊，在他的眼中是如何的漫長。最後，在沒有土地的現實因素下，外科主任的異議遭到排除。新大樓峻工，新開刀房啓用一年後，老爲此事向護士們發牢騷的外科主任離職，此後，就沒有人再提走廊太長的事了。

匆匆十年，高宗綜合醫院在健隆會的經營下逐日發展。

健隆會是在J縣及其周邊擁有四家醫院的醫療法人。理事長爲草角一光醫師，不過，他熱中於釣魚、養蘭遠甚於醫療和經營，理事長幾乎只是掛名而已，經營權落在以不動產交易生財的弟弟副理事長愼二手中。既然健隆會的經濟基礎是架構在草角愼二的資產上，這也是理所當然的事。不過，草角愼二並未因此而過度干涉健隆會所屬醫院的經營。對於其他三家醫院，只要不發生大問題，大體上都委交負責管理的各院院長。惟獨高宗綜合醫院的經營較爲特別，就連相當細微的事，草角愼二的意向都會透過院長、副院長反映出來。

高宗綜合醫院遠較其他三家醫院大，醫療設施也較先進。以自己的意志運作這家醫院，博得高度的社會評價，也許就是身爲不動產業者卻對醫療福祉投以關注的草角愼二的生存意義吧。他並不會以促銷藥品、慫恿檢驗等利益至上的作法來強制醫師們。就這方面來說，他相當認同高宗綜合醫院的半公益性質，雖然他會要求主任醫師仔細檢查醫師的診療內容，避免浪費，卻不會要求醫師做無謂的診療，或高聲指責非營利性但在醫學上有必要的診療。草角慎二正式的頭銜雖然是健隆會的副理事長，高宗綜合醫院卻沒有人用這個頭銜來稱呼他，反倒是「草角會長」這個與他的實力相符的稱謂公然行之有年。

在規模上，高宗綜合醫院名列K市民營醫院的第三名，居民的評價大致良好，上門求診的患者也很多，而且診療內容層次高，也很積極從事急救醫療，一直具備半公益性質。儘管如此，既然是民營醫院，就不容出現赤字。在這方面，它以撙節經費和擴大藥價差額為經營原則，每年勉強保持黑字。與患者人數相比，醫師人數偏低，因為草角會長為節省人事費用而不輕易增加人員編制。儘管有醫師抱怨，但大體上，這家醫院仍是頗受大學醫師鍾愛的赴任對象。在薪水、設備、地點、病床數這四大評斷醫院是否獲醫師鍾愛的條件中，它的薪水普通、會適度引進新設備、病床數略嫌少，不過它最大的優點是位於K市的正中央。

截至一九九〇年九月，它的病床數有二百七十張、職員人數達三百六十一人；內科、外科，與鄰縣國立M大學醫學院第二內科、第一外科；小兒科、整形外科、眼科，與國立J醫科大學；耳鼻喉科，與私立關東大學；婦產科，與國立M大學醫學院，互為關係醫院。

第一章　停止

1

似乎開始自行呼吸了。

窪島典之左手調整麻醉器氣體流量計的氧氣和笑氣的轉鈕，一邊則感受到右手持拿的黑色橡皮製麻醉袋微妙的起伏。

他讓之前持續每分鐘強壓麻醉袋十五次的右手稍微休息，輕輕擱放在袋子上，右手指尖可以捕捉到袋子微微膨脹之後又凹縮下去的感覺。

剛當外科醫生，學習麻醉的時候，還不太能掌握這種感覺。「輕一點！要輕一點觸摸袋子！」被高兩屆的學長近田徹這麼一吼，手反而緊張得直冒汗，指尖的感覺變得更加遲鈍。冷漠的近田似乎並不討厭教導比自己年輕的醫師，儘管語氣嚴厲，但就某種意義而言，反倒可以說他對麻醉教導心切。

不過，以技術爲中心的外科醫療，有許多地方還是經驗至上。兩年半後的今天，窪島對指尖的感覺已有相當自信。絕對沒錯！雖然只是微微起伏，但他的確可以感受到麻醉袋因手術患者自身的力量而振動著。遏止呼吸的肌肉鬆弛劑失去藥效，這便是患者開始自發性呼吸的徵候。

「最後打麻斯隆（注：藥品名，音譯，詳見後文）是什麼時候？」

窪島問站在手術台右側負責護理患者、身材高挑的開刀房護士榊田十和子。

患者被固定的右手邊，自動血壓計的紅色文字隨時在顯示血壓的變動，正對面擺放著比手術台略高的木製紀錄台，榊田十和子瞄瞄攤開在台上的麻醉紀錄，確認之後，抬頭回答：

「四點十五分，〇・二五 c.c.。」

麻斯隆是箭毒系（curare）肌肉鬆弛劑，全身麻醉的腹部手術幾乎都使用它。所謂肌肉鬆弛劑，係指解除全身肌肉緊張，使其柔軟的藥物。腹部手術之所以使用肌肉鬆弛劑，是因爲如果不使腹壁肌變柔軟，便無法讓手術切口擴張開來，而且小腸隨時會湧出來，手術勢必極爲困難。使用麻斯隆能使呼吸肌肉鬆弛下來，因此手術患者便會停止自發性呼吸。這種藥物在醫藥品分類上屬於毒藥，一安瓿（注：ampoule，裝注射液劑的小玻璃管）才一 c.c.，依患者體重決定劑量，靜脈注射的話，一 c.c.大概有一小時左右的效力。

窪島回頭看壁鐘，確認現在的時間，指針指著下午四點四十分。

他從麻醉用椅上站起來，視線越過懸掛在患者臉部上方的金屬棒上的藍色防覆布，盯住手術部位。開始縫合的時間爲四點二十五分，先前從張開的手術切口夾雜著氣味暴露出來的蜿蜒小腸團，已被粗粗的肌膜縫線擠進腹腔內。縫合手術就在上面進行，患者皺紋不多且富光澤的腹壁皮膚，儘可能地被縫得美觀。皮膚縫合手術已經完成三分之二，近田屈著上身操作持針器，在手術切口兩端的皮膚縫上針線，站在對面的西嶺副院長則負責結線。近田的手術如同他的個性，嚴密而正確。在無影燈的柔和光線下逐步完成的縫合手術，其幾何學的美麗，每次看都令窪島歎爲觀止。只不過，堂堂如近田和副院長，也因長時間的手術而汗濕了整個藍色手術衣的背部。

對三十五歲的並森行彥所施行的十二指腸潰瘍手術，於一九九〇年九月二十五日星期一午後一點二十分起，在高宗綜合醫院開刀房第一手術室進行。執刀醫師近田徹，指導醫師西嶺治郎副院長、麻醉醫師窪島典之。手術名稱爲「廣範圍胃切除術」，藉由切除十二指腸的潰瘍部分和胃的下方約三分之二部位，減少胃酸的分泌量，以防止潰瘍再發，是很傳統的手術。胃潰瘍、十二指腸潰瘍的手術最近比較少，主要是因爲內科治療的進步，大部分都能以藥物治癒。但也因爲如此，動手術的患者，大都已惡化到無可回天的地步，手術起來也挺麻煩的。並森行彥的情況也屬十二指腸潰瘍造成變形，腸壁嚴重沾黏、腫脹，以近田的技術也很難將它剝離，不過，這個部位處理完之後，手術便進行得很順利。接下來切除三分之二的胃，然後依慣例接合剩下的胃和小腸。

應該可以打帕勒斯基嗚（注：藥品名，音譯，詳見後文）了吧？

窪島再次輕觸麻醉袋，確實可以感受到患者的自發性呼吸。

使用麻斯隆這種肌肉鬆弛劑，在麻醉最後必須靜脈注射箭毒系解毒劑帕勒斯基鳴，以解除肌肉鬆弛，促進呼吸。這一點在學生時代學過，考試也考過，因此在當外科醫師之前便知道了。問題是施打帕勒斯基鳴的時機，這部分近田可是千叮萬囑。近田教導窪島的鐵則是：「施打帕勒斯基鳴一定要在確認患者有自發性呼吸之後。」窪島一聽再聽，耳朵簡直要長繭了。

「注射帕勒斯基鳴！」窪島高聲發出指示。

榊田十和子離開紀錄台，跑向手術室入口處角落的器械處理台。白色器械處理台上並列著注射器、針、點滴瓶、安瓿等。她以靈巧的手法陸續折斷安瓿，再以一支玻璃注射器吸入安瓿內的藥液，然後走回來，將注射器插入留在患者右腕處的點滴器三路活塞的側管，接著扭轉三路活塞的開關，讓藥液緩緩流入。

患者的自發性呼吸愈來愈明顯，麻醉袋的起伏慢慢變快，已經無須人工呼吸了。窪島將手抽離袋子。

手術已告結束，藍色防覆布被移除。並森行彥赤裸的身體整個暴露在手術台上。從嘴巴插至氣管的塑膠內插管被膠布層層裹住，緊緊固定在臉頰上，整個臉幾乎要歪斜了，看來可憐兮兮的。不過，就是這條經由輸送氣體的軟管連繫麻醉器的內插管，在過去三個半小時中撐住了這名患者的生命。接下來，還有拔除這條管子的重大工作等著窪島呢。

副院長已經離開手術室，近田卻只脫下最外面的手術衣，抱著雙腕站在手術台左側，緊盯著窪島。如果窪島在步驟上稍有閃失，肯定立刻就會被罵得狗血淋頭。

窪島走到並森行彥的耳邊，再三大聲呼叫他。

「並森先生，張開眼睛！」

並森行彥一副拚命要撐開眼皮的樣子，瞇開眼睛兩三次之後，才完全睜開眼睛。眼瞼的肌力恢復了，接著是手。窪島握住並森行彥的左手。

「握手看看！」

窪島的手被用力握了回來，雖然不至於疼痛，但手術後有這種握力已經很夠了。麻斯隆已經失去效力。

窪島拆掉固定氣管內插管的膠布，仔細抽吸裡面的分泌物之後，才將氣管內插管從口中抽出。

「伸出舌頭看看！」

舌頭猛然伸出。這名患者幾乎完全清醒了，至少不會發生舌根鬆落導致窒息的情況。麻醉至此大致結束，近田也帶著滿意的神情走出第一手術室。

護士們聚集在患者四周，一面做尿量、血壓等的最後測量，一面收拾患者身上的繫帶和管子。窪島坐在手術室的地板上，伸開雙腳，略事休息。下一台的緊急手術馬上就要開始，休息的時間很短暫。

「幫忙換床好嗎？」

榊田十和子大聲叫喚，窪島站起身來。榊田十和子、石倉護理長和其他四名護士正準備扶起並森行彥的身體。窪島把手伸至頭部下方，在「一、二、三」的吆喝聲中，並森行彥的軀體從手術台被移至推床上。外面套著白色床單的電毯蓋住赤裸的身體，點滴瓶懸掛在患者右腳旁的架台上，電毯調整器的帶子掛在點滴瓶旁邊。

窪島再次檢查患者的狀況。馬上就要進行下一台手術，無法親自把患者送回病房，所以必須再仔細檢查看看。點滴順利滴落，沒有異樣。並森行彥的嘴唇略微泛白，但仍有血色；呼吸穩定規律，呼叫他時還會清楚地回應一聲「喔」。

好，大概沒問題了。

窪島離開第一手術室，爲準備下一台菊地武史的手術，走向內側的刷手槽。時間是四點五十七分。

「別擔心，只是盲腸手術，很快就結束了。」

在裡面的第五手術室，做完腰椎麻醉和腹壁消毒之後，窪島瞄了一下菊地武史的臉，安慰他說。菊地武史是年甫二十的自由零工，今天上午身著花格襯衫、淡紅色便褲，朝氣十足地來到窪島的門診處。當時身體雖然疼痛，但仍精神奕奕，回話也鏗鏘有力。可是一旦上了手術台，眼神也難掩不安，臉頰繃得緊緊的。

「是，麻煩醫師。」

菊地武史小聲回答。

窪島走向執刀醫師的位置，向指導醫師近田致意之後，開始進行手術。

手術刀在右下腹劃開小切口。

近田伸出夾鉤，分開皮下的黃色脂肪。

年輕、富光澤的白色肌膜顯露出來。

突然，第五手術室出入口的門開了。

窪島抬起頭，護士的白色身影映入眼簾。

窪島頓時知道有異常狀況發生。手術室是乾淨的場所，除非有要事，否則護士不會衣服都不換，就身著白衣跑進來。一股莫名的涼意竄上窪島的背部。

「醫師，不好了，請趕快來。」

護士是外科病房的梶理繪，她神色蒼白、緊張，眼看就要哭出來了。

「什麼事？」

近田吼道。

「並森先生在推往病房的途中，呼吸停止了。……請趕快過來！」

梶理繪以近乎哀叫的聲音說。

近田露出迷惑的神情，但也僅僅一瞬之間，當即就下決斷，再次吼道：

「窪島，快去！這台手術我來做。」

窪島離開手術台，沒換手術衣就尾隨梶理繪出去，在光滑的開刀房地板上全力奔跑。開刀房出入口的堅固鐵門外，就是連接新大樓開刀房和外科病房大樓的白壁長廊。在沒人往來的走廊中央一帶，赫然停放著並森行彥的推床。一名護士就像整個人壓在上頭似地正在做心臟按摩。

雖然梶理繪的話讓人對事態已有某種程度的了解，但親眼看到這幅景象，窪島仍覺得血液從頭一直往下降。

怎麼會這樣呢？

來到推床旁邊一看，並森行彥的呼吸已經完全停止。嘴唇和手腳的指甲都失去血色，變成暗紫色。只有攤伸開來的手腳隨著心臟按摩的動作上下起伏，身體卻一動也不動。顯然已經到達再不蘇醒就一命嗚呼的狀態，即使能夠蘇醒，腦部機能恐怕也無法復元。

不管怎麼樣，做人工呼吸要緊。

窪島大口吸氣，嘴唇直接貼在並森行彥紫色的嘴唇上吹氣，根本沒有時間嫌髒。

重複兩次、三次。

「怎麼樣？」

「不行，胸部一點動靜也沒有。」

施行心臟按摩的護士坂出圓搖頭回答。

梶理繪從推床下面的置物箱取出手動的人工呼吸袋，遞給窪島。雖然改用這東西做人工呼吸，胸廓依然沒有動靜。會不會是舌根鬆落，或分泌物塞住氣管？看來這個方法已經無效了。

再插入氣管內插管吸出口中分泌物、注射強心劑及改善血液急速酸化的重碳酸鈉……窪島的腦海浮現各種可能的措施，但是，在走廊中什麼也不能做，既無器具、藥品，人手也不夠。

窪島要梶理繪跑去叫人、坂出圓繼續做心臟按摩，自己則拉著推床，迅速拐彎進入外科病房。聚集在大廳的患者和探病的人投射出好奇的眼光，使他的焦慮加深。經梶理繪通知，四名護士從護理站趕過來。推床被護士們推到護理站對面的加護病房。

到這兒已經延遲了四分鐘，停止呼吸大概已經超過十分鐘了，還救得活嗎？

「插管！」

窪島的聲音聽來僵硬。

他使用護士遞過來的喉頭鏡，撐開患者的喉頭，插入氣管內插管，並立即接上人工呼吸器。人工呼吸器開始發出「咻、咻」的聲音，患者的胸部總算膨脹起來。

「快打重碳酸鈉！」

梶理繪卸下患者右臂的點滴回路的三路活塞側管口蓋子，插入裝滿藥液的大支玻璃注射器。三路活塞的側管口原本在「off」（關）的位置，點滴瓶和患者則處於接通的狀態。梶理繪轉動三路活塞的開關，以便注入藥液。

這時候「波」一聲，注射器的尖端折斷了，似乎急著操作，右手一滑，用力過度了。

「對不起！」

「快換三路活塞！」這時候還搞這種飛機！窪島忍住破口大罵的衝動說道。

另一位護士立即拿來新的三路活塞。點滴的接管一接上新的三路活塞後，便開始注入藥液。

「換我來按摩！」

窪島看不慣護士做心臟按摩時沒勁兒的樣子，索性自己動手。他以上半身的重量連壓三次、停一次，並施加人工呼吸，期待患者胸廓膨脹起來。

心電圖螢幕只顯示出像草書般因心臟按摩而產生的不規則波紋，完全沒有心臟自發性跳動的跡象。心臟仍然持續停止的狀態。

「注射腎上腺素、正腎上腺素！」

窪島一邊拚命壓著並森行彥的胸口，一邊叫道。

2

「到底問題出在哪裡？」

西嶺副院長狹窄的額頭浮出皺紋，神色不悅地用低啞的聲音問道，溫和圓胖的臉因爲困惑而扭曲。面對突然發生的異常狀況，或許是爲了安定心緒，他取下茶色邊框的眼鏡，右手拿著拭鏡布不斷地擦拭鏡片。

心臟按摩和人工呼吸持續施行了十五分鐘，並森行彥的心臟總算恢復跳動，那一瞬間，窪島的心情就像黑暗中有陽光射入一般。不久，患者開始有自發性呼吸，也可以卸下人工呼吸器，改換氧氣管，而且也開始流出少量的尿液。但是，喜悅僅止於此——患者完全沒有恢復意識。窪島在並森行彥耳邊幾乎叫啞了，但他完全沒有反應，而且手腳癱軟，不論怎麼拍打、掐擰，他仍動也不動。

「心電圖顯示不是心肌梗塞，送到CT室（電腦斷層掃瞄室）做頭部CT掃瞄，也沒發現腦出血或蜘蛛膜下出血。此外，沒有貧血，不可能是開刀部位血管破裂，因爲如果大出血的話，在沒有輸血的情況下，應該不會恢復心跳。最後的一個可能，是血栓堵住肺或腦的大血管。……也就是說，可能是肺梗塞或腦梗塞。」窪島謹慎挑選字眼回答。

「大概不是吧。如果是會造成呼吸停止的肺梗塞，病患恐怕早就死了。另外，也沒有看過這種情況的腦梗塞。」副院長輕歎一口氣，然後說道。

「嗯，目前只知道，現在的狀態大概是持續停止呼吸所引起的腦缺氧症。至於爲什麼會停止呼吸？……我也不得而知。」

在外科大樓最內側的醫師室中，副院長和近田坐在兼當床用的塑膠皮沙發上，窪島隔著被墨水弄髒的桌子，坐在他們對面。

「事到如今，我們不能不檢討一個問題，那就是麻醉。這絕對不是在責怪你，只是在考慮出事的原因時，如果單單避開這一點，是說不通的。怎麼樣？在解除麻醉的步驟上有沒有失誤？」

副院長以糖衣包裝嚴厲的質問內容，輕緩而平和地問道。

窪島早有心理準備會受到這樣的質問，雖然問心無愧，但畢竟是他負責麻醉的，被質疑也是無可奈何的事。

「絕對沒有。我一直都遵照近田醫師的教導解除麻醉，今天也不例外。」

「近田，你認爲呢？」

正在翻閱並森行彥病歷表的近田抬起頭來。這是一張輪廓深而冰冷的臉，線條像機械般剛硬，欠缺柔和，不過算得上英俊。

「我一直在旁觀看，他的蘇醒法沒有問題。在第一手術室最後看到患者時，患者已經會應答，肌肉也恢復了力量，也有充分的自發性呼吸。就常識而言，以當時的狀態返回病房，不會有任何問題。」

「是嗎？」副院長點點頭。

「只不過……」

「只不過？只不過什麼？」

「我不想多說，有一件事我並未確認。」

「什麼事？你說。」

副院長的音量略微變大。

「施打帕勒斯基鳴的時機。」

窪島知道近田要說什麼，背部頓時冒出汗來。他直想大叫一聲「沒這回事！」

「怎麼說呢？」副院長問。

「我並不知道窪島指示開刀房護士做帕勒斯基鳴的靜脈注射時，患者是不是會自行呼吸了，因爲按麻醉袋的人並不是我。」

說完之後，近田調整坐姿，直盯著窪島，視線尖銳，帶著責備的意味。

近田把說話對象轉到窪島身上，繼續說：

「這種情況不太可能會偶發其他疾病，而且我確信這不是一般的麻醉事故。最有可能的是：你太早發出注射帕勒斯基鳴的指示。也就是說，解除麻醉時，沒有淸楚確認患者是否有自發性呼吸，就發出注射帕勒斯基鳴的指示。注射帕勒斯基鳴之後，一旦麻斯隆的肌肉鬆弛作用解除，患者就開始呼吸，意識也恢復過來。但是，事實上患者的血液中還殘留著手術時注射的麻斯隆，因此離開開刀房，帕勒斯基鳴一失效，麻斯隆便又發揮作用，停止患者的呼吸。」

「不對，我從麻醉袋確認患者有自發性呼吸之後，才指示注射帕勒斯基鳴的。當時麻斯隆的效力應該已經完全消失了。」

窪島語氣強烈，他自信在這一點上絕對沒有失誤。

「可是，萬一你對麻醉袋的感覺出問題的話呢？事實上患者還沒有自行呼吸，而是你感覺錯誤呢？」

近田的攻擊嚴厲、尖銳，並非始於今日，這之前窪島不知已被斥罵過幾次了。不過，那些大體上都可以接受，窪島幾乎不曾頂撞過，然而今天近田的態度明顯和平時不同，根本不是單純的教育指導，而是含有惡意——手術明明順利，患者卻出了問題！窪島覺得近田把對此事的憤慨完全投射在自己身上。就算近田是高兩屆的學長，這麼重大的問題也不能要他背黑鍋。他不能默默承受。

必須反擊才行。

「我能掌握痲醉袋的情況。絕對沒有錯，患者已經開始自行呼吸了。」

「別說了。」副院長粗聲打斷二人的爭論。「這一點以後再說。現在最迫切的問題是，要怎麼向患者的家屬交代。患者是什麼背景？好像是建設公司的職員吧。家屬的背景呢？請主治醫師詳細說明一下。」

也許激動的人只有窪島而已。近田已恢復平常冷靜的表情，他把並森行彥的病歷放在桌上，翻到入院當時的看護紀錄欄。

「並森行彥是眞中建設K分店營業第二課的股長。三十歲左右開始罹患十二指腸潰瘍，到現在已經有五年了。原本在公司附近的診所接受藥物治療，不過，因爲工作太忙，經常出差，喝酒機會也多，導致最近病狀惡化，X光片顯示十二指腸狹窄狀況更爲嚴重。在自覺症狀方面，稍微吃多一些便會嘔吐，體重減輕。後來接受動手術的勸告，九月七號被介紹到副院長這兒來。最初由我診察，接著我請副院長診察，經副院長許可，由我主治。手術日期是患者本人決定的。患者有一點神經質傾向，不過，應該屬於拚命工作，拚命喝酒的普通上班族。家屬包括二十九歲的妻子、小學一年級的男孩，一家三口。住所在本市。患者父母都不在人世，只有一個弟弟，是精密機械公司的職員，目前在加拿大出差。手術前來聽取說明，和現在來陪他動手術的，都是他太太，名叫良美。」

「他太太現在情況怎麼樣？」

「當然很激動。剛才已經在加護病房向她簡單說明過病狀，不過，我想最好請她到這兒來，再向她說明一下比較妥當。」

「對於在走廊停止呼吸的原因，你怎麼說？」

「剛才我只說還在檢查中。」

「不能老說在檢查中，而且也已經做過腦部電腦斷層掃瞄了……」

「要怎麼說呢？」

「嗯……」副院長雙手按著額頭思索。「大概只能說是腦血流障礙吧。腦部有一部分血液突然無法暢流，原因可能是血塊堵住腦血管。這種情況X光不能馬上照出來……」

「我懂了。」

近田闔上病歷，按著桌角站起來，走出房間。不久，他帶著穿紫色上衣、茶色裙子的並森良美進來。

窪島只在上午察診時見過良美一面。她身高適中，體態輕盈，五官從細緻的眉毛到緊繃的嘴線都很端正，是一位美麗的女子。不過，現在臉色極壞，嘴唇和臉頰蒼白無血色，而且似乎因震驚而停止思考，眼睛失焦、光彩盡失。

副院長請她入座，良美不知是沒看入眼裡，還是沒聽入耳中，無意坐下。近田就站著，開始說明患者的病狀。

良美頭部低垂，既不質問也沒反駁，只是靜靜地聆聽。說明結束時，姿勢依舊、沈默依舊。

緊迫得幾乎令人窒息的氣氛，在房間中擴散開來。

終於，良美抬起頭，以細弱的聲音問道：

「我先生會復元嗎？」

「嗯……我想大概會慢慢好轉。」

近田避開肯定的答覆。

「能復元的話，以後的事怎麼樣都沒關係。只要能復元……」良美在自言自語之際，情緒似乎激動起來。「眞的會好嗎？」

「我想應該會。」

近田的聲音失去了平常的氣勢。

「讓他好起來，一定要讓他好起來……可是，現在他的樣子簡直……像植物人。拜託！

求你讓我先生恢復原來的樣子。」

聲音慢慢升高，最後變成哀號，身體激烈晃動。窪島急忙上前去，扶住眼看就要倒地的身軀。

護士們將並森良美推到空病房之後，良美的哀號聲似乎仍在醫師室中盤旋。副院長和近田都坐回原來的位置，靜默不語。良美的反應超乎預料地激烈，連窪島也受到強烈的衝擊。

「事情嚴重了。」

副院長突然出聲。

「嗯，看起來個性蠻強的，萬一情況不妙，事情就麻煩了。」

近田難得地露出困窘的神情。

「而且時機很不恰當。」

「的確。」

窪島試著考量副院長的立場。現在的院長是內科醫師，因爲肝硬化而反覆入院、出院，預定明年三月退休。健隆會的草角會長已內定西嶺副院長繼任，而且醫院的實質營運也開始以副院長爲中心了。現在發生這種麻煩，恐怕會危及他升任院長的寶座。副院長當然不願多生事端。

「好吧。」副院長似乎心意已決。「往正面去想吧。患者還沒死，應該還有可能恢復意識。問題是怎麼做才好？」

「所有必要的處置都做了。腦缺氧症的後續治療，大概要靠高氣壓氧療法了。」

近田回答。

「高氣壓氧療法？那只能仰賴J醫大或K中央醫院了。」

副院長歎氣道。

所謂高氣壓氧療法，是將患者放置在高氣壓的氧氣槽中一定時間的治療法，每天重複施行。窪島只聽過，沒有親眼看過。

「據說，高氣壓氧除了潛水夫病和血管疾病之外，對腦缺氧症也有效。我還聽說，上吊或一氧化碳中毒，只要一息尚存，就可以立即放進去搶救。並森行彥的情況也不妨一試。只不過，能否恢復意識和手腳的動作，就很難說了。」

「如果眞的要這麼做，患者應該送到K中央醫院。」

K中央醫院除了是大學醫院之外，也是J縣最大的醫院，有許多M大的醫師。

「患者太太的想法要考慮，如果匆忙將患者送到別的醫院，她會不會對我們失去信任？將患者留置本院，我們盡力治療，她的感覺會不會好一些？」窪島對近田說。

「這不是情緒問題。該做的，我們就要做。如果怕被指說不負責任，那我們每天晚上到

K中央醫院去，不就得了嗎？」

「我不希望事情鬧大。……要是K中央醫院那邊的人說了什麼閒話，就麻煩了。」

副院長語氣忡忡。

「應該不會。」

「這種病症，高氣壓氧有效嗎？」

「其實希望不大，但是沒有其他更好的療法。」

「是嗎？」副院長渾圓的臉一時浮現遲疑的表情。「怎麼說今天都太晚了，明天早上我打電話拜託K中央醫院，如果在這之前意識恢復的話，就不用送去了。」

「是的。」

近田雖然說出意見，但並不願拂逆副院長的最後決定。

副院長撂下一句「我和草角會長有約」，逕自離開。

近田繞過桌子，走向窪島。

「晚上不能完全交給護士。這樣吧，我在病房待到十二點，之後由你負責值夜到早上。當然，明天還有工作，你假寐一下並無妨。」

「我知道。」

近田正要走出房間，窪島想起一件因這次的騷動而差點忘記的事。

「醫師，『闌尾』怎麼樣了？」
「闌尾？」
近田尖聲回問。
「喔，我是指菊地武史的盲腸，發炎到什麼程度？」
急性闌尾炎，也就是所謂的盲腸炎，並沒有絕對的診斷方法，因此通常必須靠手術來驗證自己的診斷能力。
「啊，是黏膜性闌尾炎。已經腫大，而且血管充血。白血球數多少？」
「五千五百。不是很多，我才有點擔心。」
「那一定是闌尾炎沒錯。我也覺得應該動手術。」
這句話彷彿是混亂的一天中惟一的救命仙丹，一直在窪島的耳際迴盪。

深夜三點，窪島巡視加護病房。
並森良美坐在病床右邊的椅子上睡著了。
窪島不想吵醒良美，刻意到並森行彥耳邊叫他的名字。雖然可以自行呼吸了，但還看不出意識狀態有改善的兆候。接上心電圖導線和點滴的四肢，依然像棒子般癱直在床上。
深夜的靜寂中，只有心電圖顯示器響起傳達行彥心跳狀況的金屬聲，節奏有規則，波形也沒有異常。
窪島用聽診器貼著行彥的胸部，聽到痰堵住的「喀嗒」聲。必須把痰吸出來才行。
加護病房只有一張床，患者頭部那一側的床緣頂著牆壁。床的左側擺了一張貼著牆的側桌，上面放著裝有清洗吸管用的消毒水塑膠罐、酒精泡棉、大鉗子等。
抽吸器固定在牆上，垂下細管。窪島將氧氣管從行彥的氣管內插管卸下，用鉗子夾住細管，放進插在行彥口內的氣管內插管中，抽吸氣管內的分泌物。
行彥反射地作嘔，臉痛苦地扭曲著，細瘦的身體激烈起伏，儘管對疼痛已無反應，但氣管反射還在。
聲音吵醒了良美。目睹這個景象，良美表情一驚，視線猛然朝下。
「太痛苦了，不能動很痛苦，可是，這樣動也很痛苦。」
良美喃喃道。
「抱歉，因爲並森先生沒有意識，如果不幫他抽痰，會窒息。」
窪島也很難受，他儘可能不讓家屬看到這種景象。
「發生這種情況，我到現在還不能相信，簡直是惡夢。今天中午以前明明還好好的，他還說出院以後喝酒、吃飯都不用擔心了，要比以前更賣力工作。可是……」
窪島腦中在盤算該怎麼回答，卻一時找不到適當的字眼，只好默默站著。

良美緩緩抬頭看著窪島，眼神交雜著怨恨和哀求。

「我們只有他可以依靠，如果他不能復元，我和小孩要怎麼活下去？」

窪島受不了面對良美的壓迫感，逃難似地回到護理站。

檢查護士對行彥的尿量、體溫、血壓等狀況所做的觀察表之後，窪島交代兩名值夜的護士還要去抽幾次氣管內的分泌物。

「我們會去，可是我們也很累唷！」

安撫護士的牢騷也是件累人的工作。走出護理站，返回醫師室時，窪島在精神上、肉體上都疲憊到極點。

有一小時可以休息，窪島將沙發放平，沒脫下白衣，蓋上毛毯躺了下來。

睡魔立刻來襲。

「醫師、醫師！」

在護士搖晃下，窪島醒過來。

「並森先生心跳停止了！」

窪島跳起來，鞋子沒穿就在病房大樓跑起來，直奔加護病房。

並森行彥的氣管內插管的氧氣管已經被取下，罩上手動人工呼吸袋，另一名值夜的護士右手按壓人工呼吸袋，左手做心臟按摩。窪島立刻接過袋子，開始按壓。

良美似乎陷入恐慌狀態，握住行彥的右手晃著，不停地大聲呼叫他的名字。

「怎麼回事？」

這句話是問護士的，回答的卻是良美顫抖的聲音。

「我睡了一下……醒來……我先生就停止呼吸……臉色發青，我就趕緊叫護士……」

護士按摩的手沒停下來，以激動的口吻承接良美的話：

「我發覺護理站的顯示器心跳稍微加快，突然又變慢了，正想要過來看看，緊急鈴就響了。過來一看，心跳已經停止。」

「氣管抽吸呢？」

「馬上就做了，抽出好多分泌物。」

是痰堵住氣管嗎？

窪島怒從中來，可是這股怒氣對誰都不能發，絕望如同波濤般湧過來。

是這麼芝麻綠豆的事把患者給弄死了嗎？

「行彥，你醒來呀！」

良美的叫聲劃破寂靜，在深夜的病房中迴響著。

3

上午五點十三分，在火速趕來的近田指示下，窪島中止心臟按摩，這個時辰便成爲並森行彥的死亡時刻。

「安息了。」近田向良美深深鞠躬，然後加了一句：「我們盡了力。」但這句話恐怕並未傳進抱住行彥遺體大聲哭喊的良美耳中。

護士們知道這時候不當的安慰只會招來反效果，便站在良美旁邊靜靜看著。

窪島覺得胸口悶得快要窒息，同時全身像針扎一般，陷入哀惜與恐懼交錯的情緒中。良美的哭聲像咒語似地緊勒住他的心。他束手無策，只是愣愣地站著，如同被牢牢綁住。

近田拍拍他的肩膀，以下顎暗示他出去，窪島的腳才總算動了起來。

「必須告訴家屬說要解剖。」

回到護理站，近田語氣平靜地說。

「解剖……？」

窪島吃了一驚，他作夢也沒想到。

「沒錯，等他太太稍微平靜之後，再勸她看看。」

「不太可能，他太太不會答應的。」

「不一定，平靜之後也許心情會改變。而且，也要看我們這邊怎麼解說。她應該也想知道死因吧。還有，這種情況，她答不答應都不太成問題，重要的是我們應該勸她解剖。」

「爲什麼這麼說？」

窪島不明白話中含意。

「想想看，這名患者……你不覺得搞不好會造成醫事糾紛嗎？」

窪島點點頭。昨天在走廊看到並森行彥停止呼吸的模樣，就多少有這種預感。對良美的哭聲會覺得害怕，也是因爲擔心這件事。

「正因爲這樣，不是更不應該去惹她反感嗎？」

「這方面我也沒什麼經驗，不過，一般而言，日本的醫事糾紛多半起因於醫院方面和患者家屬在情緒上的相左，例如該醫師態度惡劣或語氣傲慢之類的。據我聽到的，有很多案例是，雖然過失明顯在醫院這邊，但因爲醫師事後盡力照顧，儘管結果無可回天，家屬還是能諒解，而沒有釀成紛爭。不過，一旦演變成醫事糾紛，這時候就得邏輯優先了。如果沒有解剖，人家也許會質疑當時爲何不解剖。如果知道醫師沒有建議，恐怕會被非難說有所隱瞞。如果是患者方面拒絕，那麼醫院方面對這一點就沒有責任。」

即使在這種時刻，近田還能保持近乎冷酷的理智，委實令人佩服，窪島就沒辦法想到這麼多。

窪島坐在護理站入口處的椅子上，記錄並森行彥最後的情況。突然，「醫事糾紛」這四個字眼閃過腦海，心想說不定這個病歷的記載會成爲證據，弄得他每個字句都要推敲，反而無法下筆。最後，變成完全屏除自我見解、只羅列客觀事實的紀錄。

近田一直默默坐在旁邊，看到護士返回護理站，便叫住她，命令她去請良美過來。

被護士帶來護理站的良美，神情完全出乎窪島的預料。

良美已經停止哭泣。細長的眼睛在哭過之後更加美麗，但她顯然不像容易被擊垮的柔弱女子，理智的光彩已重回眼神，嘴線緊繃，顯現強烈的意志。似乎在短時間之內，她就恢復近田所謂的個性堅強的女性本質。

說不定她會答應解剖。

窪島有這種預感。這種感覺變成新的恐懼，令他打起冷顫。

良美輕輕點頭，坐在近田對面的椅子上。

近田以冷靜的口吻，重複敍述並森行彥病故的經過。

良美沒有質問，靜靜聆聽近田的敍述，從表情無法窺知是生氣還是諒解。

「死因是後來痰堵住氣管內插管而導致窒息。這是在沒有意識的狀態下無可奈何的事。問題的關鍵是在走廊停止呼吸，而這一點就像前面所說明的，我們認爲是因爲有大血塊堵住腦血管。」

「是嗎？」
良美首次開口。
「不過，這純粹是從患者的狀態或檢查所做的推斷。如果要確實查出病因，就只有實際查看患者的內部才行。我們了解這時候您的心情必定很難受……」
「要解剖嗎？」
良美打斷近田的話。
「嗯，我們還是想確定病因。有時檢視體內，會發現意外的疾病或家族性的先天疾病，這樣對孩子也有幫助。……我們查看內部之後，遺體會縫合得很好，妥善交還給您的。」
良美沈默好一陣子沒有答腔，然後輕輕揚起眉毛，露出疑惑的表情，並且將視線轉離近田，低頭沈思。
「這件事我從沒想過。」
良美以細小的聲音說。
「您覺得不妥嗎？」
「怎麼做比較好？」
良美抬頭反問。
「可能的話，最好……」

近田以生硬、公事化的語氣說。

「這件事……」良美歎口氣。「我很難忍受我先生的身體再被切割，不過，這件事不只是我一個人的問題，我先生的弟弟目前人在加拿大，他一定會想知道我先生是怎麼去世的；我兒子再大一點，我也必須告訴他死因。」

良美的答覆似乎令近田感到意外，近田的臉有一瞬間微微扭曲，窪島看在眼裡。不過，近田很快就恢復原先冷靜的表情。

「您願意嗎？」

「嗯，只好這樣了。」

良美這一次語氣堅決。

護士已經以電話通知副院長並森行彥死亡的事，窪島又親自打電話到副院長家。

「我正想要過去，事情麻煩囉。」

「我能力有限，抱歉。」

「哪裡，我早先就認為他沒救了。只不過，如果能拖一陣子就好了，至少一個星期。這樣的話，他太太受到的刺激會緩和一些。」

窪島告知決定解剖並森行彥的事。

「真的嗎？」

副院長似乎相當震驚，電話那端一時緘默無聲。

「您是說不應該建議解剖嗎？」窪島憂心地問。

「不，建議當然要建議，只不過我沒想到對方會答應。算了，我現在過去。八點半我再打電話去K中央醫院病理部。」

星期三早上本來是由窪島和副院長負責門診，近田負責巡房。窪島也很想參與解剖，但這種情況理應由主治醫師近田來做，因此，門診全部交給副院長，窪島則代替近田察診住院患者。

窪島略微提早結束巡房，跑著來到二樓的病理解剖室。

福馬林的刺激氣味突然迎面撲來。並森行彥赤裸的遺體橫陳在狹窄房屋中央的不鏽鋼解剖台上。橡皮管的水不停地流洩，沖洗溢在台上的血液、尿糞及分泌物。

臟器似乎已經取出，身穿茶色工作服，前面還披上防水布的男性檢查技師，在遺體腹中塞完棉花，正開始用大針縫合腹壁。近田和K中央醫院的病理醫師，在解剖台旁邊的木製台子的砧板上面，用鋏子和手術刀將取出的臟器一塊塊切開。

「辛苦了。怎麼樣？」

窪島問病理醫師，對方戴著大口罩，看不出容貌和年齡。

「腦部呈現典型的缺氧血症。」

病理醫師指著被分割成幾塊切片、放在大型玻璃標本瓶內的腦子說道。

「不過，這應該是手術後在走廊呼吸和心跳停止的結果，至於原因……不清楚。」

「腦部沒有血栓嗎？」

窪島抱著些許的期待問道。

「大血管沒有，小血管沒有仔細檢查不能斷言，不過，應該沒有嚴重到足以停止呼吸的症狀。不管怎麼說，年紀還輕，不足以引發腦梗塞。」

這一點窪島也了解。三十五歲出現令呼吸突然停止的腦血管障礙，通常動脈瘤破裂引發蜘蛛膜下出血的可能性，遠高於腦梗塞。不過，這一點已被電腦斷層掃瞄否定了。

「沒有心肌梗塞或肺梗塞嗎？」

「沒有。」

也就是說，病理解剖並沒有找出在走廊停止呼吸的原因。

「最後的死因，可以歸諸於『窒息』嗎？」

窪島沮喪地問。

「也許。」

病理醫師好像在確認自己的話是否妥當，停了一會兒，才輕輕點頭。

「因爲並沒有痰殘留著。急救措施做了嗎？」

「嗯，護士說從氣管內插管中，抽出相當多的分泌物。」

病理醫師似乎在等窪島這句話，聽完便重重點頭。

「那麼，雖沒有痰殘留，我也只好斷定是氣管內插管被分泌物堵住而導致窒息死亡。」

病理醫師回去之後，副院長和近田對該如何轉告並森良美解剖的結果，稍有爭論。

「只能說腦部沒有血塊，造成在走廊停止呼吸的原因不明。」

呈露疲態的近田以略微輕率的口吻說。

「不行，事到如今，說一句原因不明根本無法收場。」

副院長皺著眉反對。

「既然解剖，就留有紀錄，總不能說謊吧。」近田說。

「我並沒說要說謊，而是希望你這麼解說：雖然解剖的結果並不能很清楚地下定論，不過，應該可以推測，並非像早先所說的有大血塊，而可能是因爲小血塊堵住腦血管而導致呼吸停止。這麼說，應該不算說謊吧。」

副院長的說法的確只是推論，不能算是說謊，和近田的說法在語氣上有微妙的差異。窪島也了解這種差異的目的何在，只不過，這多少有點像哄小孩，良美會接受這種說詞嗎？

「好的。」

近田一如平常，並沒有再違逆副院長的指示。

窪島跟在近田後頭走下樓，進入一樓的靈堂，這是一間水泥地和榻榻米地各占一半的房間，榻榻米上面鋪著被子，剛運來的並森行彥的遺體就橫躺在上頭。良美神情恍惚地坐在旁邊，護士以火柴點著線香。

近田在良美身邊坐下，按照副院長的指示，說明解剖的結果。

良美表面看來像是態度沈著地在聆聽，但內心怎麼想就不得而知了。最後，她表情略微僵硬地點頭致謝。

遺體運送車開抵，將並森行彥的遺體和良美載走。

第二章 請求

1

隨著時間的流逝，並森行彥的死亡對窪島所產生的衝擊日漸淡薄。

在三位醫師之間，這個事件變成一種禁忌，副院長和近田已經絕口不提並森行彥的事。窪島原本擔心手術當晚患者亡故會影響到住院病患，但這個事故似乎沒被當成一回事，預定的手術並沒有被取消，窪島忙碌如故。窪島想藉著埋首工作來淡忘這個事件。儘管對事件仍有不能釋懷之處，但較諸弄清疑點，他更希望事件本身能雲消霧散。

並森行彥只是運氣不好罷了。

每次事件浮上心頭，窪島就在口中覆誦這句話，使心情平靜下來。他內心祈望良美也能如此想。

日子平順地過了八天，窪島開始認爲，事件可能就會這樣安然結束。

星期四晚上，窪島正在外科大樓的護理站簽署出院患者的文件，接到外面打來的電話。

「有空嗎？」

是大學同學乾秀人的聲音。好一陣子都沒和他碰面了。

「忙死啦！」

「那很好啊。能不能到外面來？聚一聚吧。」

「到哪裡？」

雖然醫院有值班醫師，不過卻無法應付緊急手術或外科住院患者的突發事故，因此，外科設有待機（注：此地稱爲 on call，即隨叫隨到）制度。窪島和近田分擔待機。本週的一、三、六是窪島待機；日、二、四、五是近田待機，下週則倒過來。今天不待機，原則上哪裡都可以去，但因外科醫師只有三位，萬一有大的緊急手術，就會給近田和副院長添麻煩，所以如果對方要去遠的地方，窪島只有拒絕了。

「中央町，快點來喲。」

從醫院往北走約三百公尺，就是K市的鬧區中央町一段。小雨紛飛中，乾秀人在十字路口轉角的郵局前等他。乾身穿乳白色夏季運動外衣，下面裹著運動鍛練成的結實軀體，上面則頂著被陽光曬黑的娃娃臉。

緊鄰一段，就是簡餐店、酒吧、俱樂部、餐廳、炭烤店等出租大樓林立的二段。眼前不斷晃過琳瑯滿目、照亮陰暗夜空的招牌文字之後，窪島被乾帶到位於七層大樓的第六層，名爲「雨」的簡餐店。

櫃台邊坐著一名四十歲左右、戴眼鏡的男子，似乎是經理，一名三十多歲的女子，長著瓜子臉，似乎是媽媽桑，以及兩名年輕女子。乾好像是常客，先和經理、媽媽桑打過招呼，然後和端啤酒過來的女孩聊了一下。

乾和女孩閒扯的時候，窪島默默地喝著啤酒。冰冷的感覺由喉嚨順著食道下降，酒精迅速在體內環繞，才喝了一小瓶，暢然的醉意已在疲憊的軀體裡擴散開來。

窪島在K市的鄰市長大。每當有人問他爲什麼以念醫學院爲志向，他第一個列出的理由是：小學時父親因肝癌去世。事實上，母親對他的影響相當大，她在中學任教，在父親死後一手將他養育成人。母親希望他當醫生，在K市或其周邊的大醫院任職。窪島從小就十分努力，希望達成母親的願望。

據母親聽來的消息，J縣大醫院的醫生，幾乎不是K市的國立J醫科大學，就是鄰近M縣的國立M大學醫學院出身，而國立M大學醫學院出身的又占壓倒性優勢。國立M大學是歷史悠久的綜合大學，不僅有醫學院，還有文科、理科等一般科系，畢業生活躍於M縣和J縣的大企業和公家機構。另一方面，國立J醫科大學則是只有醫學院的大學，歷史也比較短。

窪島高中畢業和重考第一年都報考國立M大學醫學院，但或許是入學考試的方式不適合他，兩次都未能過關。重考第二年，事先從在念國立M大學醫學院的高中同學那兒得到另一種管道的消息：可以先去念國內其他大學的醫學院，畢業之後再轉回國立M大學醫學院。翌年，窪島考進四國的國立大學醫學院，在四國度過了六年，畢業之後，則如預定的，進入國立M大學醫學院第一外科教室，並立刻被派至J縣K市的高宗綜合醫院，賃屋居住在醫院附近的公寓。

而乾則是家在K市，由於叔父的關係，第一年報考國立J醫科大學，也是沒考上；第二年和窪島一樣，考進四國的大學，畢業之後，透過叔父的關係，進入國立J醫科大學腹部外科教室。

當了醫師想在醫院任職，哪個大學畢業幾乎都不成問題，問題反而在目前或未來想進入哪個大學的哪個教室。大學的醫局除了在大學醫院從事診療、研究之外，還具備另一個重要機能，就是要供應醫師給關係醫院。擁有許多關係醫院的國、公立大學的醫局，爲了維持這種機能，醫局人員必須愈多愈好，一般而言，對其他大學出身者亦開啓入局的門戶。因此，窪島畢業的大學雖然在四國，但J縣出身、將來想進入國立M大學醫學院或國立J醫科大學醫局的同班同學仍有三名。其中，窪島和乾又在一起實習，因此兩人特別親近。

窪島與乾性格截然不同，被乾戲稱爲「老陰」，他也認爲自己是內向的人。至於乾則愛說話、擅長交際，對女人也很有一套。窪島喜歡和自己特質不同的人在一起，至少氣氛比較開朗。

由於乾的交際範圍十分廣闊，有時在一旁的窪島會遭到冷落，這時候，窪島總是默默地坐著。乾完全不在乎這種情況，也因此兩人一直都處得來。
「怎麼樣？醫院讓你做了哪些手術？」
女孩走向其他客人之後，乾問道。
「我算算看，膽結石十五台、總膽管結石四台、十二指腸潰瘍穿孔兩台；另外胃切除一台、腸切除三台、胃腸繞道四台、盲腸炎和疝氣記不清了。最近還做了兩台早期胃癌。」
窪島叫出腦中的檔案回答道。修業中的外科醫師，這些事都記得一淸二楚。
「你運氣不錯。」
乾羨慕的表情中帶著微微的怒氣。
「是嗎？」
「當然。我以前待的醫院薪水雖然高，可是只讓我開過三台膽結石，再加上一台潰瘍。你這家醫院手術多，薪水也不錯。」
「不過，可忙哪！」
「呵，那不是很好嗎？如果你認爲沒有手術、整天閒得發慌的醫院很好，明天我就介紹給你。」
氣氛有點僵，窪島決定不落痕跡地改變話題。
「大學忙嗎？」

窪島所屬的國立M大學醫學院第一外科，和乾所屬的國立J醫科大學腹部外科，醫局員的研修系統不一樣。窪島入局後被派到現在的高宗綜合醫院，預計五、六年之後返回大學；但是，乾只在J縣北端的城鎮醫院待了兩年，今年春天起又返回大學了。

「說忙也忙，說閒也閒。因爲不用負太多責任，全視個人的意願和心態而定。我不太積極，所以很閒。」

乾歪著被太陽曬黑的娃娃臉，口氣彆扭地說道。

「沒讓你做手術嗎？」

「哈！只讓我在旁邊拉著鉤子。其實也根本沒有我會做的手術，就連狗的手術也不讓我做，只有在一旁幫忙的份兒。」

「最近應該會被派到其他醫院吧？」

「大概吧。這一次如果不派我到手術稍微多一點的醫院，就說不過去了。不過，我們醫局沒有比較像樣的關係醫院，就算有，也是派別的傢伙去。說起來都該怪你們大學，你們明明在隔壁的縣，卻吃下K市和周邊的許多大醫院。我們只有撈剩下的，和J縣四個角落的醫院。」

所謂關係醫院，就是大學醫局派遣醫師去的醫院。日本中型規模以上的醫院，幾乎都依不同的科別簽有負責派遣醫師去的大學醫局。像內科這種細分化的科，有時依消化器官、血液等不同的臟器，派遣醫師去的醫局也會有不同。但是其他科，一個科的醫師通常來自同一所大學的醫局。例如，甲大學耳鼻喉科教室的醫師，想在乙大學耳鼻喉科教室的關係醫院任職，幾乎是不可能的。如果一定要去該醫院任職，只有和甲大學斷絕關係，再進入乙大學的耳鼻喉科教室一途。這種制度的優點，是讓醫院方面可以確保穩定的醫師來源，不用爲人事問題傷腦筋；另一方面，大學的醫局可以藉由擁有許多關係醫院，確保醫局員的飯碗，是醫局發展的重要基石。

「說到關係醫院，還是M大學的傢伙運氣比較好。」

又回到原來的話題。

另一名女孩端著一杯攙水威士忌和一塊葡萄奶油走過來，想和乾聊天，乾卻一反常態把她打發走了，似乎想和窪島繼續這個話題。

「你知道各大學掌控J縣各醫院外科的比率嗎？」

乾喝了一口攙水威士忌，嘴角浮起挖苦的笑意問道。

窪島回說不知道。其實，窪島幾乎沒有意識到自己是M大學醫學院第一外科的醫局員。在高宗綜合醫院任職這段期間，他只想到自己是高宗綜合醫院的職員，光是費心和副院長、近田融洽相處，就已經夠他累的了，根本沒有餘裕想到辦入局手續時才去過一次的大學醫局的事。

「我告訴你，掌控J縣各醫院外科的比率，國立M大學醫學院在第一外科和第二外科占四〇%；國立J醫科大學在胸腔外科和腹部外科占三五%；私立關東醫科大學在心臟外科和消化器外科占一〇%，東京的大學占一五%。還是你們大學最夠力。」

「是嗎？」

「最早以前，你們大學醫局甚至掌控了五〇%以上，我們大學醫局的情況比現在還慘，現在能有這個局面，還得拜以前學園紛爭之賜呢。」

「學園紛爭？」

「對，就是所謂的『全共鬥』（注：全學共鬥會議之略稱，在一九六八、六九年大學鬧學潮時誕生的學生鬥爭組織）之類的。在這之前，M大學的醫師們只要教授或醫局長一聲令下，什麼地方的醫院都得去。但是，那個時期誰都可以表示意見，說他不願意去J縣偏遠地區的醫院。而醫院方面若沒有被分派到醫師，就算M大學再了不起，他們也沒有必要買帳。我們J醫大的前輩們對學園紛爭多少覺得失望，而且也不是首屈一指的學校，去鄉下醫院又有何妨？這當兒，關東醫大也成立了，開始有醫生出來執業。這些因素相加之下，勢力版圖便起了變化。」

「原來如此。」

對於學園紛爭或全共鬥，窪島沒什麼認識，雖然曾經在電視的舊紀錄影片上看過警察機動隊和戴鋼盔的學生互毆的畫面，但和實際的大學聯想不起來。雖說M大學以前有過這麼一段，他還是擠不出什麼概念來。

「現在M大學當然不願再減低關係醫院的數量，而我們醫局又必須從M大學那邊搶奪好的關係醫院。這是一場戰爭，你們和我們的醫局長都很頭大。」

乾一邊說一邊喝酒。被太陽曬得黑紅的臉，看不出有什麼變化，但是似乎已經有相當的醉意。

窪島想起辦入局手續時見過一次面的醫局長吳竹的模樣。他個頭矮小、目光溫柔，態度也很和藹。他告知窪島被分發到高宗綜合醫院的方式，不像在命令而像在拜託。所以，乾說「戰爭」，窪島實在沒有那種感覺。

「政治的事還是少碰爲妙，而且這也不太像你。上面的人有上面的事，我們只要做好份內的工作，好好用功，學會外科醫師的必要技術就夠了。」

窪島有感而言。

「是啊，遵命。」乾露出自嘲的笑容。「大學時代每次摸魚，這種話就聽不完。」

窪島望著櫃台上附著水滴的杯盤，喝起酒來。突然，乾的手伸至眼前，壓住他的頭，並用力將他的臉轉向自己。窪島的眼睛正好對準乾的醉眼。

「不過，你可別忘了，你之所以能說這種大話，是因爲你運氣好，可以充分學習。」

「我知道，這點我承認。」

乾不知是滿意了，還是沒勁兒了，視線移開窪島，投向櫃台內側架上一排排的酒瓶，接著他取出香菸，點火。

「從農村轉向都市，從邊境轉向中央。這是誰說的話，知道嗎？」

乾視線朝向遠方問道。

「不知道。」

窪島回答。

「聽說是毛澤東。這是我們醫局長最喜歡的口號。」

「什麼意思？」

「原來的意思我也不太明白。醫局長把它解釋爲：雖然我們醫局現在掌控的醫院主要都在J縣邊境，但今後我們會朝K市進攻，最後推翻M大學在K市的掌控權。」

「有那麼容易嗎？」

窪島的語氣就像事不關己，聽起來怪怪的。

「這個嘛，恐怕沒什麼指望吧。」

乾呼叫櫃台裡的女孩，開始表演吐煙圈的特技。

翌日，十月五日，星期五下午。窪島預定執刀動膽結石手術，正在刷手槽用刷子沾消毒水刷洗手部，只見副院長表情陰沈，口罩也沒戴就來到他身邊。

「那位太太午休的時候來過。」

副院長細聲說，如同呢喃。

「哪位太太？」

窪島不解，反問道。

「死掉的並森行彥的太太，良美。」

「什麼事？」

窪島停下手中的刷子，胸底一股悶重感擴散開來。

「說是喪禮已經結束，特地過來打聲招呼。這倒還好，不過……」

「有什麼問題？」

「她說行彥到加拿大出差的弟弟突然回國，想直接詢問有關哥哥去世的事，另外還有話要說。她明天下午會帶他過來。」

「眞麻煩。」

「的確。如果只有他太太還好，但是，當時不在場的男性家屬事後才插進來，問題就麻煩了。但願事情不要變得太複雜……眞讓人擔憂。」

當晚，窪島陷入莫名的不安中，久久不能入眠。

2

翌日，星期六下午，窪島和副院長、近田一起在門診大樓三樓的副院長室，等待並森行彥的遺族來訪。

六張榻榻米寬的房間，收拾得井然有序，反映出副院長喜歡乾淨的性格。附抽屜的辦公桌、金屬櫃和深茶色的合板書架之外，還擺了一張有靠背的彈簧扶手椅、兩張備用圓椅、一張附茶几的訪客用黑白格子紋的長椅。副院長坐在扶手椅上，近田和窪島則坐在硬圓椅上。

下午兩點，正是約定的時間，穿黑色套裝的並森良美和穿深藍色西裝，看來年過三十的男子敲門進來。良美介紹同伴男子，說是小叔並森拓磨。兩人應副院長之請在長椅入座。

乍看之下，窪島覺得並森拓磨是一個強悍的對手，他和哥哥行彥不太像，光是大塊頭的身材和寬闊的肩膀，就足夠懾人了，再加上濃眉、尖顎、凸起的泛紅臉頰和鷲一般銳利的眼神，散發出好鬥的氣勢。看來這名男子是不會默不吭聲接受哥哥病死的事實。

副院長表達遺憾之意，並詢問一些有關喪禮的事。在良美回答之際，拓磨顯露出爲什麼不趕快進入主題的焦急神情。他雙腳交疊，右手指尖敲著茶几，以審視的眼光輪流盯著三名醫師。

「喪禮的事可以不用談了吧？反倒是，我想請你用我比較容易了解的方式，說明家兄爲什麼會死。嫂嫂說的話我可一點兒也不明白。」

拓磨逕自打斷良美的話，粗壯的上半身往前一傾，逼近副院長。

副院長話被打斷，似乎有點慌亂，露出困惑的表情命令近田說明。近田反而顯得不爲所動的樣子，不失冷靜地說明並森行彥的病情經過，從最早的門診開始，一直到死亡、解剖，敍述詳盡。

這次的說明比那時候對良美說的還詳細，提到檢查結果，還出示照片、列舉數字，顯得具體多了。但是，最後的結論還是和解剖後向良美說的一樣。

在近田說明的時候，拓磨雖然時而點頭，時而繃臉、咬唇，但始終靜默聽著。說明結束之後，他彷彿要將近田窺探他反應的視線彈開一般，回瞪了近田一眼，並以威嚇力十足的大嗓門提出反論：

「關於手術，我也聽說了，我沒什麼意見。至於被痰哽住致死，也是無可奈何的事。不過，只有一件事我無法理解，而且是絕對無法理解——爲什麼家兄會在走廊上停止呼吸？說是腦梗塞，家兄才三十五歲耶。如果眞是腦梗塞，也應該讓我們看看血塊之類的東西。」

「所以，我們並沒有說解剖證明了這一點。而是因爲推斷不出其他病因，才判斷腦梗塞是最有可能的。」

近田的聲音略微顫抖。

「不，你們應該往別的方向去想，只是你們不願去想罷了。」

「你是指什麼？」

「麻醉意外。」

儘管對拓磨的態度已事先有心理準備，但聽到這句話從拓磨口中說出來的那一剎那，窪島仍然一度屏息。

近田沒有回答，副院長則僵著臉，良美依然垂著視線，屋中流動著冷凝般的沈默。

近田像交出答辯責任似地將眼光投向副院長。

「絕對沒有這回事。」

副院長提高聲調，堅決地說。

「是嗎？」拓磨略微泛紅的臉頰浮現淺笑。「你別以爲我們是外行人，就把我們當傻瓜看待。現在外行人也有調查方法喔。報章雜誌經常刊登麻醉意外的報導，也有這方面的書籍可查。」

「那是較早以前的事。最近設備、器械均已改善，幾乎已經很少發生麻醉意外了。本院的麻醉器具也都已採用最新型的安全裝置。」

「這種報導可多著呢。像麻醉醫師沒轉對氧氣和麻醉氣體的轉盤，沒輸入氧氣，而只輸入麻醉氣體……」

「本院的麻醉器具設有裝置，除非氧氣達到一定的流量，否則不會流出麻醉氣體。」

副院長對這個質問似乎有所準備，回答得相當迅速。

「人工呼吸器的迴路沒有鬆脫嗎？」

「這時候就會大聲響起警報。」

「聽說有些醫院在裝修天花板時，將麻醉氣體和氧氣的配管弄錯了。」

「最近本院沒有裝修天花板。而且，如果眞有這回事，那麼先前被麻醉的患者也應該會出狀況才對。總括一句話，令兄推出手術室的時候，麻醉已經退了，絕對沒有麻醉意外這回事。」

副院長因爲過度激動，聲音逐漸沙啞，狹窄的額頭也滲出汗來。

「好吧。今天就這樣吧。」拓磨竟然乾脆地撤退了。「我還會再來，希望你不要避不見面。我也認識一些醫生，總會弄個水落石出。」

「我隨時都會出面見你，不厭其煩爲你說明。我們並沒有過失。」

站直身子的拓磨，就像一根要頂到天花板的粗大柱子，更增強了壓迫感。

「可不要小看我。」拓磨的語氣轉硬。「我可不是娘娘腔的男人。男人的每一天都在作戰，何時何地喪命，都是命中注定。對於家兄死在醫院，我不想囉唆什麼，不過，隨便找個死因就想騙我，我可不吃這一套。還有……」

拓磨瞄了一直低著頭的良美那細緻的頸部一眼，然後以可怕的眼神向下瞪著副院長。

「是你們這干人將她和兒子弄得孤苦伶仃的，這一點要給我記住。」

拓磨話說完，招呼也不打就走出房間。臉色發青的良美向窪島等人點點頭，匆匆從後追趕而去。

「麻煩了。」

拓磨響亮的腳步聲消失之後，近田這才開口。

「唉，麻煩囉！」

副院長有氣無力地歎道。

「接下來該怎麼辦？」

「這個……現在對方並沒有提出任何要求，那個男的也只是一個人在嚷嚷，倒是那位太太心裡怎麼想，我們還搞不清楚。而且，照那個男人剛才的口氣，只要我們好好說個明白，他或許也會罷休的。」

怎麼可能？窪島心想，副院長未免太天眞了。

突然，副院長椅子一轉，眼鏡內側的瞳孔狠狠盯住窪島，接著視線一緩，圓弧型的嘴角浮出哄小孩般的微笑。

「我看哪，窪島，會不會就像近田所說的，你太早發出注射帕勒斯基鳴的指示？如果是這樣，那一切就說得通了。」

窪島感受到如同從高處被推落的衝擊，急著抗辯使他身體緊綳，指尖顫抖。

「絕對沒有的事，請相信我。」

聲音就像在求救一般。

「我知道，我並沒說你說謊。只是，如果不是這樣……呼吸爲什麼會停止呢？」

副院長將雙手弄成三角形，抵住額頭做出深思狀。

近田移開視線，彷彿事不關己似地一直靜默不語。

當晚，窪島在床上輾轉難眠。

呼吸爲什麼會停止？

這個問題一直在腦海中打轉。

解剖仍找不出令呼吸停止的疾病。患者是正值三十五歲年富力強的男性，用「腦梗塞」要遺族接受，實在有點不合理，難怪人家會懷疑是麻醉過失。但是，竟然連副院長都說出那種話……

窪島再一次回憶解除麻醉時自己所做的每個動作：確認最後注射的麻斯隆、注意麻醉袋的起伏、指示注射帕勒斯基鳴的時機……都沒有錯誤。發出注射帕勒斯基鳴的指示時，患者確實已經開始自行呼吸了。

那麼，爲什麼會這樣？

之前曾經閃過腦海但卻又試圖遺忘的模糊念頭，慢慢形成疑惑，從心底浮上來。

麻斯隆在血中的濃度下降，明明開始出現自發性呼吸了，卻又再度停止……難道我離開第一手術室之後，誰又注射了麻斯隆？

面對這個清晰成形的疑惑，他覺得這個想法實在太荒唐無稽。開刀房或病房護士，有誰會爲了什麼緣故做這種事嗎？

但是，窪島轉念一想，儘管這是百思莫解的推論，只要不能否定它的可能性，就應該徹底追查。認識並森行彥的人當中會不會有誰暗地含恨？又或許有人故意要陷害我、近田，或副院長？

他又想起白天副院長的態度。副院長明顯就是要把責任推給他。和並森良美、拓磨的交涉倘若順利還好，萬一不順利，該怎麼辦？

副院長是一位和藹的手術指導者，總是對他諄諄教誨，但是，身爲醫院管理者，他卻缺乏虛張聲勢、討價還價、不屈不撓的交際手腕和交涉力，並不太靠得住。他之所以被草角會長指定爲下一任院長，據說並非因爲賞識他的管理能力或交際手腕，而是因爲在內科主任、小兒科主任和副院長這三名院長候選人當中，五十二歲的副院長年齡最大，在醫院的年資也最長。

然而，不管有沒有管理能力，副院長本人是有當院長的企圖心的。如今院長的寶座就在眼前，他豈能讓這次的事件牽絆住？一旦麻醉過失成立，他就可以推掉所有責任。這是有可能的。如果想從中脫身……只有靠自己的手去查明眞相。

非查明不可。

在滔滔湧出的不安當中，窪島這麼想著。

3

「我到開刀房的麻醉後恢復室準備迎接患者的時間，是在五點五分左右，當時並森行彥還沒有被送過來。」

梶理繪坐在外科大樓醫師室的沙發上，心神不定地撥弄著交叉的手指頭，聲調緊張地回答。趁値夜快結束之際，窪島拜託她午休的時候撥點空過來。她就住在醫院建地內的護士宿舍，抽點空到病房大樓來，並不太麻煩。她一副家居打扮：黃綠色薄運動衫配藍色牛仔褲。

不過，在平常難得進來的醫師室和窪島二人獨處，已令她不知所措，再加上窪島又要求她儘量正確地回想當天的細節，使個性原本老實的她更是不知該如何開口。

梶理繪，二十四歲，短髮，屬於嬌小、豐滿型。兩年半前窪島來這家醫院時，她已經在外科病房工作，在這棟病房大樓的護士中，算是資深的了。

「大約兩、三分鐘後，開刀房的榊田十和子小姐和石倉護理長就推著並森行彥的推床過來，石倉護理長將推床留下，先行回去，榊田小姐留下來交班。榊田小姐交班大概花了七、八分鐘。交班快結束的時候，坂出小姐從外科大樓過來接患者，所以，坂出小姐和我就拉著推床，走出恢復室，離開開刀房。」

恢復室位於開刀房出入口旁，裡面除了交班用的小桌子和椅子之外，空間只夠擺一張推床。麻醉蘇醒的手術患者就在這個房間內，由開刀房護士移交給病房護士。

「在恢復室的時候，患者有沒有任何異常？妳覺得情況不對是什麼時候？」

「進入恢復室時由榊田小姐確認，離開時由我確認，患者的確是醒著的。可是，推出恢復室以後，因爲顧著推推床，可能多少疏忽了患者。不過，一直到離開開刀房之前，應該沒有異狀。覺得情況不對，是在走廊，我發覺患者唇色很差，仔細一看，呼吸已經停止了。」

「從離開恢復室到在走廊發現呼吸停止，大概經過幾分鐘？」

「嗯……我想不會超過五分鐘。」

窪島在腦中快速計算，從注射麻斯隆之後，到呼吸實際停止為止，通常需要五、六分鐘的時間。而交班花了七、八分鐘，倘若有誰要對並森行彥注射麻斯隆，地點應該是在開刀房的麻醉後恢復室。在那裡只有榊田十和子和這位梶理繪，以及後來才來的坂出圓三人而已。犯人就在這三人之中。

「患者在恢復室的時候……榊田小姐或坂出小姐有沒有注射什麼東西？」

「沒有啊，怎麼回事？」

梶理繪露出訝異的表情反問。

「沒什麼，我只是想知道當時是不是有必要打什麼藥物。」

「什麼都沒打。一來她們倆都沒有拿注射器，二來坂出小姐只在房間待了一下。」

「怎麼交班的？」

「就跟平常一樣。我們先到推床旁邊看患者的狀況，然後面對桌子，打開病歷，榊田小姐說明手術過程，結束之後，我們再走到患者旁邊。」

「在恢復室的時候，妳和榊田小姐一直都在一起囉？」

「嗯，當然。」

由於下午的手術時間到了，窪島結束談話。

近田執刀的橫行結腸癌手術患者麻醉蘇醒之後，被送到外科大樓病房時，已經超過藥局五點的下班時間，窪島急忙跑到門診大樓一樓藥局內側的藥局長室。藥局長還沒走，正站著和穿白衣的年輕女子說話。

藥局長朝窪島的方向看，年輕女子也回過頭來，是一位雙眼皮很深的美麗女子。窪島不曾私下和她交談過，但看過她幾次，知道她叫山岸智鶴，是入職才一年多的藥劑師。聽病房護士說，她是醫院第一美人。

山岸智鶴向窪島微笑，略低著頭走出房間。

「有事嗎？」

藥局長看來四十五歲以上，有點胖，頸短臉大，整個人呈圓筒狀。

「我想知道麻斯隆的管制情況。」

「麻斯隆嗎？因爲是毒藥，管制非常嚴格。」

「嚴格到什麼程度？」

藥局長一副理所當然的語氣。

「當然不會像麻藥那樣。像麻藥那種東西，除了使用時間之外，必須鎖在藥局的保險庫裡。麻斯隆的話，保管場所在開刀房和藥局，擺在有鎖的架子裡。鑰匙白天由我和開刀房的石倉護理長保管，晚上則交給值班的藥劑師。不過，開刀房那邊的鑰匙，如果有緊急手術，就交給值班的開刀房護士。大概就是這樣。」

「麻斯隆的數量有點過嗎?」

「當然囉。藥局的數量和開刀房的數量是吻合的,並沒有安瓿被偷或遺失的情形。如果你是問這個的話。」

「用剩的藥水有沒有可能被拿走?」

藥局長似乎不太高興,略微揚起粗濃的眉毛。

「沒有。不過可別傳出去,以前是有過這種事。有人用麻斯隆讓生病的寵物安樂死,詳細情況我不便說,總之,被發現以後,就把剩下的藥水全都還回藥局了。開刀房使用的劑量和交回來的剩餘劑量的報告,每天都會交到我手邊,計算都吻合。」

「我懂了。」

「你怎麼會問這些呢?出了什麼不好的狀況嗎?」

藥局長一臉好奇地問。

「沒有,只是有點擔心而已。」

窪島特意拜託藥局長,事關某些人的名譽,請不要讓人家知道他來問過這件事。

剛從高中衛生護理科畢業的十八歲準護士坂出圓,正在外科大樓值夜班。

趁和她一起值夜班的資深護士去巡視病房之際，窪島向留在護理站的坂出圓詢問並森行彥手術後的情況。

「我是後來才去接他的，在那房間只待了一下下。」

坂出圓正在塡寫病歷表的觀察事項，回答時並沒有停下手來，長了幾粒青春痘的臉上明顯地浮現害怕的表倩。

「妳只要說妳注意到的事就可以了。」

「因爲我只負責去推推床，所以沒特別注意什麼。」

坂出圓放下原子筆，逃避似地走到護理站內側。

「有沒有什麼異狀？」

窪島從後面追來，在櫃子和櫃子之間露出臉問道。

「沒有。就像梶小姐說的一樣。請不要問像我這麼低職等的人好嗎？」

坂出圓低頭用手帕擦拭眼淚。

窪島後悔自己太不會問話，可是已經太遲了，巡房回來的資深護士已經投出指責和輕蔑的眼神，站在窪島背後。

開刀房並沒有可以避開其他職員耳目，供兩人獨自交談的場所，對於榊田十和子，除了叫她到外面問話，別無他法。

窪島根據職員通訊錄，打電話到榊田十和子的公寓，電話那頭傳來慵懶的答錄機聲音，只好留言要她回來立即回電。

回電已是半夜。

翌日，十月九日，星期二。下班之後，窪島在醫院前面那棟大樓的地下咖啡店和榊田十和子會面。

窪島單獨和醫院護士在外頭會面的經驗只有兩三次，而且都是剛來醫院任職的時候。任職之前，對這個女性較多的上班場所多少有些期待，但很快就了解情況並非那麼美好。雖然只是剛畢業的菜鳥醫師，但畢竟處在對護士下指令的立場，態度如果輕浮，就很難獲得她們的配合。倘若做出逾矩的事，馬上就會反彈到工作上，弄得工作窒礙難行。何況年長的近田似乎過著嚴謹的禁慾生活，他更不能顯得輕浮。

不過，在辦公室還是有機會和病房護士私下交談，也大略知道對方是怎樣的人。然而，對於開刀房的護士，自己要上刀已經緊張兮兮了，那有餘裕跟她們閒聊，更何況工作時一直戴著口罩，根本沒多少機會看到整個容貌。對榊田十和子，也只有「個子高眺」的印象。

沒想到脫下口罩的她，綺麗的容貌還眞令窪島驚豔呢。

眼睛大大的，泛著略微銳利的光芒，鼻子高挺，唇形漂亮，和豔紅色口紅非常相配。肌膚呈褐色，輪廓很深，有一種堪稱異國風味的美。紫色洋裝緊緊裹住腰部，曲線動人。

「簡直變了一個人。」

窪島坦率說出感覺。

「真的？」

榊田十和子露出微笑，褪除眼中銳利的光芒。

看不出她的年齡，但大概和二十九歲的窪島差不多。到高宗綜合醫院就職的時間，也和窪島一樣，是在兩年半前，這之前似乎是在郊外的市立醫院上班。窪島對這名女子的認識就僅限於此。

窪島請她詳細說明換床之後並森行彥的情形。

「爲什麼問這些？」

榊田十和子反問。

「因爲和患者家屬之間發生了一些糾紛。請不要說出去。」

「什麼樣的糾紛？」

「詳細情形不便說。」

「我記得那名患者死掉了。」

「嗯，很不幸的。」

「我先確認患者的呼吸狀態，也摸過脈搏。看過尿道的導管之後，也仔細檢查過點滴的導管，全部都沒問題。所以，我填寫病歷紀錄，準備好交班資料，馬上叫護理長一起拉推床走出第一手術室。我在前面腳的那一側，護理長在後面頭的那一側。進入恢復室，外科大樓的梶小姐已經在那兒等著了。」

榊田十和子一邊輕輕撫弄捲燙過的長髮，一邊說道。然後歇口氣，啜飲咖啡。

「這當中完全沒有異狀？」

「嗯，我做夢也沒想到後來會發生那種事。」

有一瞬間，她以箭般銳利的目光看著窪島，但很快就移開視線，開始說起在恢復室的經過。她所說的，和昨天午休時從梶理繪那兒聽來的，沒有不符之處。窪島以問過梶理繪的問題問她。也就是，梶理繪或坂出圓在恢復室有沒有對患者注射什麼東西？

「怎麼會？」她苦笑否認。

窪島取出在醫院影印的麻醉紀錄，放在桌上。

「我可以確認一下麻斯隆的使用情況嗎？」

榊田十和子點頭。

「最早是一點十分二c.c.，接下來兩點十五分一c.c.、三點十五分一c.c.、四點十五分

○・二五c.c.，對不對？」

「詳細時間不記得，不過，既然紀錄這麼寫，應該就是那樣。」

窪島再一次掃瞄麻醉紀錄。高宗綜合醫院的麻醉紀錄，由管理患者的開刀房護士填寫，因此，這份紀錄正是榊田十和子寫的。而麻斯隆靜脈注射是由窪島指示的，他對照自己的記憶，這份紀錄找不出可疑之處。

「我記得很清楚，使用的量是四安瓿又○・二五c.c.，剩下的○・七五c.c.護理長還給藥局了。」

她露出夾雜輕微憤慨和挖苦的笑容，皺著鼻子，側身向前。

「難道你認爲我或梶理繪會胡亂注射麻斯隆？」

「不、不。」

窪島急忙否認。

「麻斯隆可是有藥局和護理長嚴格管制的喔，連拿出一安瓿他們都一淸二楚。折斷安瓿後，即使剩下一滴也都會交回去。」

這一點，白天窪島已經向石倉護理長確認過了。護理長肯定當天做全身麻醉的，只有並森行彥一個人，使用的麻斯隆是四安瓿又○・二五c.c.。

護理長同時明白表示，將並森行彥由第一手術室推到恢復室的過程中，她自己和榊田十和子絕對沒有搞亂點滴管路，而且點滴也沒有異常。

「我只是遵照醫師的指示注射麻斯隆，如果發生事故，那是你們醫師的責任，和我可沒關係。」

榊田十和子表情嚴肅地聲明，窪島只能呆呆地望著她。

結果，沒有任何人可以在麻醉蘇醒之後，對並森行彥注射麻斯隆。

這是這兩天輪流詢問護士們所得到的結論。

「我還有事。」榊田十和子告辭，留下窪島一人在咖啡店。

4

間隔一天體育節，兩天後的星期四，午休時窪島被電話叫去副院長室。

在三樓走廊，窪島遇到同樣被傳喚的近田。

打開副院長室的門，看到身穿黑色洋裝的並森良美帶著念小學的男孩坐在長椅上，副院長則坐在有扶手的椅子上，和她面對面。

良美的態度與上次同拓磨一起來時明顯不同，窪島面對的是像刺蝟般武裝的緊繃表情和充滿憎惡的視線。窪島懷著強烈的戒心走到房間角落，拿起一把圓凳子，在副院長身旁坐了下來。

「今天並森先生的弟弟沒空，並森太太帶小孩一起來。並森太太還是懷疑會不會是麻醉失誤，所以要求和施行麻醉的窪島醫師直接面談。」

副院長似乎按捺不住，先起話頭。

「不，我絕對沒有失誤。」

態度必須堅決，窪島心想。

「我無法理解，事情發生以後，我問過認識的醫師，也在圖書館查過書。像這種手術後在走廊停止呼吸的情況，似乎以麻醉沒有完全蘇醒的可能性最高。」

並森良美壓抑著情緒，以沈靜的語調插嘴說道。

「麻醉已經蘇醒了，我和護士都確認過。」

「不過，我聽說麻醉時要使用肌肉鬆弛劑，有時候麻醉蘇醒了，這種藥還殘留在體內。太專業的東西我不懂，但是聽說使用解毒劑時，即使還殘留有肌肉鬆弛劑，外觀上也看不出來，是嗎？在這種狀態下，如果解毒劑先失去藥效，就會停止呼吸。這就是解毒劑的使用方式有失誤。」

良美彷彿在背誦台詞，緩緩有序地說道，而且偶爾還瞄一瞄窪島的表情，彷彿在確定這番話是否能發揮功效。

「這種說法不能用在並森先生身上，我事先確認過肌肉鬆弛劑業已失去藥效。」

窪島開始對良美蒐集資料的能力感到害怕，直覺她不是可以輕易說服的對手，聲調因而不自覺地提高了。

「但是，這件事只有施行麻醉的人才知道，不是嗎？」

良美的反論是對的。

「嗯，沒錯。」

「我也很想相信醫師的話，可是，我無法相信。解剖的結果不是原因不明嗎？我也問過律師，律師說既然患者死因不明，醫院就有義務證明沒有過失，如果無法證明，就可以認定是有過失。」

「這太離譜了。」

「我認為並不離譜。」

窪島察覺自己處於劣勢。雖然他不清楚法律的細節，但很清楚對方處於有利的立場。

「我想，」副院長憂心忡忡地打斷話。「這樣下去恐怕會吵起來，並森太太到底希望怎麼樣呢？」

良美抱住坐在她身邊、和她神似的男孩，先前的緊張頓然鬆開，悲傷的神情如同細浪般在她白皙端秀的臉龐擴散開來。

「我們只有我先生可以倚靠，我眞的很想帶著孩子跟他一起死算了。可是，不活下去又不行。如果我先生有投保還好，偏偏因爲有十二指腸潰瘍，不能用普通的保費加保，結果什麼險都沒保。而且，他才三十五歲，雖然拚命工作，也沒什麼存款。我先生是有個弟弟在，但他爲生活已自顧不暇，我哪忍心向他求助。我在超級市場只是計時兼職，光靠這份收入，我們的生活很快就會成問題。」

「妳是說要賠償？」

副院長似乎已預料她會這麼說，微微歎口氣。

「我和不少人商量過，也有人要我打官司，說只要向法院控告，就會保存證據，我們便能看到病歷之類的東西。不過，大部分的人都勸我，在控告之前先和醫院好好談一談再說。我也這麼認爲。而且，眞要打起官司，我們也挺麻煩的。」

良美的決心表露在臉上，她咬著唇環視副院長和窪島。

「如果我們說我們沒有任何責任，妳就要打官司嗎？」

副院長用手帕擦拭浮現在狹窄額頭上的汗水，問道。

「我別無選擇。」

良美的話聲音雖小但很淸楚。

「妳的情況我們了解了。」副院長似乎爲掩飾內心的動搖，假咳了一兩聲。

「現在我不能同意。不過，我們會好好商量，所以請妳暫時不要打官司。妳的意見，我們會詳加檢討。」

「那就拜託你了。」

良美牽著男孩的手站起來，副院長也站起來。

「告辭了。」

良美點個頭，拉著小孩的手走出房間。

副院長筋疲力盡地癱坐在椅子上，手按前額，頭後仰。

「怎麼辦？」

窪島問副院長。

「你說怎麼辦？」副院長望著窪島，皺著眉頭，嘟起嘴，不悅地問道。「這不是我一個人可以決定的，得和會長、院長商量才行。我想誰都不願鬧到法院，一定要想辦法和解。萬一打起官司被媒體一渲染，那問題就嚴重了。」

「副院長，醫事糾紛在今天並不希奇。雖然這在本院是頭一遭，但大醫院或多或少都發生過。」

一直保持沈默的近田首度開口。

「我知道。但是，現在的情況可不是被熱水袋燙傷，或從醫院的病床摔下來折斷骨頭之類的的小問題，而是三十五歲好端端的大男人接受平常的手術，卻在一夜間暴斃了。而且，遺族還是這種態度，二十年前也許還可以哄一哄，現在這個時代人家是不會善罷甘休的。還有，本院既非大學醫院，也不是大醫院，像我們這種規模的醫院，只要稍被渲染，就會受到很大的影響，到時候恐怕沒有人敢上門來動手術了。」

「要花錢消災嗎？」

近田不以爲然地問道。

「我們不能馬上答應給錢，不過，大概只能往這個方向走吧。院方爲應付這種情況也投了醫事糾紛的保險，健隆會那邊在必要時也會支應錢給本院。問題在於，對方會開口要多少錢。不過，不是對方要多少就給多少，這就要看我們怎麼交涉了。」

窪島聽說有保險，鬆了一口氣。即使碰到最惡劣的情況，也已安排好了退路。

「可是，付了錢，不就承認是我們的過失嗎？」

窪島一直在意這點。

「不，不對。我們這邊手術和麻醉都做得很好，沒有過失。這一點要堅持到底。只是結果畢竟令人遺憾，我們是針對遺憾的結果付錢的，對方只要願意收錢，應該就沒問題了。」

副院長一口氣把話說完，激動得臉都紅了，雖然一副很有自信的樣子，反倒令窪島覺得不安。保險方面還好，很難想像健隆會，也就是草角會長，會不吭一聲就拿出錢來。或許應該說，很難相信副院長有足夠的手腕，可以讓草角會長爲這件事拿出錢來。

事情會這麼順利嗎？

話已經來到喉頭，卻說不出口。

回到自己的公寓，窪島仍然沒法平靜下來，想翻開書看，但集中不了精神，馬上又放下了。肚子也不覺得餓，索性不出去吃晚飯。儘管身體極爲疲憊，腦子卻意外地清醒，思緒很快又回到並森行彥的事件上。

對於處理和良美的糾紛，窪島明白自己什麼也做不了，而副院長雖然靠不住，但除了靠他之外，也別無其他方法。事實上，窪島並不反對副院長的處理方式。如果院方堅持沒有過失能被認可，保險公司付了錢之後，良美肯罷休，事情就此收場也還算好。良美的確可憐，受到相當的補償也無可厚非。

但是，就算能夠這樣收場，問題仍然存在，那就是自己身爲外科醫師的名譽又當如何？良美擺明就是把責任指向他，副院長顯然心裡也認爲過失在窪島。

「沒辦法證明沒有過失，就表示有過失。」並森良美的話或許沒錯。難道我沒辦法證明自己沒有過失，就得扛著這個罪名活下去嗎？

窪島很想大叫「我沒有犯錯！」只是，該怎麼做副院長和近田才會相信呢？

窪島交疊雙手當枕頭，仰躺在榻榻米上，望著紋路像抓痕的奶油色天花板，陷入沈思。

想要證明過失不在自己，就必須證明麻醉蘇醒後有人打了麻斯隆。

可是，前天聽梶理繪和榊田十和子的說法，這種可能性完全被否定了。想讓患者在走廊停止呼吸，必須在麻醉後恢復室注射麻斯隆才行，但沒有人這麼做。

沒有出口……

窪島覺得自己就像在路上行走時撞到一面大牆，卻又找不到門，只能乾焦急。

話又說回來，人的記憶不是絕對的，她們也可能看漏了什麼。

難道沒有其他路可走嗎？

窪島拚命思索，答案卻始終沒有浮現。

第三章　迴路

1

醫院的氣氛變了。

並不是由於昨天和並森良美的談話內容在醫院同仁間傳了開來，因爲變化從昨天早上就開始了。

外科大樓和開刀房尤其明顯：護士們沒在閒聊，更別說是開玩笑，對窪島的態度極爲公事化，絕口不提工作以外的事。他一走進護理站，原本聚在一起的護士們馬上就停止交談。

原因在於我不應該問藥局長和護士們那些話，窪島自我反省道。她們大概覺得，並森行彥的死本來只是醫師們的問題，現在似乎連護士都要追究，而開始有了戒心吧。自己實在太過焦躁，事情還沒有明確的根據，又欠缺充分的考量，就做出這麼大的動作，的確太過輕率了。

窪島平常都在門診大樓的員工餐廳吃中飯，今天預料將會籠罩在冷漠的視線下，便選擇到外頭用餐。

醫院再過去兩三棟，有一家護士們經常叫外送的日式大眾餐館。狹窄的店內幾乎客滿，靠近料理台最裡面的桌子，只擺了一張椅子，很幸運地居然還是空的。

他從張貼在微髒的牆壁上的菜單中，點了豬肉蓋飯。不到兩分鐘，飯就送來了。原本肚子就餓，窪島囫圇吃了起來。

放眼望去，馬路上到處都是穿制服的女性職員，但這家店的客人卻都是一些穿寬鬆襯衫和作業服的男性職員。離這條街稍微往北的街道，有許多衣料批發店，因此，這家店看不到肯花時間在吃飯上面的人，每個人都大口大口扒飯吃。坐在旁邊的男子也很快就吃完了，起身離席而去。

突然，眼前出現橙色百褶裙和苔綠色夏季毛衣，窪島抬頭一看，嚇了一跳，藥劑師山岸智鶴正對著他微笑。

「醫師，這位子有人坐嗎？」

山岸智鶴指著隔壁的座位。

「喔？請坐。」

窪島急忙將自己的椅子往前拉，好讓她通過。山岸智鶴將紅色小皮包放在桌上，拉直裙子在硬椅上坐下，然後向店員點了蛋花麵。

「妳常來這家店嗎？」

店內彷彿突然明亮起來，其他桌的客人紛紛將視線往這邊投射過來。這種髒兮兮的店和這種美女全然不相配。

「嗯，我喜歡吃麵。其實可以帶回去吃，不過我討厭整天泡在醫院的消毒水氣味中。」

「妳可以去更像樣一點的店嘛。」

「自己一個人，這樣的店就可以了。」

「是嗎？」

山岸智鶴的蛋花麵送來了。窪島已經吃完了自己的豬肉蓋飯，餐館入口已經有人在等待空位，如果想繼續和她交談，就得再點些東西才行。

「咖啡。」

窪島點了寫在菜單最末一行的東西。

「只有即溶的喔。」

店員以一副道歉的口吻說道。

「沒關係，即溶的就即溶的。」

山岸智鶴嗤嗤地笑了。

「還是醫師願意帶我去比較像樣的店？」

窪島再度吃驚，不敢相信地盯著山岸智鶴。她的雙眼皮誘人心魂，黑眼珠大得出奇，鼻子高挺動人，微微內縮的淺桃色嘴唇，以及髮梢略微捲曲的黑亮直髮，在在令人心動。這種美女不可能沒有情人，不過，卻又讓人覺得她不是那種隨便和男人玩玩的女子。

「開玩笑最好挑年輕一點的。」

「我沒開玩笑，是眞的要你帶我去。」

山岸智鶴表情嚴肅地說。

對面兩個人像看好戲似地望著這邊，窪島難爲情得臉都漲紅了。

「好啊，什麼時候？」

「今天晚上。」

「今天晚上？」

「不行嗎？」

今晚很不巧，正好輪他待機，就算外出也不能喝酒，而且既然帶她出去，可不能隨便找個店，窪島並不知道哪裡有適合的店。

「也不是不行。……約一個禮拜之後好嗎？」

「這麼久的事我沒辦法答應。今晚最好。」

她似乎是個很隨興的女子，被這種女人搞得暈頭轉向、弄死一大堆細胞，他可是敬謝不敏。儘管腦子這麼想，窪島察覺自己仍想和她約會，而且他也恨不得能擺脫這一週來的沈悶氣氛。

啜了一口難喝的熱咖啡之後，他終於下定決心。

「好吧，就今晚吧。」

K市美麗的夜景在眼下展開。

從這家飯店附近的中央町二段的歡樂街，到遠方黑團簇簇的山巒，其間燈光串連成群。在街燈照射下看來像暗灰色水道的道路上，緩緩移動的汽車如同彩色的昆蟲。右邊是JR（注：日本國鐵）的K站，在發光的大樓群包圍下，彷彿飄浮在空中。從車站開出的電車發出低沈的聲音，橫過薄闇的街道。

這是一幅任何人都會受感動的景象，難怪山岸智鶴手肘倚著窗框，俯視得出了神。餐廳的照明微暗，桌上的燭光照著她的側臉。她塗著令女人顯得更成熟的紫珍珠色口紅和茶色眼影，身穿翡翠綠連身裙，胸口別著大大的緞帶花，裝扮較白天更有女人味。

窪島的感覺頗爲複雜。能和她一起度過夜晚的確很棒，這種夢幻般的時刻，人生難得幾回，而且還是對方自己送上門的。只不過，問題就在對方自己送上門。在這之前，自己的人生可有這種好事？這股模糊的疑惑，打從白天起就在心底盤旋不去。她眞的來到飯店赴約，反倒使這股疑惑更加膨脹起來。

「我能不能先問妳一件事？」

他不能讓疑惑就這樣擱著。

「可以呀，什麼事？」

「爲什麼要約我？」

「因爲我想要醫師帶我來這麼棒的地方。」

她的回答，就像小學模範生回答遠足的感想一般。

服務生悄聲走過來，將寫在大木片上的菜單和列印酒名的酒單放在桌上。

位於K市國際飯店十八樓的這家夜間餐廳，副院長曾經帶他來過一次，是藥商招待的，當時就想消費一定非常貴，只是萬萬沒想到以後還會花自己的錢來消費。

菜單上列了三種晚餐，如同原先料想的，任何一種的價位，和窪島平常吃飯的費用相比較，都貴得令人瞠目結舌。今天算是沒有辦法，因爲不願意顯得小氣，只好點了中間價位的那種。酒的種類，窪島可就一竅不通，只好由山岸智鶴作主，點了名叫「Sauternes」的法國白葡萄酒。不久，服務生將酒盛裝在銀色冰桶中送來。嚐了一口，才知道是一種相當甜的葡萄酒。

「我不太相信妳剛才說的話。」窪島轉回話題。「因爲不符現實。就我所知，凡事都應該符合現實。」

「現實？」

「醫院正在起各種變化，如果將妳和我來這兒也看成變化的一環，就可以理解了。」

「我不懂，這怎麼說呢？」

她微微傾著頭。

「最近，妳和我之間發生過什麼事嗎？只有一件事：四天前，我走進藥局長室時，妳正好錯身走出來。倘若當時妳一直站在藥局長室外的話……」

山岸智鶴噗哧一聲笑出來，臉趴在桌面上。抬起臉時，露出惡作劇的眼神。

「好啦，我招了。今天午休時，我是跟在醫師後面。那家餐館我從未一個人去過。」

窪島又喝了一口酒。酒很順口，味道香醇，雖然甜，但似乎酒精含量頗高。眼前這名女子也是如此，臉孔雖甜美，行爲卻很大膽。不過，挺有趣的。

「四天前，妳在藥局長室外面偷聽我們的談話？」

「情況和你說的有點不同。當時我奉藥局長指示，正在整理藥品說明書，恰好聽到你們的談話。」

山岸智鶴抗議似地挺起洋裝下隆起的胸部。

「哦？」

「抱歉，我用了不太高雅的手段。不過，請發揮點想像力：有一位好奇心很強的年輕女孩，平時熱愛推理小說，她的辦公室最近發生了異常的事件，她正好聽到事件的重要關係人和上司說了非常有意思的話。於是，她便希望利用兩人獨處的時候，向這位關係人多挖一點消息，這應該不算大惡不赦吧。」

重要關係人？說得也是。窪島苦笑。

上了湯之後，菜肴一道道送上來，由菜名來看，似乎是法國料理。每道菜都講究視覺效果，味道方面也是難得一嚐的可口美味，肉和魚都非常柔軟，簡直是入口即化，不知不覺就在口中消失了。

山岸智鶴的酒量似乎很好，連喝了幾杯，酒瓶一下就空了，但一點也看不出醉意。

「接下來要點什麼酒？」

窪島將空瓶放在桌上，問山岸智鶴。

「Oppenheim。」

服務生送來智鶴所點的酒，那是德國白葡萄酒，在甜度方面和Sauternes差不多，但還帶點酸味。

雖然弄清楚是這麼回事，但窪島並沒有多沮喪，畢竟此時此刻正和她共進晚餐是不可否認的事實。問題是，接下來該怎麼辦？

「妳不用道歉，只要告訴我現在醫院同仁怎麼說這件事。」

「有些人說，並森行彥的病故似乎是意外造成的，家屬因此到醫院質問副院長；其他不了解詳情的人，多少也感受到有不好的狀況發生，而事情和那名患者有關。」

「是嗎？」

雖然是預料中的答案，但眞正聽到耳裡，還是挺難受的。

從窪島的表情，山岸智鶴似乎察覺了他的心情，安慰似地瞅了他一眼。

「別擔心，大家都是醫院的忠實員工，不會到外面多嘴的。」

「或許吧。」

「是啊。大家嘴巴都很緊，即使工會也不會對醫師的問題多說什麼。」

「工會？」

聽說高宗綜合醫院的工會組織相當活躍，春鬥（注：日本特有的團體交涉方式，每年春季，勞方會爲調薪和資方展開鬥爭。）時，護士們曾在胸口別上以改善待遇爲訴求的標誌，差一點就釀成罷工。

「不用擔心。現在這個階段，工會還不至於對這件事有什麼動作。」

「我和藥局長說的話有沒有傳出去？」

這是他最在意的事。

「藥局長也是嘴巴很緊的人。」

「沒傳到副院長那邊吧？」

「絕對沒有。藥局長和副院長處不好，而且他也討厭草角會長。」

「他討厭草角會長？」

「討厭會長的人多得是呢。我也討厭死他了，工會那些人當然更討厭他。」

草角會長因為患有高血壓和糖尿病，每星期都會到門診來找副院長一次。草角會長相當肥胖，後頸有一塊大腫瘤，很容易化膿，副院長勸他最好割掉，但他一直拒絕。草角會長雙眼細長，簡直就像快睡著一般，但是嗓門卻很大，每次大談高爾夫球經時，窪島在隔壁的診察室也聽得到。儘管對窪島來說，他是屬於難纏的那一類型，但還不至於到討厭的程度。

「藥局長和草角會長處不好，那不是對他很不利嗎？」

醫師的聘用契約與其說是個人契約，倒不如說是大學醫局和醫院間的契約，因此，只要不是主任級的醫師，儘管讓草角會長看不順眼，也不會有直接的影響。一般的職員就算說了草角會長的壞話，大概也還不至於影響到升遷。但是，藥局長可是醫院的大主管，如果不得老闆草角會長的歡心，豈不會遭到降級？

「一點都不會。藥局長很優秀，而且工作負責。醫院的收益大部分是靠藥局長對藥品價格的交涉手腕。辭掉藥局長，醫院只有損失而已，草角會長不會做這種傻事。」

「副院長還受同仁歡迎嗎？」

窪島突然想到這個問題。

「嗯，大家並不討厭副院長，雖然他和草角會長走得很近，但是他當院長，我想應該不會有人反對。」

「妳消息倒挺靈通的嘛。」

「這是醫院同仁的常識，只有醫師你們這種人才不知道。」

窪島知道副院長和草角會長的關係，其他的事都是第一次聽說。以前他對這種事一點也不關心，總認爲它反正和外科醫師的研修沒什麼關係。但是，現在不能不關心了，萬一並森行彥死亡的糾紛不能妥善解決，往後或許得倚賴自己在醫院內的人脈了。

酒又喝完，問她接下來要點什麼酒時，山岸智鶴搖搖頭。

「再喝一瓶就站不起來了。除非在自己家裡，否則不喝了。」

她還笑著附加一句：要把我送回去，可要大費周章呢。

窪島問山岸智鶴的家庭背景。這對她似乎不是愉快的話題。她畢業於東京私立大學藥學系，目前和母親住在K市東區山手的新興住宅區。她傾著頭，淡淡提到父親在她小時候就亡故了。

有關身家的事就此打住。

「現在輪到我發問了嗎？」

窪島有點失措，他還沒決定要和她談到什麼程度。

「妳想問什麼？」

「我聽到醫師和藥局長的談話，稍微推理了一下。醫師懷疑有人注射麻斯隆而將患者殺死，對不對？」

窪島看了山岸智鶴一眼，然後轉向玻璃窗。窗上隱約映出自己的臉和她的側面。如果順著她的問題回答，恐怕不全部回答是沒法罷休的。現在是決斷的時刻：是要向她全盤托出，或是扯個謊就此回家？

他受不了就這樣自己一個人面對這些問題，眞想和她一起討論。她知道很多醫院內部的事情，而從今天的舉動來看，她似乎也很有行動力。她應該不會有傷害他的意圖，而且，倘若扯個謊就此回家，那麼和她的交往，大概就到今天爲止了。

窪島覺得自己簡直有點婆婆媽媽，但腦子偏偏就只能想到這些。

總括一句，只要她不對任何人洩露這件事就可以了。

「妳是嘴巴緊的那種人嗎？」

「我算是多嘴的人，不過，只要有人要求我不要說出去，我就絕對不會說。」

她的回答讓窪島下定了決心。

窪島將事情的經過，一五一十地告訴山岸智鶴。

她睜亮黑眸仔細聆聽。

「總而言之，現在醫師調查不下去了，是嗎？」

她重重的點了兩三次頭之後，問道。

「沒錯。」

「我整理看看，現在問題大概可分成兩個：首先，並沒有證據證明有人在麻醉蘇醒後注射麻斯隆；其次，根據調查的結果，誰都不可能注射麻斯隆。」

「後面的問題，還可以再分成三部分：對方是用什麼方法取得麻斯隆；在假定患者被注射麻斯隆的那一刻，有三個或兩個護士和患者在同一個房間內，但三個護士都否認曾注射什麼東西；另外，不管是三個人之中哪一個人做的，動機都不明。」

「嗯，有道理。不過，眼前最重要的，應該是找出有人在麻醉蘇醒之後注射麻斯隆的證據。這一點如果做不到，恕我失禮，那麼只能說醫師你的想法是妄想，就算後面的問題解決了，也只是空中樓閣而已。」

窪島開始覺得告訴她這件事是對的，她很能把握事情的重點，而且，這樣的交談讓思考更有趣，也不會讓自己一個人鑽入牛角尖。

「妳所謂的證據是什麼？」

「證據有兩種：人證和物證。人證在現階段大概沒辦法吧，除非是證詞改變了。現在要找的是物證。」

「物證？」

「就是指附著有痲斯隆的『物』，在這個事件上，大概只有這種東西吧？我就職以來，一直在內服藥部門調來調去，對點滴那方面不太懂，但我知道痲斯隆應該屬於除非用靜脈注射，否則幾乎沒有效用的藥物吧？問題在於，到底是用針筒直接注射靜脈的，還是利用點滴的管路注射的？」

窪島打斷山岸智鶴的話。

「剛動完手術，很難直接注射患者的靜脈，因爲血管收縮變細了，勉強注射可能會因嘗試錯誤而浪費相當多的時間，最後只搞出一大堆針孔。」

「對，我也認爲是用點滴管路注射的。患者當時打了幾瓶點滴？」

「一瓶。打在右手腕。」

「那麼，何不找找那組點滴呢？」

窪島腦中浮現醫院後院的廢物處理場。眞的要去翻找那麼骯髒、危險的地方嗎？

「沒有用。手術到現在已經過了十七天，不是被燒毀，就是被運到外面去了。」

「這個你放心。醫療廢棄物只有紙和布才會燒毀。塑膠類通常原封不動，玻璃類則弄成碎片，交給垃圾處理公司。而垃圾處理公司的卡車，通常在垃圾堆滿時才會來，大概兩個星期或三個星期來一趟，幾乎都是星期二。上一趟是上個月二十五號來的，也就是手術出事的那一天。這星期沒來，因爲我昨天去丟藥局的垃圾，所以知道。這一趟應該是下星期二來。有問題的那組點滴，應該還埋在廢物處理場的某個角落。」

「是嗎？」

他從沒想過醫院的廢棄物是怎麼處理的。

「我們再進一步研究看看。對不起，能不能請你畫一張點滴管路圖？」

「圖？」

「對，我不太記得點滴的結構，如果不分解點滴，就沒辦法研究，不是嗎？也許還有一部分留著也說不定。」

窪島向服務生要了一張餐廳的廣告單，在反面就記憶所及畫出點滴的管路圖。

「點滴液從點滴瓶流入點滴管。點滴瓶和點滴管之間用針連接，滴落點滴液的點滴筒大概在針下方約十公分的地方。點滴液流出點滴筒之後，再流進點滴管中，經過三路活塞，進入連接管，再從揷置在患者血管內的塑膠留置針，流入患者的血液中。點滴管附有可以壓迫管子的滑輪，滑輪轉緊，點滴的速度變慢，轉到最緊，點滴便停止。滑輪一鬆，壓迫解除，點滴的速度就加快。大概就是這個樣子。」

「靜脈注射的藥液，是從三路活塞打進去嗎？」

山岸智鶴盯著圖問道。

「噢，以前好像是將注射的針插入橡皮管，不過，那比較麻煩，又花時間，有時候太慌張，甚至會把針扎到自己手上。現在稍微大一點的手術都使用三路活塞了。」

「轉動這個開關，就可以調整點滴液的流向囉？」

她指著圖上的三路活塞問道。

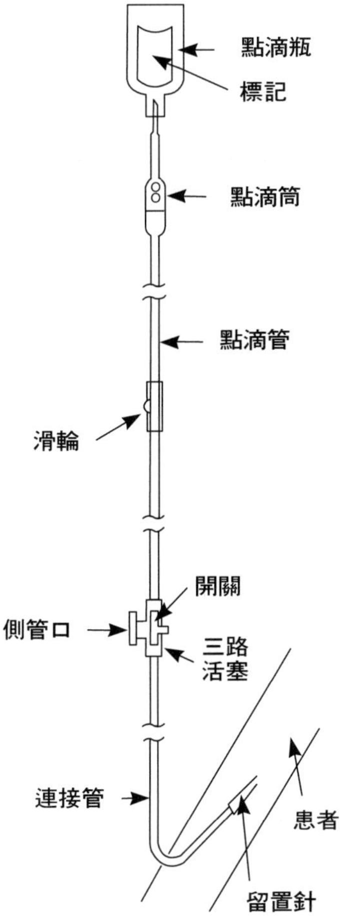

「對，裝上三路活塞，管路就可有三個流向：往點滴瓶、往患者和往三路活塞側管口。這個開關的設計是，當這三個方向有一個方向關閉時，剩下兩個方向便打開。開關的反方向是關閉的。」

窪島把紙拉到眼前，在空白處又畫了更仔細的三路活塞圖。

「平常就如圖A所畫，側管口是關閉的，點滴瓶和患者相通，點滴在滴落狀態。如果要注射藥液，就將裝了藥液的注射器插入三路活塞的側管口，然後轉動開關，如圖B所畫，點滴瓶那一方關閉，患者和側管口相通。在這種狀態下推壓注射器注入藥液，藥液便流進患者的靜脈中。一旦注射結束，再將三路活塞轉回圖A的位置，讓點滴滴落。留存在連接管中的藥液，會被點滴液推進患者的靜脈中。」

窪島順著圖，儘可能地向她解說。器具雖然簡單，用言語表達卻很困難。

「總括一句，三叉路中有一條禁止通行，以便讓車子走剩下的路。妳不妨把管理三叉路的交通警察，當做是三路活塞。」

或許聽懂了，她不再發問。

「那麼，我們按順序研究，首先是點滴瓶。」

「這不可能。就算將麻斯隆混入點滴瓶的點滴液中滴落，也因爲濃度太低，不會造成呼吸停止。」

A、點滴和患者相通（點滴在滴落狀態）。

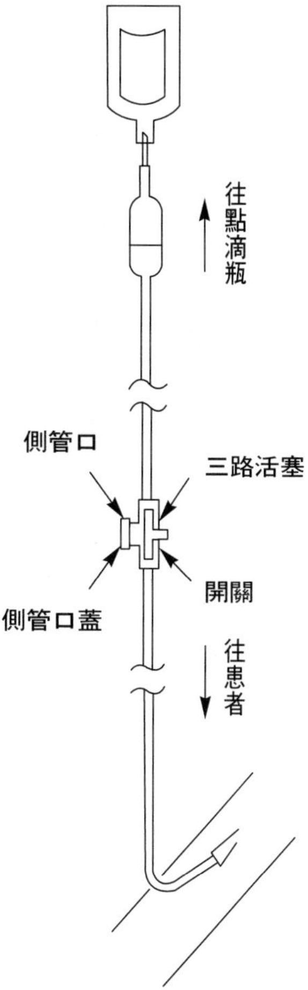

B、三路活塞的側管口和患者相通（由注射器注入藥物）。

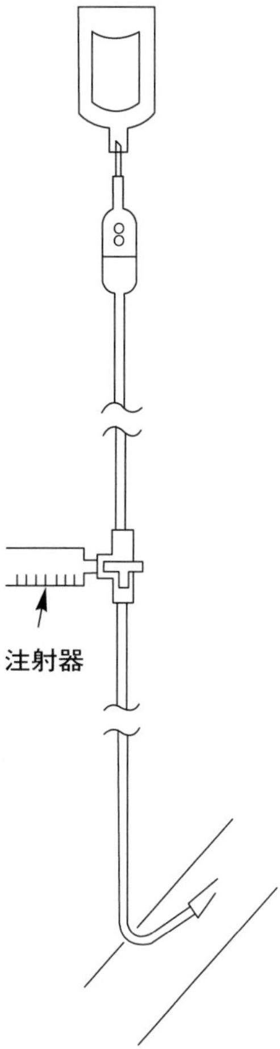

「點滴管呢？」

「這就有可能。也許麻斯隆阻塞在點滴管中。問題是，不知道要怎麼做才能讓它阻塞在點滴管中。而且，即使麻斯隆阻塞在那兒，狀況發生的時候點滴一直在滴，麻斯隆也會跟著流下來。何況眞要調查起來也很困難。雖然點滴瓶上寫有患者的名字，但是點滴管並沒有寫名字，也沒有任何特徵。這一點其他部分也一樣。」

山岸智鶴傾靠著椅背，打了一個大呵欠，似乎連她也灰心了。可是，她又突然把那張畫了圖的紙拿過來，罩在臉前。

接著，好像想到什麼似的，她把紙拉向一旁，露出臉來。

「我們遺漏了注射器。注射器應該殘留有麻斯隆，注射器如果是那種用完就丟的塑膠製品，上面應該會留下犯人的指紋。」

這可是完全判斷錯誤，窪島不覺想笑。

「塑膠製、用完就丟的注射器，只用在採血樣。注射用的東西，因爲考量成本，全部以玻璃製注射器消毒後反覆使用。我想犯人所使用的注射器必定附著有麻斯隆，但是已經被清洗、消毒過了。」

窪島覺得再研究點滴管路也無濟於事。

「再想想看嘛！」

山岸智鶴露出白皙的牙齒微笑，看來是個打破砂鍋問到底的人。

「好啊。」

窪島只能這麼回答。

「犯人注射麻斯隆，應該是從三路活塞的側管口吧？」

「應該是吧。」

聲音連自己聽起來都覺得無精打采。

「也就是說，將點滴瓶那一方關閉，從側管口向患者方向注射。如此的話，麻斯隆應該會殘留在注射器、三路活塞側管口和連接管中吧。但是，點滴很快又恢復原狀，在連接管中的藥液就被點滴液推擠進患者體內。所以，麻斯隆最後只殘留在注射器和三路活塞側管口中囉。注射器因爲剛剛所說的理由已經不成證據了，但是，三路活塞……三路活塞的側管口應該還殘留有麻斯隆！」

山岸智鶴的說法是正確的。一瞬之間，窪島幾乎要相信了，但隨即察覺到這個理論的致命缺陷，從一開始他們思索的全都白費了。

「三路活塞側管口也許殘留有麻斯隆，但是它不能成爲犯人在麻醉蘇醒之後注射麻斯隆的證據。爲什麼呢？因爲在手術當中側管口已經被注射很多次麻斯隆了，那個部位當然會殘留有麻斯隆。」

「不對！」

山岸智鶴語氣強得令窪島嚇了一跳。

「醫師你完全忘記剛才爲我解說的事了。」

她前後揮動著因焦急而緊握的雙手。

「忘了什麼？」

「醫師你說在麻醉的最後注射帕勒斯基鳴，完全解除了麻斯隆的藥效。如此一來，三路活塞的側管口中應該殘留有帕勒斯基鳴，而沒有麻斯隆才對。如果殘留有麻斯隆，那一定是後來犯人注射的。殘留有麻斯隆的三路活塞便成了犯罪的重大證據。」

窪島冷靜地思考這個問題。山岸智鶴的說法實在很吸引人。靜心思索起來，這個理論是正確的，不過……

「很遺憾，事情沒那麼單純。」

「爲什麼？」

「三路活塞並沒有因爲麻醉結束就卸下來了，在病房還用它來做靜脈注射。尤其，當時因爲心臟停止，從三路活塞的側管口打入了各種藥物，像腎上腺素和正腎上腺素，犯人注射的麻斯隆都被這些藥沖走了。如果說三路活塞中有什麼東西殘留，也應該是那些藥吧。」

「是嗎？」

山岸智鶴很不甘心地咬著嘴唇。

突然，窪島遭到一股強烈的不安侵襲，自己說的這番話聽來有些愚蠢。奇怪，自己莫非忘了什麼重要的事？

三路活塞！

那天在病房的情景在窪島的腦海中蘇活過來。

窪島發出注射重碳酸鈉的指示，梶理繪將玻璃注射器插入三路活塞的側管口，正要把藥打進去。

但是，藥還沒打進去時，她手一滑，把注射器的尖端折斷了。三路活塞馬上換上新的。

梶理繪到底怎麼處理那個三路活塞？

那個三路活塞，在離開開刀房之後，還沒注入新的藥物就被換下來了。三路活塞裡面應該維持使用當時的狀況。因此，就如山岸智鶴所說，倘若有人注射多餘的麻斯隆的話，就殘留有麻斯隆；如果沒有人注射，就應該殘留著帕勒斯基鳴。

不馬上確定的話……

在細細長長並列著三排桌子的餐廳入口附近，微暗的台子上擺了一支綠色電話。窪島快步走過暗紅色地毯，拿起電話，按下醫院的號碼，接通內線的護士宿舍，叫出梶理繪。

「請你不要打電話到宿舍來。」

梶理繪一開口就冷言相待。

雖然遭到冷漠對待，窪島並沒有退縮，堅持詢問那個三路活塞的去向。

「那東西當時就丟啦。」

語氣冰冷依舊，但明確地回答了問題。

「丟到哪裡去？」

「垃圾箱。」

「是裝塑膠的垃圾箱？」

「不是，因爲上面插著注射器前端的玻璃，所以我把它丟到裝玻璃的垃圾箱去了。」

2

高宗綜合醫院蓋在東西向貫穿中央町的大道，再往南三百公尺的街道北側。廢物處理場位於醫院最裡側的後院西北角。

窪島從壁櫃衣物箱中取出遭蟲咬過的白色運動衣褲穿上，再拿著粗白棉線手套和雨傘外出。他平常只路過這附近，從未進入這棟建築。星期六下午，後院沒有人跡，一片靜寂。天空陰沈沈的，眼看雨水就要降落在水泥地上了。

有點烏黑，看來像大型工寮的廢物庫，很突兀地矗立在清掃得很乾淨的院子當中，簡直像個異物。屋簷的遮陽板爲防雨伸得長長的。由於有入口和出口，所以沒有做門，爲了讓垃圾可以從外面丟進來，有一面牆只蓋了一半高，裡面的垃圾箱、垃圾袋、垃圾筒，從外頭就看得一清二楚，有種髒兮兮的感覺。

窪島經過焚化爐旁，從入口進入屋中，內部用牆隔成六個房間，一落落綑好的報紙和表皮破損的雜誌，靠牆堆放著，髒得泛黑的病房用床墊，從房間突出到通路。窪島穿越潮濕垃圾所發出的刺鼻腐臭，來到最裡面的兩個房間。這時候氣味已被醫院的消毒藥水味所取代，這是放醫療器具和藥品廢棄物的房間。有一間專門堆放塑膠製品，有點滴袋、點滴管、尿袋等，全都塞在紙箱中；另一間是堆放玻璃製品的房間。點滴瓶等經過放在屋外的機械壓碎處理後，已經看不出原狀，黏著破碎標籤的碎玻璃，裝塞在大塑膠籃中。籃子的大小和家庭使用的衣物箱差不多，但是底比較深，整整堆了四層三排。

這下可累了。

手搆不到最上層的籃子，窪島走回入口處，搬來幾落報紙，做成不會搖晃的腳墊。

爲了翻尋籃內，必須要有個箱子盛裝翻查過的玻璃。他到隔壁房間尋找，不巧每個箱子都裝了東西。窪島把東西集中傾倒在一個箱子內，總算弄出兩個空箱子，完成準備工作。

窪島戴上粗手套，踏上報紙做的腳墊，雙手握住籃子的把手。籃子相當沈重，窪島小心翼翼地以免失去平衡，以渾身的力量抬起籃子，將它拉出來，慢慢放在腳墊上，再從腳墊上抬下來。如此將最上面的三個籃子抬下來，拖到屋外的水泥地上。

他坐在水泥地上，從裝得滿滿的碎玻璃片中，展開搜尋三路活塞的工作。戴著粗手套的左手一把抓起玻璃碎片，確定沒有三路活塞之後，便丟入紙箱中。玻璃碎片有大有小，大的戳入手套的棉線縫中，幾乎要刺傷皮膚。由於動作戰戰兢兢，因此進行得很緩慢，過了三十分鐘才搜完第一籃。窪島把紙箱內的玻璃倒回原來的籃子裡。

按照這樣的進度，恐怕要弄到晚上。窪島決定從第二籃起改變作法，他又去弄來兩個紙箱，然後抬起籃子，傾倒相當數量的玻璃碎片到紙箱中，再伸手到紙箱中尋找三路活塞。翻查過的玻璃就倒入另一個紙箱中，然後再將還沒翻查的玻璃倒入空紙箱中。

改變方法以後，工作的速度加快許多，不過，由於久站，腰開始痠痛，翻查相當於半數的第六個籃子時，窪島坐下來略事休息。太陽即將西沈，慢慢進入黃昏。

玻璃垃圾的數量多得驚人，原先貼上漂亮標籤的點滴瓶、裝滿各色藥水的安瓿，現在都變成有點髒的碎片，被丟棄在這兒。窪島彷彿窺伺到自己工作的內幕一般，突然有種空虛的感覺。

他又開始工作，第七、八個籃子都找不到三路活塞。

窪島的內心湧起疑問。

莫非智鶴的話有錯，東西其實已經被業者運走了？

從手術當天算起，已經過了十八天，這當中業者來運走垃圾，一點也不足爲奇。果眞如此，那現在做的事全都白費了。

不過，窪島還是繼續工作，第九個籃子也查完了，他以半死心的心情傾倒第十個籃子。籃子內的玻璃翻查到大約一半的時候，他發現玻璃碎片當中，似乎有不同於玻璃、像塑膠的奶油色東西。窪島放下籃子，用手套撥開玻璃碎片，果然露出塑膠製品，那是寬四公分、長三公分左右，呈T字形的器具，在三個方向的管子上裝有T字形的開關，正是三路活塞！

窪島鬆口氣坐了下來。他將三路活塞放在戴著手套的手掌上，左看右看，有種滿足感。

突然，窪島想起自己忘了一件重要的事。

梶理繪丟棄的三路活塞，側管上插著注射器前端的破片。

這個三路活塞的側管卻什麼也沒有，這不是窪島要找的東西，大概是哪個部門的護士弄錯了，丟到玻璃製品垃圾箱的吧。

窪島起身又開始工作，此刻的心情更沈重了，覺得籃子也比先前沈重了許多。太陽已下山，天色陰暗，東西也愈來愈難辨認。

涼涼的東西「噗、噗」地滴濕額頭和臉頰，天竟然下起雨來了。窪島用力抱起第十一個籃子，走回昏暗的廢物庫中。

他到最近的汽鍋房，擅自拿了手電筒來。這時候已經沒辦法像先前那樣，在狹窄的廢物庫通道上傾倒籃子了。他決定恢復原來用雙手捧起碎玻璃的方法，利用吊在柱子上的手電筒的光線，確認有無三路活塞。

他無精打采地做這個動作，有好幾次都想停下來，但還是翻查完第十一個籃子，仍然沒發現三路活塞。

第十二個，最後一個了！心情反而有點輕鬆，他已經不期待會找到，只是機械似地將手伸入籃中，繼續捧起玻璃碎片的動作。

手套的指尖突然觸摸到類似短棒的東西，它不是玻璃碎片。

窪島順勢捧上來，將雙手伸至手電筒的光圈中，燈光照在玻璃碎片上，閃閃發亮，在這當中赫然出現沒有發亮的三路活塞。

他捏起三路活塞，湊近手電筒。側管的確插著類似鋼筆尖的注射器破片。

就是這東西！沒錯。

一股強烈的疲憊感侵襲而來，窪島跌坐在通道的水泥地上。

接電話的是智鶴的母親，她叫智鶴來聽電話。沒想到週末她會在家。

「太好了，我說得沒錯吧！」

「我看過裡面，液狀的東西我看不懂，應該可以檢驗吧？」

「當然可以，最近藥物的檢驗大有進步，只要透過高速液體色層分析，即使量再少也能檢驗出來。」

「要拜託誰才好？」

「那種儀器我念的那家大學的研究室有，可是太遠了，我看拜託製藥公司比較快。」

他腦中閃過約智鶴出來的念頭，但又打消了。再怎麼說，他們的關係都還沒到週末晚上相偕外出的程度。

3

一大早，窪島就被小孩的哭聲吵得好煩。

星期日的患者幾乎都是小兒科，醫院大門口旁的急診室裡，媽媽帶來的小兒病患接連不斷。

發燒、下痢、脫水、腹痛、疑似髓膜炎、疑似風疹或麻疹的發疹、蕁痲疹……其中以發燒和下痢占絕大多數。難不成K市所有發燒的小孩都集中到這兒來了？窪島簡直要恨起小兒科主任野野村了。

不過，小兒科卻是高宗綜合醫院的金字招牌。高宗綜合醫院能夠擁有一點全國性的知名度，可以說是拜野野村主任之賜。一方面是因爲他專攻受媒體注目的小兒心身醫學，但最主要的是，他寫過報紙的育兒專欄，也出過書，所以門診經常客滿，有的患者甚至從東京迢迢而來。

星期日野野村主任當然不看診，但這些媽媽們知道，狀況緊急時他一定會趕來。

看到桌上堆得高高的病歷，窪島眞想逃之夭夭，但仍然儘可能地靜下心來診察。他的平靜在一點鐘的時候被打亂。

救護車送來十一個月大的嬰兒，因爲痙攣而全身不斷顫抖，眼球上翻，失去意識，頭部燙得跟火一樣。

據臉色蒼白的年輕母親說，這種狀態已經持續五分鐘以上。

如屬熱性痙攣，只要放入退燒的塞劑，並由肌肉注射抗痙攣劑，應該會停止。但是，完全沒有用，還好點滴很快就能打進去，接著緩緩從靜脈注射一毫克的鎮靜劑基阿哲帕姆。

痙攣還是沒有停止。

嬰兒的眼睛依然上翻，口吐白沫，手腳一直輕輕抽動。

窪島心裡擔憂，痙攣若長時間持續下去，可能會造成腦部傷害。不斷呼叫嬰兒名字的母親，流露出不信任的眼神。

窪島請護士打電話給野野村主任，得到的指示是再打一劑基阿哲帕姆，量略微增加。基阿哲帕姆的劑量太多，有時會導致呼吸停止，窪島一邊懷著不安，一邊緩緩注射。痙攣持續著。

「請叫野野村醫師來。」母親終於忍耐不住。

「馬上就來了。」護士安慰道。

一點用都沒有，這樣下去，難道只有送到手術室注射麻斯隆，讓全身肌肉鬆弛，再做人工呼吸嗎？可是，還沒有聽過採取這種治療方法的。

汗水不斷從窪島的額頭滲出來，背部也早已害怕得整個發涼。

這時候門打開了，身穿白衣、頭髮黑白交雜的野野村主任走了進來，如同神降臨一般。野野村主任走近病床，凝視痙攣中的嬰兒。

「沒關係了，什麼都不用再做，痙攣很快就會停下來了。」

野野村主任回過頭對窪島說。

窪島不敢相信地看著嬰兒，可能是心理作用，他發覺痙攣次數有減少的跡象。突然，痙攣驟然停止，嬰兒安穩地睡著了。

「讓寶寶留在醫院一個晚上吧。接下來由我診療。」

母親抱起嬰兒，護士拿著點滴走向病房，野野村主任跟在後面。

其實，就結果來說，並不需要叫野野村主任來。只要照書本所寫的，仔細觀察呼吸，反覆靜脈注射基阿哲帕姆，痙攣應當會停止。儘管治療方法正確，窪島卻沒有把握。

窪島歎口氣，望著野野村主任的背影。

過了三點，患者總算停止上門了。

門診大樓內側的地下室有職員餐廳。窪島走下通往餐廳入口的樓梯。

有兩間六個榻榻米房間大的職員餐廳，擺放著四排細長桌子。由於不希望外人注意到，院方刻意抑制照明，即使天花板的日光燈全部打開，仍然顯得有點暗。平常午餐時間，這兒總是擠滿人，有時還得站著等位置。不過，週日只準備值班人員的飯菜，顯得空蕩蕩的。

窪島從裡側的架子拿出塑膠的食器盤，菜肴是炸丸子、菠菜拌豆腐和清湯，菜色和住院患者一樣，熱量對工作一整天的人略嫌不足。不過，能夠在這裡悠哉地用餐，可是值班者的特權。窪島將托盤擺在桌上，然後攤開從左側架上拿來的一週份的報紙，邊看報邊吃飯。

離開的時候，窪島在出入口處停住腳步。

出入口旁邊的牆上掛著工會專用的小告示牌，上面貼著油印的工會傳單。平常他總是視而不見地走過，今天卻不由自主地對傳單的內容感興趣，這是聽山岸智鶴談起工會的事所受的影響吧。

傳單主要宣稱護士工作量過重，還舉出其他醫院的護士因爲連續值夜班而操勞致死的例子，並提出護士流產、腰痛比例頗高等的數據。此外，還登出匿名的護士札記，寫說累得連休假都只能在家裡睡覺。最後提出要求事項：減少護士值夜班，以及除醫師之外，值班者應免除翌日下午的勤務。

對於並森行彥的事件，完全沒有提及。不過，有個地方引起窪島的注意。

「長期持續過重的工作量，可能會導致醫療事故。」

雖然字體很小，但淸楚寫著「醫療事故」四個字。工會幹部是基於什麼心理，將這個字眼納入傳單中？就文章內容來看，它只是單純在表達護士工作量過重的問題，但窪島把它當作是在諷刺並森行彥的事件，心裡覺得不太愉快。

傳單的角落上寫著：工會將於明日下午五點半與院方進行團體交涉，交涉對象是草角會長和副院長。

急診室沒有新的患者上門，窪島向護士打聲招呼，離開急診室來到外科大樓門診處，在最裡面平時副院長專用的診察室長椅上坐了下來。

三天前，並森良美提出賠償請求，這之後副院長應該和草角會長商量過因應之道才對，但是他一直沒有被知會。事情會不會已經解決了？或許草角會長也不喜歡和並森行彥的遺族弄得不愉快，因此，說服草角會長付錢或許沒有那麼困難。他們想必會商討如何在不傷害醫院的情況下，讓保險公司付錢吧。如果醫院沒有過失，保險公司又肯付錢，那對草角會長和醫院都是最好不過的事。

窪島也同意這個方針。他何嘗願意在醫院舉起反抗的旗幟，危害到一直很照顧他的副院長。之所以要查明事情的眞相，只是想讓副院長和近田了解，他無須對此事負任何責任。這之外的事，他想都不願意去想。

副院長的門診桌上，擺著因腦梗塞和肺梗塞死亡的文獻，大概是想藉此說服遺族和保險公司雙方吧。看來只能期盼副院長的努力有成效了。

經過昨天在廢物處理場的奮戰，加上從早到現在診察的疲憊，睡意油然而起。打從成爲外科醫師以來，窪島就養成在任何地方都能入睡的功夫。他在長椅上一躺，馬上就睡著了。

似乎沒睡多久，眼睛自然地張開，映入眼簾的是笑容滿面的黝黑娃娃臉。

「你看來累斃了。」

乾秀人窺視他的臉孔道。

「嚇我一跳，怎麼來啦？」

窪島慢慢起身。

「聽說你在値班，我特地來慰問。護士說你在這兒。」

「眞難得啊！星期日吔！」

高爾夫、網球、兜風、約會……喜歡社交、興趣廣泛的乾，星期日再怎麼樣應該都有節目。

「昨天老大爲狗做手術，我負責手術後管理，每六小時就要換點滴，不能跑遠。」

「眞辛苦。」

「當然囉，狗死了可是我的責任。」

乾走近副院長使用的診療椅，坐下來。

「你好像也很辛苦喔。」

他用力往彈簧椅背一靠，說道。

「是啊，忙死了。」

「不是，我不是指這個。這家醫院有事情發生了吧？」

突然被這麼一問，窪島心頭一驚。莫非乾知道並森行彥的事？儘管是好友，窪島還是起了戒心。

「你說什麼？」

「別裝了，事情我大概都知道了。」

「我不知道你說什麼。」

「在走廊停止呼吸的那件事，對方要求賠償吧？」

「如果你說的跟我想的是同一個患者的話，那麼，死者家屬那邊並沒發生什麼問題。」

「是嗎？你還眞嘴硬。」

窪島忽然閃過一個念頭：莫非乾是受到國立J醫科大學腹部外科醫局長的指示而來？

窪島試探道：

「你是奉大學高層的指示來探查我？」

「你胡說什麼？別看扁人！我可是擔心你才來的。……我眞要翻臉了！」

乾氣得說話口沫橫飛。

「抱歉。不過，沒什麼好擔心的。」

這時候通路的布簾晃動起來，從空隙間露出頭髮斑白的野野村主任的臉孔。四十八歲的他，寬腮，氣質高雅，屬於中等身材，最近有發胖的傾向。

「我回去了。那嬰兒沒問題了。」

「抱歉，麻煩您了。」

窪島趕緊站起來點頭。

「我一直在說，醫師用的藥量太少了。沒有必要因爲是小孩子就害怕，大可放心使用必要的量。」

「是。」

窪島剛到這家醫院任職時，野野村主任說話不是這個樣子，仍然保有剛從大學研究室出來的學者特有的潔癖，總是毫不客氣地指摘處置哪裡有問題。可是，一直在這家醫院扮演溫厚、微笑不斷的中年小兒科醫師，他的性格似乎也跟著改變了。

「他是野野村醫師？」

布簾閉闔之後，乾問道。

「你知道他？」

「他是名人，而且是J醫大出身，我們醫局每個人都知道他。」

「是嗎？」

野野村主任原先是國立J醫科大學小兒科副教授，因爲和教授處不好，才離開大學。

「他是個優秀的醫生，是屬於少數不用大學支撐也可以一夫當關的人。」

「大概吧。」

「我看我該回去了。」

乾站起來，打了一個大呵欠。

「剛才對不起，我不該那麼說。」

窪島向乾道歉。

「原諒你啦，不過，你要請我喝一杯。」

「沒問題。」

「但願事情能圓滿解決。」

乾恢復年輕人的開朗神采，揮揮手走出去。

4

星期一早上，窪島委託「東西製藥」大藥廠的業務員替他檢驗三路活塞側管口殘留物。業務員三十多歲，人斯斯文文的。

「檢驗藥物如果不知道藥名，就得嘗試各種column（注：專司檢驗的圓筒狀機器），爲節省時間，如果能告訴我可能殘留的藥物名稱，那就感激不盡了。」

業務員還說，其他的事他一概不過問。

「可能不是帕勒斯基嗚，就是麻斯隆。」

「只要判定殘留的是帕勒斯基嗚或麻斯隆，就夠了嗎？如果是那樣的話，簡單。」

業務員把用塑膠袋包著的三路活塞放入手提袋中，特別加了這句話。

「什麼時候可以好？」

「星期四一定可以。」

「絕對不能說出去。」

「當然。」

傍晚，窪島行經工會用做交涉會場的門診大樓大廳。上完班的護士、技師們陸續開門進入會場。窪島很想一窺究竟，但醫師畢竟不是工會會員，進去的話太引人注目。這時候正好看到工會的交涉對象副院長，帶著憂鬱的神情從外科門診處走過來，窪島只好死心離去。

還要三天才星期四，窪島焦急地等待檢驗的結果。

星期四早上，窪島在巡房之前先到門診處露一下臉，卻被副院長一把抓住，帶到裡面的診察室去。

「昨天又來了。」

「兩個人嗎？」

「只有太太一個人。或許她認爲有小叔在，沒辦法冷靜商談。我想我們這邊大概也只要一個人就夠了，所以就單獨見她。我想以後也儘量用這種方式。」

「這一次她怎麼說？」

「她提出具體的金額。你猜多少錢？」

「嗯，我沒有概念。」

「一億三千萬圓。」

副院長喃喃地說。

「一億三千萬！」

窪島像胸口被勒住般震驚，眞想大聲叫嚷。

「一億三千萬是買不到患者的生命，不過，這是另外的問題，做爲賠償金額就太大了。我不知道這是她自己的意思，還是受到別人的慫恿。或許只是想叫我們吃驚，看看我們驚慌的模樣。」

副院長氣得狹窄的額頭擠滿皺紋。

「您怎麼回答？」

「我斷然拒絕，告訴她這種金額沒得談，除非合理的金額才有得談。」

窪島這才安下心。

「對方怎麼說？」

「說要和小叔商量，就走了。」

「副院長心裡的數目是——？」

「九千萬，頂多讓到一億。」

「還維持原來的方針？」

「是的。我和會長談過了，雖然還沒得到正式的答覆，不過，他一定會答應的。保險方面，我叫庶務處去查了，我們不會有事的，別擔心。」

副院長露出微笑，拍拍他的肩膀。

副院長沒有歸咎於麻醉過失，窪島心裡總算比較舒坦了。

巡房結束之後，窪島來到放射線部，因爲近田要他替一位住院患者做出院前的胃部X光檢查。患者是七十歲的男性，罹患早期胃癌，由近田動過手術。

窪島坐在X光室外的操作盤前等待。放射線技師中山帶領穿上藍色檢查服的患者到X光室內，讓他站在透視台的腳台上，並遞給他盛裝顯影劑的杯子。

中山從X光室跑過來。

「請喝下去。」

窪島用麥克風指揮患者，然後踩下放射X光的踏板。患者喝下去的顯影劑，在X光螢幕上變成白色陰影，從食道流向只剩五分之一的胃。

數秒後，顯影劑越過胃和十二指腸的縫合部位，流向十二指腸。

窪島拍下幾張這個部位的照片。

「怎麼樣？」

窪島一走到裡面，走下腳台等著的患者憂心忡忡地問道。

「流動良好，也沒有旁漏，很理想。」

窪島一邊將方才所見的記在病歷上，一邊回答。患者浮現滿足的微笑，走回病房。
「照片呢？」
窪島問在角落刷手槽洗杯子的中山。中山比窪島大三、四歲，一臉鬍子，看來不怎麼容易親近，其實人很和藹。
「再五分鐘就可以顯像了。」
「那麼，我待會兒再來。」
窪島拿著病歷正要走出X光室。
「醫師，」中山把他叫住。「你現在很忙嗎？」
窪島訝異地回過頭來，因爲時機、場所和對象都不太尋常。在這之前，他不曾和這位技師私下談過話。
「是很忙。……有什麼事嗎？」
「有空的話，可否請醫師到我家坐坐？」
中山將杯子擺在濾水盒中，鄭重地說。
「謝謝，爲什麼這麼客氣？」
窪島莫名所以。
「我有話想和醫師說。」

中山的視線似乎隱含著什麼。

「關於什麼事？」

「只是聊聊，想了解一下醫師們的辛勞之類的。」

這句話說得未免太不眞實了。

「府上還有誰？」

「內人和小孩，還有我媽。小房子啦。」

窪島突然想起來，內科門診部有一位名叫中山的強悍護士，窪島曾經和她一起值過班。她動作俐落，但對內科治療意見很多，如果發出的指示不合她的意，還會頂一兩句。不知聽誰說過，她是很活躍的工會會員。

窪島順口問中山技師。

「噢，她就是我老婆。」

中山長滿鬍子的臉上露出靦腆的微笑。

「你也是工會會員？」

「四月開始當委員長。」

窪島終於明白技師的意圖。

「工會委員長閣下有何指教？」

他以諷刺的口吻問道。

「別這麼說嘛，只是聊聊而已。肯賞光嗎？」

窪島愈來愈好奇了，他們大概想問我有關並森行彥的事吧。不確定他們的目的，心裡難免有些不安。不過，拜訪工會幹部夫婦的家，打聽一下醫院的現況，也挺有趣的。對於他們的質問隨便敷衍一下就可以了，難不成他們會把我這種普通醫師吊起來拷問？

「好啊。只要有空的話。」

中山似乎想起自己的工作，抱起底片盒往顯像機的方向走去。

有關三路活塞側管口殘留物的檢驗結果，午休時窪島在醫師室接到電話通知。

「是痲斯隆。」

「眞的嗎？」

窪島不覺大聲反問。

「只有微量，不過錯不了。要不要我把檢驗的資料帶過去？」

「不用了，請你幫我保管。」

「三路活塞怎麼辦？」

「那個也幫我保管。」

窪島以複雜的心情放下話筒。

這是謀殺！

證明過失不在自己，是件痛快的事，但那也只是刹那之間而已，窪島隨即對那不知名的兇手冒起強烈怒火。

誰會做這種事……？

並排著兩列桌子的醫師室，午休時間一片悄然，只有一位婦產科女醫師在另一頭打文書處理機。窪島對著自己那張堆滿書和雜誌的桌子沈思。

從在走廊停止呼吸的時間來判斷，麻斯隆一定是在開刀房的手術後恢復室注射的。方法不得而知，但確定是從三路活塞的側管口注入的。

那時候在手術後恢復室的人只有三個：開刀房的榊田十和子、外科病房的梶理繪以及後來才到的坂出圓。兇手是三個人中的哪一個？

窪島列舉問題點：爲何殺人？如何注射麻斯隆而不被其他人察覺？如何取得麻斯隆？

先將如何取得做爲第一個問題。麻斯隆是毒藥，只放在藥局和開刀房，兩者都受到嚴格管制。

窪島先思考梶理繪和坂出圓可以用什麼方法取得麻斯隆。她們倆都是外科病房的護士。外科大樓並沒有存放麻斯隆。要取得，必須先拿到玻璃櫃的鑰匙，然後再偷偷溜進開刀房或藥局。這並非不可能，但最大的問題是，麻斯隆的安瓿數量一向嚴格清點，即使只偷一瓶，也會被發覺。事實上，並沒有安瓿遭竊。

那麼，榊田十和子呢？她值夜班時，如果有緊急手術便會負責保管玻璃櫃的鑰匙。在這種情況下，她有可能從玻璃櫃中竊取麻斯隆，但是，除此之外，她和梶理繪二人相同，實際上安瓿沒有少，證明她並未偷麻斯隆的安瓿。

不對，還有一點她和她們不同，她在手術當天擔任並森行彥的患者管理護士，因而得以在第一手術室直接處理麻斯隆。她會不會趁機動手腳？

不對，當天開刀房使用的麻斯隆爲四安瓿又〇・二五c.c.，和她申報的吻合。

窪島從白衣口袋裡掏出記事簿，拿出折好夾在裡頭的麻醉紀錄影本，攤放在桌上。

一點十分　麻斯隆　二c.c.
兩點十五分　麻斯隆　一c.c.
三點十五分　麻斯隆　一c.c.
四點十五分　麻斯隆　〇・二五c.c.

這是榊田十和子依窪島指示，靜脈注射麻斯隆的所有紀錄，總計四・二五c.c.，也就是四安瓿加〇・二五c.c.。

一c.c.的麻斯隆大約可以使呼吸停止一小時，不過，第一次必須注射兩倍的量。從停止呼吸的時間來看，榊田十和子完全遵照窪島的指示，按時注射麻斯隆。這張麻醉紀錄沒有可疑之處。

窪島的思考在這裡陷入僵局。

這天晚上，山岸智鶴很爽快地答應窪島的邀約。

「不好意思老讓你破費。」智鶴這麼說。

她指定在中央町二段某大樓地下室的全國連鎖平價酒店碰面，窪島抵達時，她已經在最裡面的座位上微笑以待。

牆、地板、柱子和天花板都漆成紅色，可以說是這家店的特色，只有木製的桌子是黑褐色。店內飄著烤鷄和魚的味道，算不上是高雅的店。座位接近全滿，幾乎都是年輕族群或情侶。總之，這是以低價提供清酒、啤酒、煮食和烤食的店。

智鶴上身著黃、灰直條紋短袖襯衫，下身著粉紅色褲裙，露出白皙的雙腿。她輕鬆地坐著，倒和周遭的氣氛很諧調。

「我來這家店好幾次了。在這兒討論不想讓別人聽到的話，最方便不過了。」

或許沒錯，喇叭播放的音樂，不論東西洋的都很吵，年輕小伙子們肆無忌憚地喧鬧著；後座的客人，一看就知道是大學情侶，女生偶爾發出尖銳的笑聲。說話要是不提高嗓門，就聽不太清楚，雖然有這種缺點，卻也沒必要介意隔牆有耳。

聽完窪島的話，智鶴很專心地看著攤在桌上的麻醉紀錄。

「這份麻醉紀錄是誰寫的？」

「榊田十和子。就我記憶所及，紀錄內容和我的指示相同。特別是麻斯隆，完全遵照我的指示。我指示的量、她申報的量、麻醉紀錄的量和實際使用的量，四者完全一致，沒有造假的餘地。」

「榊田小姐前一天也在開刀房處理麻斯隆嗎？」

智鶴手按著麻醉紀錄問道。

「沒有。開刀房的護士每隔一週就會換地方。手術那天是星期二，星期一沒有全身麻醉的手術。前一週她負責耳鼻喉科和眼科的患者管理，局部麻醉當然不用麻斯隆。再前一週，她負責傳遞婦科手術的器械，並沒有直接參與手術，所以不會接觸麻斯隆。」

關於這一點，窪島在傍晚已經確認過開刀房的手術登記簿。

「那麼，只有手術當天可能在麻斯隆上動手腳囉。麻斯隆是怎麼注射的？」

「一安瓿是一 c.c.。手術的時候，安瓿是放在手術室入口附近的桌上。麻醉醫師一發出指示，負責管理的護士立即到桌邊，以印有詳細刻度的注射器，從安瓿抽取指示的量，然後拿著注射器走到患者身邊，打進三路活塞中。」

「這樣子啊？」

智鶴直盯著窪島，大幅點頭。

「妳有什麼發現嗎？」

「嗯，有一點。」

「說說看。」

「在這種情況下，我想榊田小姐申報的量和麻醉紀錄的量是相同的，因爲麻醉紀錄是她寫的嘛。另外，我想醫師你指示的量和她申報的量也應該相同，因爲她一定會堅持說，她是根據你的指示注射的。所以，現在的問題只剩下你指示的量和實際使用的量是否相同，也就是說，她是否在手術中眞的注射了四安瓿又〇・二五c.c.？還有，你怎麼知道她注射了你所指示的量？」

這時，酒店裡「乾杯」的勸酒聲壓過全場，智鶴提高嗓門說道。

「一c.c.的麻斯隆大概可以停止呼吸一小時，不過，第一次必須使用兩倍的量。用這個觀點看麻醉紀錄，只要我指示的量和實際呼吸停止的時間沒有矛盾的話，就可以推斷麻斯隆確實依照指示的量注射了。」

「如果指示注射一c.c.，實際卻只注射〇•五c.c.，那會怎麼樣？」

「呼吸只停止三十分鐘。呼吸恢復的時候，麻醉醫師當然會指示注射下一劑麻斯隆。在這種情況下，任何麻醉醫師都會起疑心。」

「那麼，如果指示爲一c.c.，卻只注射〇•九c.c.，又會怎麼樣？呼吸會停止多久？」

問題出乎意料，窪島回答得有點遲疑。

「按照計算是五十四分鐘，不過，事實上並沒有那麼準確，體重也會有影響。」

「可不可能停止一小時？」

「可能。」

窪島總算明白智鶴想說的話。莫非眞是這樣？

「並森行彥長得胖嗎？」

「不，因潰瘍把消化系統弄窄了，所以很瘦。」

「如果人瘦的話，藥量少了一點，應該還是有效吧？」

這是嚴厲的指控。

「應該是。」

「你想，她實際上注射了多少呢？」

智鶴遞還麻醉紀錄，問道。

窪島在腦中快速計算。

「或許是這樣：一點十分我指示二c.c.，實際只注射一・八c.c.；兩點十五分我指示一c.c.，實際只注射○・九c.c.；三點十五分我指示一c.c.，實際只注射○・九c.c.。這樣下來，就可以省下○・四c.c.。」

「○・四c.c.可以使呼吸停止多久？」

「二十四分鐘。如果不做人工呼吸，人不是死亡，就是無法恢復意識。」

「榊田十和子小姐用另一支注射器，將省下來的○・四c.c.麻斯隆抽取出來。」

「沒錯。她趁在恢復室梶理繪沒看到的時候，再將那些麻斯隆從三路活塞的側管口注射進去。可惜我們不知道她是怎麼動手腳的。」

窪島覺得總算掌握了凶手的模樣。

由於太專注於解謎，點的菜不知什麼時候已擺在桌上。窪島喝下啤酒，開始吃烤雞、蛤蜊、生魚片和鐵板豆腐。

智鶴也啓動小嘴，默默吃著。她那張沒怎麼化妝的臉更顯得楚楚動人。窪島盯著盯著，胸口感覺愈來愈緊。她不但麗質天生，而且也是個腦筋清晰的女孩。

「榊田小姐是怎樣的人？」

智鶴停止用餐問道。

「不知道，幾乎沒什麼印象，妳聽到什麼傳言嗎？」
「沒有。我不太知道護士的事，如果是藥局長愛人的事，我就知道。」
智鶴一副若無其事的口吻。
「她是誰？」
「近在眼前，就是我。」
窪島霎時之間無法呼吸，連自己都覺得自己的表情僵掉了。
「從什麼時候開始的？」
窪島不由問道。
「開玩笑的，對不起。」
智鶴伏下臉，肩頭微微顫動，儘量忍住不笑。
她用手摀著嘴抬起臉來，眼睛仍然笑著。
「對不起。」
「玩笑開得眞惡劣。」
窪島爲自己的窘態覺得不好意思。
「對不起，眞心向你賠罪。我不太知道榊田小姐的事，我調查看看。」
「調查？」

「如果榊田小姐是凶手，那麼她一定怨恨並森行彥。並森行彥以前來過我們醫院嗎？」
「沒有，這是第一次。」
「那麼，她很可能以前在什麼地方跟並森行彥接觸過。」
「大概吧。」
「要調查並森行彥和榊田小姐的過節，我想先要儘快取得榊田小姐當初被醫院錄用時的履歷表。這件事交給我，我找個藉口去拜託事務小姐。」
「那就拜託妳了。」
「還有一件事。」
智鶴說到一半又打住了。
「什麼事？」
「我突然想到一件事，很重要，不過，我暫時不說。」
「說說看嘛。」
「時候到了，我自然就會說。我拿到履歷表後，就放在你櫥櫃的郵件盒中，請你留意一下。」
等計程車的時候，智鶴一直道歉。窪島表示要送她到家，但智鶴說不想讓鄰居看到，斷然拒絕。

5

四天後的十月二十二日星期一，午休時間窪島在郵件盒中看到榊田十和子被錄用時的履歷表，立即拿到醫師室去看。

履歷表

榊田十和子　昭和三十七年（一九六二年）五月三日生，二十五歲

住址　K市南町二段四十八號之三　恆和莊五號室

電話　（○×××）三××—八三××

學經歷

昭和五十五年三月　綠銘學園衛生護理科畢業

昭和五十五年四月　任職慈愛會K醫院

昭和五十八年三月　離職

昭和五十八年四月　任職H市民醫院

昭和六十三年一月　離職

特長　珠算三級　興趣　音樂鑑賞

家屬

榊田基道　父　五十六歲　H市豐風町四段八號　經營榊田工務店　自宅（○×××）

二××—二五××　公司（○×××）二××—二六××

榊田晶子　母　五十五歲　同上　主婦

榊田毅　兄　二十九歲　同上　橘食品工業員工

以上無誤

昭和六十三年三月二十日　　　　榊田十和子　印

履歷表的記載引起窪島注意的是：榊田十和子曾在慈愛會K醫院任職，以及父親經營工務店。倘若榊田十和子是凶手，那麼就如同智鶴所說，不妨認爲她怨恨並森行彥，那麼她的履歷應該有某個地方和並森行彥有交集。榊田十和子在慈愛會K醫院那段期間是否認識並森行彥？榊田工務店和並森行彥任職的眞中建設是否有關係？先要確認這兩件事才行。

窪島下樓到醫院的前廳，撥通履歷表上記載的榊田工務店的電話。他假裝是要裝潢的客戶，詢問對方和眞中建設公司是否有關係。完全無關，接電話的男子回答。

接下來他打電話給慈愛會K醫院，報出自己的姓名、職稱，宣稱在這邊病故的患者並森行彥，昭和五十五年至五十八年間應當曾在該醫院住院，能否調出病歷查看病名。

一小時後，對方打電話至開刀房來，以客氣的口吻說：該名患者不曾在本院住院。兩條線都行不通。

下午的手術只有割盲腸和切除痔核，約兩個小時就結束。窪島回到外科大樓找梶理繪。他查看護理站的勤務表，梶理繪在大夜班之後休息兩天，今天下午應該會來上班。

梶理繪不在護理站。問資深護士，知道她去X光室接患者。約五分鐘之後，她推著乘載患者的輪椅回來。

窪島請梶理繪過來一下，她露出爲難的表情。

「拜託，不要老是找我，大家都在說我的閒話。」

「對不起，這是最後一次。」

窪島打開廁所隔壁污物室的門，走進裡面，梶理繪默默跟進來。

尿騷味頓時撲鼻而來。約三張榻榻米大的狹窄房間，有一面牆並排吊著住院患者的蓄尿袋，對面的牆壁貼放著櫥櫃，裡面雜亂擺著便盆、尿壺。突出牆面的晾物架上掛著潮濕的橡皮手套，地面零亂放著塑膠水桶。房內臭味薰天。然而，在病房大樓想避人耳目，這個房間最適合不過。萬一被發現，大可笑著回一句：「在這種地方還能幹什麼？」

「那天榊田十和子有沒有做什麼奇怪的事？」

「奇怪的事？」

「譬如交班的時候有沒有做什麼和平常不一樣的事？什麼都可以。」

「她怎麼了？」

「我只是受人之託，想了解一下而已。」

梶理繪低著頭，一邊用右腳的護士鞋底磨擦地板的石磚，一邊思索。房間角落，橡皮圈壞掉的水龍頭正滴答滴答地滴水在流理台上。

沒多久，她抬起眼來看著窪島說：

「什麼都沒有，和平常一樣。」

窪島一臉沮喪，想法又碰壁了。

「謝謝。」他說著就要走出尿味熏人的房間。

「醫師，」梶理繪把他叫住。「有件事不是榊田十和子小姐做的，而且也不是什麼大不了的事。」

「什麼事？」

「點滴的事。」

「點滴？妳說說看。」

「點滴管不是有個會滴答滴答的點滴筒嗎？並森先生被送到恢復室時，點滴筒的藥水滿滿的。」

「也就是說，不知道點滴是不是在滴囉？」

「如果壓住點滴筒再放開，讓它吸入藥水，吸進過多時，就會變成那個樣子。不過，就算是那樣也不礙事，不過，我還是問了榊田小姐，她說點滴有在滴。」

「妳沒有確認嗎？」

「我確認了。點滴如果停了，調節滴數的滑輪不是完全轉緊，就是三路活塞沒有切到點滴瓶或患者那一邊。結果，滑輪是鬆的；三路活塞被塞有電毯的白床單蓋住，不過，交班之後，榊田小姐有掀開床單給我看。三路活塞的開關的確是切向點滴瓶和患者那邊，側管口那邊是關著的。所以，點滴應該有在滴。就是這件事。」

窪島覺得胸口咚咚作響，從這情形可以察覺榊田十和子的確動了手腳。點滴可能沒有在滴，爲了掩飾，故意將點滴筒弄滿。滑輪應該是鬆動的，只不過三路活塞的點滴管其實是關閉的。榊田十和子在梶理繪確認的時候，利用瞬間的操作瞞過了她。」

那麼，麻斯隆又是怎麼注射進去的呢？

窪島站著沈思，很快就找到答案。

「醫師在調查榊田十和子小姐？」

梶理繪的聲音把他帶回現實中。

「是啊。她是什麼樣的人？妳了解她嗎？」

「不太了解。只是見面打個招呼而已。不過，我聽過謠言。」
「什麼謠言？」
「不太方便說。」
「說說看。」
「不怎麼好的謠言。聽說她在鬧區釣年輕男人。」
「是嗎？」
可惜並森行彥不算是年輕男人。
「不過，聽說是有緣故的。」
「什麼緣故？」
「我不能說。」
「拜託，這件事很重要。」
「和並森行彥的事有關？」
「也許。」
「我還蠻喜歡那位患者的，他很會說笑，不過那是爲了消除對手術的焦慮。醫師大概不知道吧，我曾向他保證，動完手術就可以百分之百恢復健康，沒想到會變成那個樣子。……大家都說是窪島醫師的過失。眞的嗎？」

梶理繪露出先前沒有的嚴厲眼光盯著窪島。

「絕對不是，那是胡說八道。」

「榊田小姐做了什麼事？」

「這個……」

窪島欲言又止。

「算了，我告訴醫師好了，以後就不要再來找我問話了。去年十月，我有個朋友和男友到車站前的旅館過夜，進去的時候正好看到榊田小姐要出來，當然，她是跟男人在一起，對方……就是近田醫師。這事非同小可，我一直守口如瓶，也眞的不應該告訴你……」

「眞的嗎？沒看錯人？」

近田怎麼會出入那種場所？他應該過的是研習與工作至上的禁慾生活。

「是眞的，醫師不相信，我也無所謂。順便告訴醫師，在那之後沒多久，我和開刀房護士聊起來，她說榊田小姐快結婚了。不過，一直到現在榊田小姐都沒結婚，看來結婚的傳言已經不攻自破了。至於當時要結婚的對象是誰，醫院誰也不知道。」

聽梶理繪這麼說，窪島不得不相信。如果被目擊的人是其他年輕醫師，窪島也許只會想「怎麼可能？」但是，一聽說對方是近田，他不禁火冒三丈。難道近田也是一丘之貉？他一直被近田那機械般無情的嘴臉給騙了。

「能不能再告訴我一件事？我問石倉護理長時，她說點滴沒有異常，這又怎麼說？」

「並森行彥被用推床推到恢復室時，榊田小姐走在前頭，護理長走在後面。也就是說，榊田小姐在患者腳部那一方，護理長在患者頭部那一方。吊點滴瓶的金屬架立在患者的右腳側。這個架子除了點滴瓶之外，還掛著電毯調整器，大概是被調整器遮住了，從護理長的位置看不到點滴筒。」

這應該也是榊田十和子動的手腳。榊田十和子為了不讓護理長發現點滴筒滿滿的，故意將電毯調節器掛在點滴筒後面。

這時候門開了，露出中年助理看護的臉，瞪大眼睛看著他們兩人之後，說：

「醫師怎麼在這種地方？副院長打電話找您呢。」

窪島走出污物室，跑到護理站，拿起話筒。

「賠償並森行彥的那件事，出了一點問題。」

「什麼問題？」

「也不是什麼大問題。上次我不是說要用『無過失』申請保險金嗎？後來庶務處查詢的結果，說是行不通。如果是無過失，頂多只能補償小額的慰問金。若要申請大額的保險金，我們必須承認有某種程度的過失才行。」

和話中的內容相比，副院長的語氣顯得輕浮，欠缺嚴肅。

「要我承認過失？」

「我知道我們沒有過失，不過，如果我們不多少承擔一些，恐怕也不行，因爲申請不到錢嘛。」

副院長換成說服的口吻。

「什麼叫『多少』？」

「我會想一想，沒問題的，你不要擔心。」

這句話就像空洞不實的保證，在窪島的耳際迴盪。

6

智鶴約的這家熱帶鷄尾酒屋，光線微暗，裝潢有點雜亂。十二張桌子用白色的隔板區分開來，裡側有個小舞台。牆上貼滿浮在蔚藍海上的島嶼鳥瞰圖、野鳥、褐色胴體的女人照片等；從天花板上鏤刻成星形的孔洞中洩下黃色的光芒，此外還懸吊著幾個用途不明的木頭器具；走道中央擺著島嶼模型，不時傳出人工的鳥叫聲。這家店名叫「島嶼」。

智鶴的裝扮，似乎每見一次就愈輕便，也許這是她卸下心理防衛，逐漸親和的表現。今天她穿著黃色T恤，外加印有「Waikiki」字樣的白色無袖水兵服，下身則是及膝的藍色牛仔褲。

窪島從星星般琳瑯滿目的鷄尾酒單中，隨便點了紫羅蘭費斯（Violet Fizz），智鶴點了邁台（Mai-Tai）。不久，服務生送來盛裝碎冰塊和鷄尾酒的大腳架玻璃杯。杯上裝飾著鳳梨、橘子和豔紅色的木槿花。智鶴以手掌探探玻璃杯的涼度，嗅嗅花香之後，用吸管啜了一口。

「好喝。」

智鶴讚賞道。

窪島也喝了一口紫羅蘭費斯。

「嘿，告訴我點滴是怎麼動手腳的？」

智鶴以撒嬌的口吻說道。來這兒之前，她已經問過好幾次了，但是仍然說畫圖比較容易了解，硬要窪島到這兒來。

「這也是簡易的伎倆，不過，想來就有氣。在第一手術室換床之後，我便離開那房間，因爲我心想這房間還有護士在，就去做一些善後的工作，當時推床旁邊應該只有榊田十和子在，她說已經檢查過點滴管，其實那時她已經壓放點滴筒，讓裡面充滿藥水，變成看不出點滴是否在滴的狀態。然後，她偷偷將裝有〇・四c.c.痲斯隆的注射器伸進患者的床單內，用手摸索打入三路活塞的側管內。」

A、三路活塞的側管口和點滴瓶相通（患者那方關閉，往點滴瓶方向打進去）。

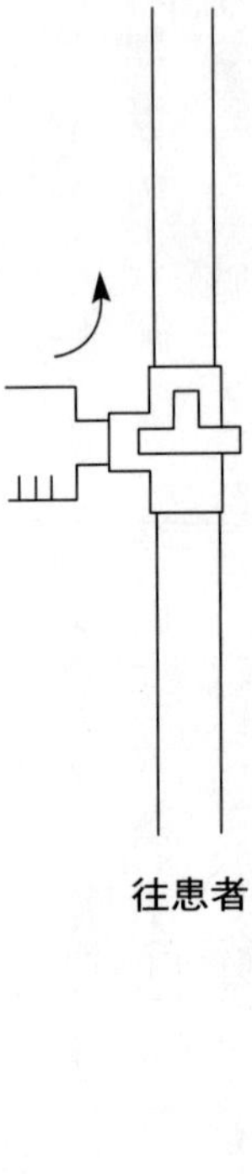

B、三路活塞的側管口和患者相通（點滴瓶那方關閉）。

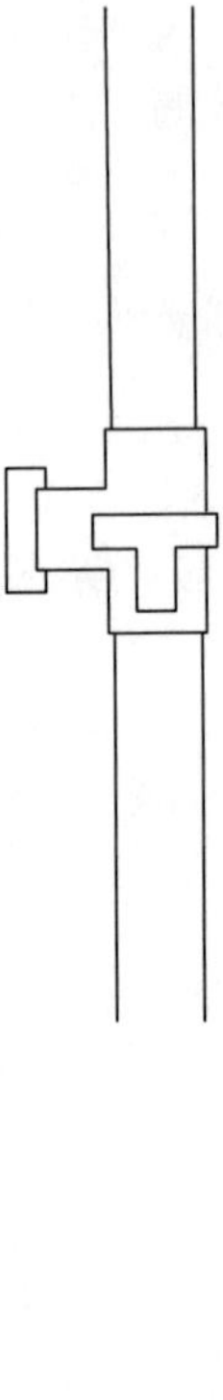

C、點滴瓶和患者相通（點滴正在滴著）。

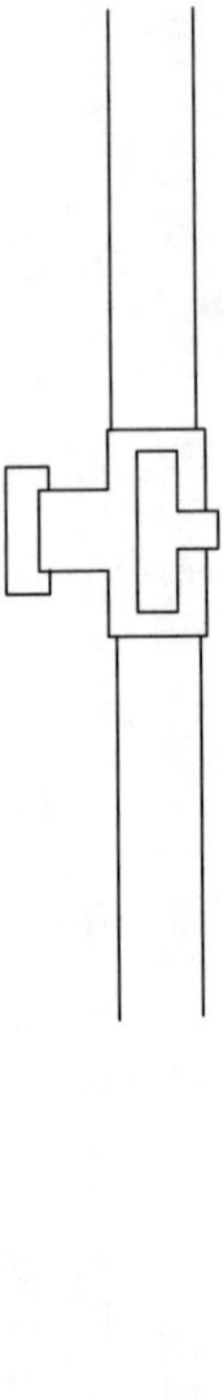

「有問題，如果那麼早注射麻斯隆，在開刀房的時候就應該會停止呼吸。」

智鶴立即提出異議。

窪島把預先畫好圖的紙攤放在桌上。

「如果切向患者那邊注射的話，就會像妳說的那樣。不過，榊田並沒有那麼做，她將三路活塞的開關轉成圖A，患者那方是關閉狀態，而往點滴瓶的方向打進去，然後再將開關轉一圈，這次就像圖B，點滴瓶那方是關閉的。這麼一來，麻斯隆就在三路活塞這邊堵住，而留存在三路活塞上方的點滴管中。」

「我懂了。」

「在這種狀態下，點滴並沒有眞的在滴，不過由於點滴筒是滿滿的，有誰問的話，大可以說點滴有在滴，事實上，誰也不會那麼多事去幫別人的忙，而推床旁邊只有榊田在。她就在這種狀態下，叫護理長來，一起將推床推到恢復室。爲了不讓護理長看到點滴筒是滿的，她用電毯的調整器遮住點滴筒，就算被發現也無妨，而且很走運，她沒有被發現。」

窪島一口氣將紫羅蘭費斯喝乾。口感很好，馬上就吞了下去。照這種情況下去，很快就會醉的。接著他點了威士忌酸酒（Whisky Sour），又繼續解說。

「在恢復室她才眞的惡劣。梶理繪當然會發覺點滴筒是滿的，榊田利用這一點，讓梶理繪產生錯覺，以爲點滴一直在滴，正好可以當她的證人。離開患者進行交班之後，榊田帶著梶理繪回到患者身邊，這時候她伸手到床單下面，快速將三路活塞開關轉動半圈，結果就像圖C，三路活塞側管口呈關閉狀態，點滴瓶和患者相通。點滴便在這瞬間開始滴落，原先留存在點滴管內的麻斯隆也開始流入患者體內。榊田若無其事地捲起床單，讓梶理繪確定三路活塞開關的位置是正確的，以爲點滴一直在滴著。因爲榊田將三路活塞轉了半圈，而開始流入並森行彥體內的麻斯隆，五分鐘後在走廊上使他停止呼吸。」

正在用吸管吸乳白色奶油的智鶴皺起眉頭。

「眞狠啊。她爲什麼要這麼做呢？」

「大概是怨恨近田醫師吧。被他拋棄後想報復，而幹下這種令人想像不到的事。」

「只因爲被男人拋棄，就殺害無辜的患者？」

「這並不希奇，國外就有爲讓敵對醫師的手術失敗，而在麻醉器上動手腳殺害患者的案例。報紙也報導過想放火殺男方全家人的新聞。」

「我想情況有點不一樣。怨恨近田醫師，就應該殺近田醫師，何必採取這麼迂迴而殘忍的手段呢？」

「殺人都是很殘忍的。她怨恨的可能不止近田醫師，大概連帶地將醫院、副院長和我都怨恨在內，索性將大家都拖下水。結果，受害最深的是無辜的患者和我。」

「或許吧。」

智鶴又向服務生點了名叫彩虹酒（Pousse Café）的鷄尾酒，似乎還想喝個暢快。或許覺得熱，水兵服也脫掉了。

「沒事吧？會站不起來喲。」

「噢，你指這個啊？」智鶴惡作劇地眨了一下左眼。「這才喝到防衛線而已，我還不曾喝酒喝輸過呢。」

看到服務生以緩慢的腳步端來的鷄尾酒，窪島吃了一驚。高腳玻璃杯中的液體，從上到下分成橙、綠、紫、白、豆沙紅、紅六層顏色，簡直像彩虹一般。

「這是什麼東西？」

「這是重疊不同比重的利口酒（Liqueur），漂亮吧？」

「要怎麼喝？」

「就這麼喝。」

智鶴用吸管輕輕插入綠色那一層，慢慢吸起，然後用舌尖抵住吸管口，抽出吸管。鷄尾酒變成五層。

「醫師你再喝呀，今天我請客。」

聽智鶴這麼說，窪島也點了莫名其妙的鷄尾酒莫斯科風暴（Moscow Storm）。結果送來一個上面浮著大冰塊、不怎麼起眼的石杯，裡面的液體微帶黃色。

喝下一口，嚇壞了，喉嚨燙得彷彿要燒起來，窪島急忙含了一口水。

智鶴瞇著眼睛，憋起嘴，盯著他看，似乎就要噴笑出來。

「這家店早先靠這東西起家的，裡面幾乎都是伏特加，只摻一點利口酒，最好小口小口慢慢喝。」

「原來如此。」

窪島嘴巴湊近杯子，小小啜一口。這一次衝擊沒那麼強了，甚至還覺得有點甜。

「剛剛你說的話我還是搞不懂。我想不會只是因爲被近田醫師拋棄吧。」

智鶴還不死心。

「妳還想得出其他理由嗎？難不成榊田十和子曾經是並森行彥的情人？」

「我可沒這麼說，不過……我查過一件事。」

「上次妳說了一半的那件事？」

「是啊。」

「那就請說吧。」

「我還不能說，除非事情如同我所料想的，我才會說。到時候，你要記住我現在可是反對你的說法喲。」

窪島好不容易將莫斯科風暴喝完。

「比起伏特加，這個可好喝多了。」
智鶴又點了大蘋果（Big Apple），又要了兩支吸管。
「等等，這不也是烈酒嗎？我會醉倒耶。」
「沒什麼吧，很好喝喲，我替你喝一半。」
氣氛很微妙，似乎在智鶴的引領下，他們彼此試探對方的極限。
不過，雙方快速拉近距離，倒也沒有什麼不安的感覺。
窪島臉紅心跳加速，也不全是酒精的緣故。
「接下來怎麼辦？」
「先和近田醫師談談。」
「最好不要，沒有這個必要嘛，他又不是凶手。」
「不，我不能原諒他。」
「爲什麼？」
「我一直在跟他見習，他竟然做出研修醫師不該做的事，我饒不得他。」
「近田醫師有說『在醫院之外也要向我見習』嗎？」
「他是沒這麼說。」
近田是徹底的個人主義者，完全不干涉窪島在醫院之外的隱私。

「既然這樣，就不要管他嘛。近田醫師的風評很好呢，沒有當班的星期日，他也會到醫院露個臉，半夜用呼叫器一叫，馬上就趕來了。」

「可是，到旅館……」

「那不行嗎？」

「反正我要跟他談一下，也許還可以知道一些榊田十和子的事也說不定。」

爲緩和興奮而喝下的鷄尾酒，發出蘋果汁的味道，爽口的酸味和甜味直往喉嚨降。

「對榊田小姐要怎麼辦？」

「我要好好跟她談談。」

榊田十和子現在還若無其事地在開刀房上班。雖然她最近沒有輪到外科手術，但偶爾會在刷手槽和別科的手術室看到她高眺的身影。

「她會承認嗎？」

「不知道。目前我們的證據還很薄弱，就只有三路活塞而已，其他全部都是推論，她如果要狡辯很容易。」

「打算什麼時候跟副院長說？」

「還沒決定，要說也要在和榊田十和子談過之後，不過……很難。」

原先是爲了讓副院長相信不是自己的過失而開始追查這件事，一旦面對這個眞相，要說醫院有殺人凶手，副院長及草角會長會有什麼反應，窪島實在沒法預料。

「喂，先不要跟榊田小姐談，也許我可以幫得上忙。」

窪島突然想吐，一陣鈍鈍的噁心感從肚臍四周衝上來，莫非雞尾酒喝過量了？他一站起來又想吐。

廁所在店的裡側。窪島蹲在地上，對著馬桶想吐，可是，喝下去的東西卻怎麼也吐不出來。儘管如此，光吐出空氣也覺得舒服多了。只不過，睡意緊接著侵襲而來，頭部彷彿被霧籠罩一般，整個鬆垮下來，他用頭敲馬桶，才清醒過來，但是，重複兩三次之後，就失去了意識。

敲門聲把窪島吵醒，只見智鶴探頭進來，一副憂心忡忡的表情。

「回去吧？」

窪島靠在智鶴的肩頭撐著走到電梯口，倒也不是自己沒力氣走，而是靠著智鶴的肩膀挺舒服的，乾脆就保持這樣的姿勢。

大樓前面的道路商家林立，路被兩邊的違規停車弄得窄窄的，車子只能慢速行進。路過的計程車全部坐滿了人，智鶴焦急地往回走五十公尺左右，總算攔到空計程車。智鶴將窪島扶入計程車內，自己也理所當然地坐了進去。

窪島被智鶴扶著走上公寓的樓梯，只覺兩腳無力，濃濃的睏意再度襲來。

「謝謝，妳回家小心。」

在門口，窪島鬆開智鶴的肩頭。

「你不請我進去？」

智鶴表情訝異地問道。

「裡面亂七八糟的，下次收拾好了再請妳來。」

他有股擁抱智鶴的衝動，雖然氣氛已經形成，但身體狀況並不允許，恐怕一躺下去就會睡著。

「我也醉得差不多了，你叫我就這樣回去？太過分了，總得讓我休息一下呀。」

智鶴以不悅的口氣說完一長串句子。

這間屋子除了母親約三個月來一次之外，還沒有任何女性造訪過。靠牆的單人床床單已經兩週沒換了，皺巴巴的，而且泛黃得厲害。桌子和榻榻米上面散落著書籍和小册子，書架反倒空空的，特別顯眼。六張榻榻米和四張半榻榻米上面，還零亂地擺著果汁空罐、藥物樣品、即溶咖啡瓶、留有殘渣的咖啡杯、聽診器、電話，以及新買的手提文書處理機。

窪島費勁地將書本和小册子堆到牆邊，好不容易弄出可供兩人落坐的空間。

「一目瞭然噢，沒有女人料理。」

智鶴頻頻掃瞄屋內，身上的T恤被汗濡濕，緊貼著背部，顯得很妖媚。

「妳呢？」

「我？我不行啊。我既任性又隨興，剛開始男人還會在乎我，最後恐怕就受不了了。」

「的確有這種感覺。」

「喲，眞過分。不過，我喜歡你，我可以一個星期幫你把這屋子清理一次。」

「這樣又何妨？太乾淨反而怪不自在的。」

睏意又轉強了，窪島很自然地打了個大呵欠。

「我來泡個咖啡吧。」

智鶴站起來。

「好哇。」

窪島的記憶就到這兒打住了。

天花板的日光燈沒有亮，黃色的夜燈在薄闇中滲著光。

窪島看看左側，智鶴就躺在身旁，她沒有睡著，雙眼皮的大眼睛緊盯著窪島的臉。

窪島緩緩湊臉過去，含住薄薄的嘴唇，伸入舌頭，智鶴「嗯」地囈語出聲，輕輕扭動上身。

沸騰的血液迅速流至下半身。

窪島溫柔不起來，恨不得將心底的抑鬱狠狠地塞入智鶴的軀體內。這是一場無暇喘息的粗暴性愛，窪島疲憊至極，抱著智鶴的肩頭，再度墜入夢中。

早上醒來時，身上蓋著毛毯，收縮的血管在頭內鳴鐘作響。智鶴已不見蹤影，原本應該擺在衣櫥內的睡褲，不知什麼時候裹住自己的身體。房間也變了樣，空罐和骯髒的咖啡杯不見了，書本回到書架上，各式資料整整齊齊地疊在房間角落。

桌面也被收拾了，文書處理機被搬到桌上，印上字的紙吐露在印表機外：

『眞夠累的了，不過，很愉快。

抱歉，擅自整理。

打電話給我。

智鶴』

自己和近田有什麼兩樣？

窪島抱著發疼的頭呆想著。

第四章　對決

1

兩天後，星期三。

由於決定和近田攤牌，窪島的心情從早上就像被灌了鉛一樣沈重。

在同科的年輕醫師之間，畢業學年的先後有絕對的影響。尤其在外科方面，像窪島晚了近田兩年，就得變成軍隊階級般的從屬關係。當外科醫生兩年半，窪島在手術和管理患者方面，都將近田的教誨奉爲金科玉律，不曾違抗過。

今天他非攻擊近田不可。

攻擊會有何反應？能夠說服他嗎？窪島籠罩在從未經歷過的不安中。

草角會長早上就來到副院長的診察室，悄聲地交談著。因此，原本該由副院長診察的患者，都陸續轉到窪島的診察室來。門診總算在十二點半結束。

幸好今天下午沒有排手術，近田結束巡房，到門診部看X光片，窪島趁機邀他吃午飯。

兩人並肩走在商業區的人行道上，隨處可見身穿深藍色或茶色制服的女性上班族。本來除了工作之外就絕少開口的近田，現在更是沈默不語，窪島也畏怯地不敢開口。

走了大約一百公尺，看到一家外觀白淨的家庭餐廳連鎖店，寬敞的店內才坐了六分滿，窪島將近田帶到最裡側的座位。

「什麼事？有什麼話要對我說嗎？」

近田神情疑惑地看著窪島。

窪島決定單刀直入。

「聽說你曾經和開刀房的榊田十和子交往過，眞的嗎？」

「眞的或假的，跟你有什麼關係？」

近田不動聲色地反問，窪島原本以爲會遭來一頓怒斥，已經做好心理準備，現在這個樣子反倒使他有點亂了陣腳。

「這對我很重要，請你告訴我。」

窪島不甘示弱地瞪著近田深沈的眼睛。沒多久，近田似乎瞪輸了，移走目光，視線遊走在虛空中。

「是啊，是交往過。大概交往了一年半，半年前分手了。」

「沒有動過結婚的念頭？」

「一點也沒有。她應該也知道。這件事本來就是她主動的。」

近田以傲慢的語氣啐道。

「最後是你拋棄了她？」

「分手不是誰拋棄誰吧？只是要好聚好散並不是那麼容易。爲什麼這對你很重要呢？」

「因爲她是殺並森行彥的兇手。」

窪島吸了一大口氣，然後屏息說道。

近田似乎一時之間無法體會話中的意義，露出不解的表情，接著歎了一口氣，以責備的眼神看著窪島。

「你說什麼？那是個意外！」

「不是，那是謀殺！」

窪島爲了讓近田明白，拚命說明這一陣子的情況：在廢棄物處理場發現三路活塞、檢驗的結果、對麻醉紀錄的懷疑……近田一邊吃著女服務生送來的咖哩飯，一邊靜默地聽著，不過，在窪島喘息之際，他卻抬起頭來，臉上浮現冷笑。

「哼，你又想出一些天方夜譚的事。按照你的說法，她是在什麼時候，用什麼方式注入麻斯隆的？」

窪島依照他對智鶴所說的，詳細說明兇手如何玩弄三路活塞和點滴筒的把戲。

「這樣啊？能夠牽強附會到這個程度，倒也挺厲害的。」

近田一點也不相信。

「你要天馬行空亂想，那是你的自由，只不過你忘了一件重要的事：爲什麼她非得幹出這種事不可？」

「你不明白嗎？這是她對你的報復，你是並森行彥的主治醫師，她想陷害你，所以設下這個陷阱。」

「混蛋！」

這一次近田眞的火了，額頭浮出青筋，臉頰微微抽搐，接著身子前傾，一副要揪住窪島的模樣。

「我沒做什麼值得她憎恨至此的事，你給我適可而止吧！」

「不，這件事你有責任，我需要你的力量來跟她對決。」

窪島的臉頰突然感到一陣強烈的疼痛——近田徒手揍了他一拳。

「聽好，窪島，那是意外，而且是你搞出來的意外，還把大家都拖下水。你知道現在副院長和草角會長爲了處理這件事，有多傷腦筋嗎？如果再讓我聽到這種胡言亂語，我可不放過你。」

近田踢開椅子，站起身，抓了帳單離開座位。

窪島摸著臉頰，承受挫敗的滋味。

窪島回到外科門診部時，副院長的指示已經等著他。護士轉交一張紙條，要他到副院長室一趟。

副院長正在看著攤放在桌上的三本書，每一本似乎都和醫事糾紛有關。

「眞是煩人，年紀大了就是這樣。爲什麼外科醫生非得搞這種事不可？動手術比處理這種事好太多了。」

「交涉不順利嗎？」

「倒也不是。患者的太太後來又來了，氣氛還算不錯。」

「要求多少錢？」

「已經降到一億圓。我告訴她絕對不可能超過這個價錢。本來還可以再殺一千萬的，不過，考慮患者的年齡，也許就現在的行情來說，一億圓是合理的金額。」

「這一億圓是由保險出嗎？」

「希望是這樣，大概也是這樣吧。不過，就像我跟你提過的，中間有一點問題。保險是根據過失給付的，所以我們必須多少承認一點過失才行。」

「我的過失嗎？」

「不，三個人的過失。你、近田和我。我不會把責任推給你一個人。」

窪島有一股衝動，恨不得就在這兒將一切事情告訴副院長。那不是意外，而是榊田十和子一手主導的謀殺事件，沒有必要讓我們三個人去承擔責任。

話並沒有說出口。近田憤怒的臉孔和臉頰挨揍的疼痛記憶，令窪島躊躇不前。如果告訴副院長，近田恐怕會怒上加怒。而且，現階段副院長會不會相信他，恐怕也有問題。

副院長嘴唇一鬆，浮出造作的笑容。

「怎麼樣？願意讓我全權處理嗎？我會考慮保險申請書的內容，絕不會說是你的錯。」

窪島心情很亂，明明沒有過失，就算只是「多少」承認一些，也不甘心。可是，另一方面，卻也有乾脆讓副院長去搞定一切的念頭。

到底該怎麼辦？

他考量如果宣稱榊田十和子是凶手，並森良美恐怕會控告院方。對院方來說，謀殺比過失還要嚴重，保險更不會給付。爲了避免事情演變到這種地步，院方大概會堵住我的嘴吧。而這股壓力會來自何處？來自副院長，還是直接來自會長？抑或透過大學的醫局？

煩人的事堆積如山。

「讓我考慮考慮。」

窪島說完，走出副院長室。

當晚，他正在電話前遲疑著，反倒是智鶴那邊打了過來。

「你看，我不是說沒必要和近田醫師談嗎？」

耳際響起開朗的聲音，令窪島心情大爲寬慰。

「我很頭大，接下來該怎麼辦？」

「繼續努力呀。你大可說你完全沒有過失。如果院方硬要你承認，你就說你要辭職。」

「要說得這麼絕嗎？」

事情並不像智鶴說的那麼單純。他是國立M大學醫學院第一外科醫局派來這家醫院的。副院長和近田屬於同一個醫局，背叛他們二人和院方，就形同背叛大學醫局。眞的這麼做，自己的未來將會如何呢？

「我知道你的意思，我再想一想。對了，我想跟你談一件有趣的事，明天晚上能不能在車站前面碰面？」

2

小雨紛飛的夜晚，窪島遵循交通號誌穿越車站前面寬敞的馬路。拿手提包的智鶴和戴蜻蜓眼鏡的年輕女孩，在站前大樓的電子看板下等他。

他們搭上電梯，進入八樓的咖啡店。這是一家照明很亮、顯得過度空曠的店。

「她是美紀子。」

智鶴介紹年輕女孩。她比智鶴年輕，約二十歲上下，身穿海藍色大領罩衫、葡萄酒色窄裙，就像街上常看得到的大學女生或年輕上班族。頭髮染成淡紅色，眼睛、鼻和嘴唇都小小的，五官很可愛，配上蜻蜓眼鏡挺適合的。

「你好。」美紀子點頭致意，塗上粉紅色指甲油的手指從手提包裡掏出香菸，開始抽起來。三人份的蛋糕、紅茶送到桌上來。

「美紀子是我朋友的朋友，反正就是朋友啦。她一直在偵探社打工。」

「偵探社？」

這女孩還眞不像偵探。

「嗯，我工作的時候，絕對看不出來。從千金小姐到風塵女郎，我樣樣都可以裝扮。」

美紀子吐一口煙，說道。

「我可是特別拜託美紀子向公司請個假，替我們調查的喲。」

智鶴紅著臉說明。

「調查什麼？」

窪島的聲調有點尖，心想莫非智鶴把我們的推論一五一十都告訴了這個女孩？

智鶴沒有回答。

「如果是因爲我的緣故，請不要介意，我很快就告退了。」

美紀子突然插嘴，然後快速地吃完蛋糕、喝光紅茶。

「智鶴姐，謝謝招待，歡迎再惠顧，我會嚴守祕密的。」

美紀子站起來，扭動屁股走出咖啡店。

「妳要告訴我什麼事？」

窪島改口問。

「上次在酒店你向我解說榊田十和子注射麻斯隆的手法，我不是說了嗎？你說是因爲她怨恨並森行彥，不過，當時我心裡想的卻是另一件事——她殺害並森行彥能獲得什麼好處？所以，我決定找人調查這件事。那時候我不是說有一件事嗎？」

窪島終於明白了。難道最近智鶴故作神祕的，就是這件事？

「首先，我對你有抱歉也有請求。那是有關於錢的事。因爲我是私下拜託她的，所以調查費很便宜。不過，如果用一般物價來衡量，也許還是貴了一些。我擅做主張，實在是說不出口。」

「多少？」

二十萬？三十萬？窪島猜想。如果三十萬以上，智鶴就太過分了。

「六萬。我出三萬，你出三萬，怎麼樣？」

「哇塞！怎麼這麼便宜？」

「特別服務嘛，朋友呀！」

智鶴從手提包中取出一個白色的檔案夾。

「這就是調查報告？查出什麼有關榊田十和子的事了嗎？」

「不是。」

智鶴搖頭。

「不是？那是什麼？」

「我不是調查榊田十和子。」

「那妳調查什麼？」

「計畫性的犯罪，是不是一定有人會從中得到好處？在確定這個事件是謀殺時，我就覺得應該先查出誰獲利最多。」

「是誰？」

「還用說嗎？當然是並森行彥的太太並森良美呀！」

「怎麼會？」窪島吃驚道。

他回想良美肅穆的表情和無懈可擊的態度，實在很難想像。

「我一開始就覺得她不太對勁，這是女人的直覺。」

「你是說她拜託榊田十和子殺人？妳想太多啦。她沒理由這麼做，她眞心愛她先生，而且還有一個可愛的小孩。」

「你太天眞了。先不要說這些，看看這份報告再說吧。」

窪島接過智鶴手上的小册子，開始閱讀。報告是將文書處理機列印出來的紙，用訂書機訂綴而成，看來有點廉價，想必是剛才那位打工的女偵探節省費用的結果。

然而，內容卻多達三十頁，蠻充實的。上面記載了並森良美的簡歷，和跟蹤一週的詳細情況，甚至包括並森行彥生前的經歷。

內容委實令人吃驚。

上星期五晚上，並森良美在郊外的地下鐵車站下車，走進站前咖啡店喝咖啡。小叔並森拓磨隨後也來了。良美坐進拓磨的車。車子開了約五分鐘，進入名叫「海豚」的汽車旅館。兩個小時後，車子離開汽車旅館，往車站的方向駛去。

這星期四晚上，重複同樣的事。

上面還貼有四張照片爲證。一張是拓磨和良美走出咖啡店，背景是地下鐵車站；一張是良美正好坐進拓磨的車，臉孔正確無誤；一張是汽車開出汽車旅館，兩人的臉孔看不清楚，但拍下了汽車旅館的名字和車號；最後一張是車內特寫，很清楚地拍下良美倚偎在開車的拓磨身上。和前面幾張照片相對照，可以印證兩人在汽車旅館幽會的事實。

並森行彥因爲十二指腸潰瘍而無法加入一般壽險，這和良美所說的一樣，但是，行彥在二十五歲以後已經貸款購買公寓，這時候十二指腸潰瘍並未發病，因此得以加入保證支付貸款的壽險，行彥一死，公寓就歸良美所有，以後也無須再償還貸款。

並森行彥和拓磨兩兄弟從小就處不好。拓磨到行彥家走動，是在行彥和良美結婚之後。行彥和良美的婚姻似乎不太美滿。超級市場的同事曾聽良美抱怨丈夫外面有女人。關於行彥的異性關係，除了出差時逢場作戲之外，和公司女同事之間也傳出謠言。不過，眞僞尙待查證。

並森拓磨目前單身，除了良美之外，並沒有特定交往的女友。

「有什麼感想？」智鶴問。

窪島想起事件發生當天良美的反應。難道在醫師室內哭喊、昏倒，和在夜間加護病房內充滿憎恨和哀求的眼神，以及行彥死亡時所表現的恐慌，全都是在演戲？

「眞令人難以想像。」

窪島很後悔自己那麼容易上當，不但心裡同情她，甚至還付出敬意。

「我早就這麼懷疑了。他們倆大概打算從院方拿到賠償金之後，等到事情平靜了，再結婚吧。」

「不過，這並不能證明兩人的婚外情和事件有關。也許完全無關，只是偶然受益吧？」
「這世界上沒有這樣的偶然，是他們倆託榊田十和子殺人的。」
「不過……沒有證據。非但沒有，甚至找不到她們之間的交集點。」
「有呀。你再仔細看看報告。」
窪島又將調查報告看過一遍。
還是沒有。對於榊田十和子什麼也沒提到。
「這裡呀。」
智鶴似乎按捺不住，一手搶過調查報告，打開最前面那一頁，指著記載並森良美簡歷的那一行：
『昭和五十四年三月　綠銘學園普通科畢業』
綠銘學園、綠銘學園？窪島馬上想起來，那正是榊田十和子的履歷表上所寫的高中。
『昭和五十五年三月　綠銘學園衛生護理科畢業』
並森良美和榊田十和子畢業自同一所高中！
「眞沒想到……」
窪島受到一股莫名的虛脫感侵襲。
「就是這麼回事，了解了吧？」

「可是，她們倆的學科不同，學年也差了一年。要她們倆坦承這個事實，就必須證明她們在高中時代就有往來。」

「沒錯。不過，這件事我們倆就可以調查了。」

「綠銘學園在哪裡？」

「世田谷區呀，在東京。那是所私立高中，只有普通科和衛生護理科。」

「我們醫院好像沒有其他該校的畢業生吧？」

「我昨天拿到調查報告，今天稍微調查了一下，我們醫院只有榊田十和子一個人。」

「看來只有直接去學校調查囉？」

「直接去學校不知道有沒有用？現在的職員誰還會記得十年前的學生？就算記得，也不知道肯不肯告訴我們。要不要先打電話看看？然後再去找必要的人。」

「好吧，明天午休時我打電話看看。」

窪島再看一次調查報告。偵探報告書他可是頭一遭看到，不過，他還是看得出這份報告寫得非常好。必要的東西寫得很周詳，不是特別重要的東西就輕描淡寫地提過。文字應該相當專業，非專業的人恐怕得再三推敲才行。而這些照片，想必花了一番苦心才拍到。

看來是改了又改，最後才鍵入文書處理機印出來的。女偵探似乎花太多時間在文章的寫作和推敲上，因此沒有餘裕校對文書處理機打出來的東西，而出現了幾個錯字，可謂美中不足。例如：「監察良美的情況」的「監察」，應該是「觀察」；「保障支付貸款的壽險」的「保障」，顯然是「保證」之誤。

「妳的朋友眞不是蓋的。這才値六萬元，太可憐了。不過，如果超過這個金額，我也會吃不消。」

窪島把調查報告還給智鶴。

「無所謂啦。她做偵探一半是爲了興趣，她好奇心很強，跟我一樣。」

智鶴將調查報告收入手提包，起身正要離開，眼睛順勢往入口方向望去。

突然間，就像見鬼似的，她整個臉僵住，並且發青。她快速坐回位置，把臉趴在桌上。

「怎麼啦？」

「拜託，往牆壁方向看，不要看入口處。」

窪島照她的話做了一陣子。

「可以了。」

視線轉回時，智鶴已經抬起臉。

「那邊。」

智鶴指的是最靠近入口那一排，從入口算來第五個座位。兩名男子相對坐著，臉都看得很清楚。其中一位正是頭髮斑白、氣質良好的小兒科主任野野村，另一位大約在五十五歲到六十歲間，全往後梳的頭髮烏亮有光澤，個子似乎高而結實，一副紳士模樣，鼻梁高聳的側臉看來不像日本人，那是一張活力充沛的強韌臉孔。與其說「端正」，不如用「充滿野性」來形容更為貼切。

窪島看過這張臉。

「剛剛我還以為他們要走過來，急死我了。」

智鶴有點羞怯。

「我無所謂，就算被看到又怎麼樣？」

窪島悠哉地說道。

「那要不要去打個招呼？」

智鶴怒沖沖地做勢欲起。

「好啦、好啦。」

窪島急忙拉住智鶴的手。

「我也無所謂啊。只不過，不要被看到比較好。」

智鶴脹著臉坐回原位。

「野野村主任對面那個人，妳認識嗎？」

「不認識。」

智鶴冷漠地回道。

野野村主任和高鼻子紳士邊喝紅茶、吃奶油蛋糕，邊交談。高鼻子男人手勢不斷，似乎在說明什麼事。野野村主任則一味聽著，偶爾點點頭。從這個位置聽不到談話的內容。

「眞討厭，這種場所就是會有歐吉桑來吃蛋糕、喝紅茶。」

智鶴皺著眉頭說道。

「野野村主任不喝酒嘛。」

醫院舉辦宴會時，野野村主任只在一開始喝一口啤酒，接下來就用可樂或烏龍茶矇混。

「幹嘛不去西餐廳呢？」

大概是因爲下雨吧，窪島想。也許他們本來打算去吃飯的，因爲雨下大了，才就近跑到這兒來。

同時走出去不太好，窪島讓智鶴先走，稍後才結帳走出去。野野村主任只顧說話，視線不曾望向窪島。

智鶴在迴旋門前方的屋簷下等著。正如窪島推測的，外面的雨變大了。街燈和霓虹燈照射下的馬路雨滴四濺，行道樹也水滴如注。

「我很想送妳回去，不過，我今天待機。」

「沒關係。我還沒跟我媽提過你，下次我在房間招待你。」

智鶴撐著傘轉過身，逕自跑向公車站牌。

窪島覺得鬥志恢復了。他已經沒有必要同情並森良美，一旦查出並森良美和榊田十和子過去有來往，就可以連同證物三路活塞要求兩人承認殺人的事實，到時候並森良美恐怕不得不撤回賠償的要求了。

想來想去，這才是解決這個事件的最好方法。順利的話，就不會拖累醫院和大學醫局。

窪島緊握雙手，穿過大雨滂沱的站前大馬路。

3

醫院附近能避人耳目獨占電話的地方只有一個，那就是窪島所住的公寓，地點在醫院南方，走路約十來分鐘。

昨晚開始下的雨，在中午門診結束的時候，已大致停了。窪島換上便服往外跑，將原本必須花十分鐘的路程縮短爲五分鐘。智鶴因爲工作較早結束，先到門口等著。和上次一樣，運動衣背部整個汗濕了。

智鶴堅稱打電話的工作女性比較適合。爲了讓窪島聽得到對話的內容，她打開電話擴音器，對著電話機說話。

她首先找到綠銘學園的事務人員。
「我姓岸田。能不能幫我查看昭和五十五年衛生護理科的畢業紀念册？我想找人。」
「我們通常都不提供名册的，以免遭人惡用。如果您一定要看，請您去拜託有紀念册的畢業生，好嗎？」
「畢業生我一個也不認識，能不能幫個忙？」
「這很痲煩。」
「如果您能提供任何線索，我可以自己去查。」
「好吧，我去問一下主管。」
聲音暫時中斷。
「喂，我告訴您當年導師的聯絡電話。請您不要太痲煩人家。對了，能不能告訴我您的地址、大名和電話號碼？」
智鶴胡謅了地址和姓名，只有電話號碼是窪島的。
五十五年一共有三班。一班導師現在是主婦，聯絡電話是自宅；二班導師聯絡電話是大田區的高中；三班導師聯絡電話則是關東醫科大學高等護理學院。
智鶴打電話給三位導師，以婚前調查爲藉口，查詢榊田十和子的事。
姓井川的三班導師有了回應。

「榊田十和子是我班上的學生沒錯。不過，其他我就無可奉告了。」

井川一副拒人千里的語氣。

「你知道榊田小姐跟誰比較親近嗎？」

「我當然知道，只不過，我沒有必要透露。」

「可是……」

智鶴歎一口氣。

「妳到底是幹什麼的？」

「其實家兄和榊田小姐在交往，已經打算要結婚了，可是，因爲聽到她以前一些不好的謠言，有點擔心。」

智鶴把事先想好的說法照本宣科。

「我不想牽扯到這一類的問題。」

「能不能……幫個忙？」

「我拒絕。」

「明天下午，您在學校嗎？」

「我在，不過，妳來也沒用。」

電話中，井川的聲音變得更爲冷漠，聲音中還夾雜遠處傳來的細微講話聲。

「我會向您說明詳細的情形。」

「沒有用的。」

電話咔嚓切斷了。

「討厭！」智鶴罵了一句，做出不悅的樣子。

「唉，偵探可眞不好當。」

「明天再打打看，這次換我來打。」

如果因此就氣餒，那事情就沒辦法進行了。

「你星期六待機嗎？」

智鶴伸了一個大懶腰之後問道。

「不，這個星期輪到近田醫師。」

「那麼，我們明天下午直接去關東醫科大學。只要能從井川老師那邊問出結果，星期天就可以去找榊田十和子以前的朋友。」

「難囉，聽她剛剛那種口氣，就算我們找上門，也不會告訴我們的。恐怕肯不肯見我們都是問題。」

「試試看，水來土掩，看著辦。」

「關東醫科大學我不太熟。」

「我去過。有一次開藥品研究會，藥局長帶我去的。」

「怎麼去？」

窪島聽說關東醫科大學在K市的郊外，交通不太方便，心想開車去最快，不過，即使開車，那地方離K市市中心似乎還有一段距離。窪島有駕照，可是卻沒有車子，而且，畢業之後也不曾開過。

「開我的車子好了。雖然很小巧，不過還是渦輪引擎的。」

傍晚，窪島經過門診大樓走廊時，肩膀被拍了一下，回頭一看，放射線技師中山正對著他微笑。

「上次我們談過了。今天怎麼樣？」

八天前中山曾邀請他到家裡去，他已經忘了這回事。

「我今天待機……」

「只要不到很遠的地方就行了，不是嗎？我家離醫師住的地方不遠喔。」

情況已經和八天前不同，窪島對工會的動向已不太感興趣，不過，中山的盛情難卻。

晚上八點左右，中山先回家一趟，再開車到醫院接他。

中山的家就從窪島住處一直往南去。離開車水馬龍的大馬路之後，爬上略微傾斜的道路約一百公尺，就可以看到一棟五層樓高的白色公寓聳立在夜空中。

通過別致的門廊之後，往公寓大樓的出入口分成三個。中山進入最左邊的出入口。金屬製的郵箱有兩排五列，計算一下，這棟大樓可以住三十戶，至少這邊的十戶已經全部住滿。從牆壁的污損情況來看，似乎算是比較新的公寓。樓梯的照明很亮，連走道的水泥地都掃得很乾淨，給人良好的印象。

中山的住家在二樓最後一間。中山才打開門，一個頭髮長長、約兩三歲的男孩便跑到脫鞋間抱住中山。中山的太太穿著圍裙從後面探出頭來。

「歡迎。家裡很亂喔。」

窪島被帶到六張榻榻米寬的西式房間內，這兒似乎是用來當客廳的，裡面鋪著奶油色地毯，擺著被爐、大型電視機、錄影機、組合音響和玩具櫃，以及大概是其他房間擺不下的兩個櫥櫃，把四周的空間都塡滿了，顯得相當狹窄。

「全部只有二LDK（二房一廳一廚），家母住一間，我們和小孩住一間，再加上這個房間。我們很想再多一個房間，但是，現在這個房子就夠受了，我們夫妻爲了高額貸款可眞打拚呢。」

中山把長得很像他的小孩放在膝上，笑著說。

「這一帶的地價很貴吧？」

「是啊，雖然離市中心有點距離，但還是算市區，一直在增值，以後想在郊區買間稍微大一點的公寓。」

中山太太在廚房裡招呼，窪島便往那邊走去。只見餐桌上擺了鐵板，旁邊還有烤肉的材料。中山太太輪流倒佐料到三個小碟子上，主婦的架勢十足。

「謝謝。」

「請用，今天你是客人，你最大。」

如果不是因爲捲入並森行彥的事件，大概也不會受到這家人招待吧。想到這兒，窪島看著中山太太的主婦模樣，和中山的好爸爸模樣，覺得有點可笑。

中山把小孩託給祖母之後再過來。中山太太將肉片放在鐵板上，「嗞」地一聲，冒出帶著香味的白煙。

「可以談談醫院的事嗎？」

吃得差不多時，中山問道。

「可以呀。」

終於來了，窪島在心裡做好準備。

「現在工會的目標是同仁的過度勞動，其中最嚴重的是護士；技師和一般醫院比起來，工作量也超過負荷，我們打算以這一點爲訴求，爭取改善勞動條件。不過，畢竟醫院比較特殊，要達成相當困難，希望醫師們能鼎力相助。」
中山看著窪島的眼睛，緩緩說明。長滿鬍子的臉頰因爲啤酒的關係微微發紅。
「你是說導致過度勞動的是醫師嗎？」
窪島語帶挖苦地問道。他只喝可樂，沒有醉意。
「一開始就說得這麼白，我還眞不知道該怎麼接下去呢。」
導致護士、技師們過度勞動的因素，不外住院患者太多、需費心照料的重病患者太多、門診患者太多、檢驗太多、手術太多。而製造這些因素的人，追根究柢，應該是草角會長，不過，就各個情況而言，則是醫師。
「但是，醫師不工作行嗎？醫院馬上就會活力盡失。」
「我沒這麼說。誰願意待在沒有病人的醫院瞎混？我們當然也希望醫院生意興隆。問題不在這裡，而在於和工作量相比，工作的人太少了。每個人的工作量異常地多。這一點我們已經向院方反應過N次了，但是，院方都沒聽進去。總而言之，不增加人事費用，只想提高醫療收入，這算是哪門子的經營方針？每次我們對工作內容表達苦衷時，院方都用『爲患者多忍耐』之類的話搪塞。如果說是爲患者著想，那就應該讓患者接受人員充足、有餘裕的醫療，這才是眞正爲患者著想。」
窪島不太喜歡聽到「爲患者著想」這句話。就理念而言，「爲患者著想」當然很正確，但從事醫療的人，既不是聖人，也不是天使，國家也不可能提供無限制的醫療補助。醫療既然不是不求獲利的公益事業，要完全實現「爲患者著想」的理念，是不太可能的。這一點從事醫療的人都一淸二楚。不能因爲對方說出這句話，聽的人就得叩首拜聽。「爲患者著想」往往只是「爲自己著想」的另一種說法罷了。

其實，「爲患者著想」是院方美麗的謊言，醫院用「爲患者著想」爲理由，向醫師要求二十四小時體制的勤務；而醫師也用「爲患者著想」爲理由，向護士和技師要求嚴密監護與緊急檢驗。而工會也以「爲患者著想」爲理由，向院方要求適量的勞動。任何一方的主張都是正當的，但是，要全部滿足，可就困難至極。

「如果說過度勞動，我們也是過度勞動，可是，不做不行也只好做了，不是嗎？」

窪島有點動氣。

「這有點不一樣。醫師們可以有選擇性的工作，我們就不行了。醫師說一句，我們再怎麼忙也得做。容我抱怨一句，有些檢驗眞的非今天做不可嗎?但是如果我們這樣質疑，一定會被責罵是想謀殺病患，或是不配在醫院任職。」

中山似乎想把心中積壓的東西一口氣都吐個精光。

「那你到底希望我怎麼做？」

「對於每位醫師，我們的希望是：能夠仔細思考他發出一個指示需要動用醫院多少人。

例如，醫師決定在晚上動盲腸手術，就有兩名在家休息的護士要被叫來。護士白天工作了一天，明天也還要工作，而且加班費更是杯水車薪。希望醫師決定動手術之前，這一點也能考慮考慮。」

「什麼話？開了洞變成腹膜炎，責任誰負？」

「責任當然是醫生負。不過，這是極端的說法，請你不要誤會。我要說的只是，希望在決定手術或檢驗的當兒，能考量是否眞的有必要。眞的有必要，誰都樂意協助。只不過，我認爲醫師們所發出的指示，並不是每一個都需要緊急處理。如果有多餘的人力，我也不願意說這種討厭的話。」

窪島壓住脾氣不願爭吵，爭吵也不會改變對方的想法。中山只是希望醫師在發出指示時心理上能踩一下煞車，此外並無他圖，倘若大聲回他一句：醫師沒有必要一一告訴你這是經過小心判斷，認定是必要才做的。這麼說只會引起他的反感，沒有什麼意義。況且，中山不是窪島的部屬，在工作上，窪島必須請他幫忙。

「是嗎？」

窪島回答得很曖昧。

「那就拜託醫師了。」

中山也不再進逼。

剩下的烤肉材料全部放入鐵板之後，中山太太幫窪島倒了可樂。

「要跟我說的話，就是這些嗎？」

窪島望著中山和中山太太，然後問道。

中山太太將翻動烤肉的任務交給中山。

「這一次我們決定輪流請年輕醫師到家裡來，說明工會的活動。第一位請的就是窪島醫師。」

中山太太托著下巴說。

「這是我的榮幸囉。」

「剛剛醫師說你們也過度勞動。以前我們一直沒注意到醫師的勞動條件，這是不對的。醫師們處在什麼狀況，跟我們有很密切的關係。」

我說錯話了，窪島懊悔地想著。

「我們一直向院方警告：長期過度勞動，會導致醫療事故。我們聽到那件事故時，心想果然發生了。我們因此自省，應該也要關心醫師們過度勞動的問題。」

中山太太盯著窪島說道。她三十出頭，眼角細長，單眼皮的眼睛流露出知性，但臉頰至下顎的生硬線條卻顯得有點冷峻。

「事故？什麼事故？」

「就是那個名叫並森行彥的患者亡故的事件。」

「他是腦梗塞呀！不是事故。」

這個時候非堅持不可。

「大家都說是事故。」

「那是謠言。」

「大家都很同情醫師，說原因明明是過度勞動，但是草角會長和副院長卻把所有責任都推給醫師。」

「沒有這回事。」

「我們打算以這件事做爲過度勞動的訴求重點，和院方展開交涉。醫師能不能幫忙？」

「亂來！那只是腦梗塞。」

「腦梗塞致死，爲什麼會弄得要付賠償金？」

中山太太語氣帶著嘲諷。

「沒這回事，我沒有聽說。」

窪島處於劣勢，但仍然嘴硬。

「是嗎？那太遺憾了。」

「難道我這麼說了，還要再討論下去嗎？」

「我了解了，那就不談吧。」

中山邊吃著烤蔬菜邊看著二人唇槍舌劍，最後他露出苦笑說：

「不過，醫師請你想一想，聽草角會長的說法，事情可不那麼簡單哦。他開口閉口都是為了患者，其實根本不是那麼一回事。他並不是醫師出身，而是搞不動產的，搞不動產的人哪懂什麼醫療、看護？」

「這是偏見。他經營醫院也有十五年了，確實有成績，而且醫院的風評也不錯。」

為什麼會替自己並不喜歡的草角會長辯護呢？窪島自己也覺得莫名其妙。

「你太天眞了。草角會長腦中只有賺錢而已。」

「如果要賺錢，大可做別的事業，經營醫院賺不了什麼大錢。」

從副院長偶爾透露的一些口風聽來，這家醫院似乎並沒有那麼高的利潤。醫療收入是增加了，但是健保的計算一年比一年嚴格，人事費用和醫療材料費也不斷提升。何況，既然是私立醫院，就不能出現赤字。而且，畢竟也闖出了名號，非保持一定的醫療水準不可。副院長不知什麼時候說過：「醫院經營已經進入嚴冬時期。」不是醫師出身的草角會長，之所以沒有抽身而退，應該是基於時勢所趨，和使命感、名譽心吧？就這一點而言，窪島算是比較站在草角會長這一邊。

「醫師們遲早要返回大學醫局，我們可不能啊。只有在這醫院工作一輩子，和草角會長拚鬥到底。」

中山說出鬥志昂揚的話。

「不過，那件事眞的是腦梗塞。」

窪島重複道。

「好吧。醫師旣然這麼說，就姑且這麼認爲吧。不過，情況需要的時候，我們或許會搬出這件事和草角會長拚一拚。」

「最好不要。」

「搬出這件事之前，我們會和醫師好好商量的。」

窪島對中山的說法非常不安。

「難道你們打算把這件事鬧到外面去？」

「怎麼會呢？」中山大聲否認。「我們怎麼會做這種事？那豈不是自己掐自己的脖子？這只是我們和醫院之間的事。」

中山太太爲他們倒茶，有意催促休戰。

她以黃湯下肚不分你我的語氣說：

「看來醫師誤會我們了。我們並不是一味在主張自己的權利，如果是爲我們自己，那放假的時候就不製作工會的海報或傳單，痛快去玩了。我們大可換到待遇更好、像飯店一樣漂亮的醫院。事實上，有辦法的年輕人也都這麼做了。我們是喜歡現在的醫院才待下來，爲了醫院好才推展活動。用草角會長那套作法，醫院沒辦法再經營下去。我們要讓他了解這點。如果不改善員工的待遇，恐怕誰都不願意幹了。」

回程中山開車送窪島回住處。

「抱歉，本來是要好好款待客人的，沒想到太過激動了。」

中山在車內點頭致歉。

「鐵板燒很好吃呀。」

「歡迎再來，我們好好談談。」

中山開車離去。

雖然作客時如坐針氈，但卻獲知工會的動向，目前似乎還不用擔心工會會把事情鬧大。

翌日星期六下午，智鶴開豔紅小汽車來接窪島。車子剛打過蠟，光亮美麗，彷彿新車。後座只擺了塡充玩具熊和錄音帶盒，對年輕女孩來說，顯得太乾淨俐落。

由於時間有限，他們隨即出發，行經醫院前方，橫過中央町一段的大馬路，直往北走。過了寬闊的商店街後，路略微變窄，一分爲二。他們彎入左側的那條路，兩旁住家密集。

這條路和另一條雙線道的國道交叉。智鶴超車切入車道，車速理所當然地提高至七十公里。小車就像被風吹般地晃動著，窪島有點緊張。不久，來到K市邊郊，看得到「歡迎光臨I市」的看板。

進入變成單線道的道路，穿過I市中心之後，道路變成微陡的坡路，車子越過小丘，住家逐漸減少，零星矗立著咖啡店、餐館和小型超市，悠閒的田園風景在道路兩側伸展開來。上方是白色雲朵片片點綴的青空，柔和的陽光灑落在稻子已收割完畢的田圃上。

彷佛建造在田圃中的小都會似的，關東醫科大學和附屬醫院的白色建物出現在左側。巴士站牌旁邊立著標示道路的小看板。智鶴依照看板指示，往前開了五十公尺之後轉向左側。

對自己所屬的國立M大學醫學院，窪島只去過三次：兩次入學考試和入醫局時。不過，他對建物倒留下很強烈的印象。這家私立關東醫科大學和國立M大學醫學院相比，占地似乎窄了一點，但在建築的美觀上卻遙遙領先。M大學醫學院不斷在空地上蓋新建物，新的附屬醫院緊靠著已蓋了十年的老舊醫學院，眼看就要崩塌的建物，被用來當動物實驗室，整個建築談不上任何結構美學。而關東醫科大學在建築上顯然是有計畫性的，建物群保持適當的間隔和美好的平衡。樹木和草坪的翠綠，與連緜的白色建物呈鮮明的對比，看來很潔淨，具有安定心靈的效果。以現代醫科大學而言，她明顯占了上風。

關東醫科大學是由東京著名的開業醫師新鄉理事長在十幾年前創建的。由於學費高、國家醫師考試及格率欠佳，大學本身的評價並不好，但是附屬醫院因爲拔擢在全國各大學醫學院坐冷板凳的優秀人材，雖然只是J縣下的高等醫療機構，卻能和國立J醫科大學附屬醫院並駕齊驅。新鄉理事長本人目前六十歲出頭，東京的事業已交給兒子，自己專心經營大學和附屬醫院。

窪島和智鶴將車子停在正門進來沒多遠的停車場，再走回正門附近的附屬醫院大廳。雖說占地不廣，但既然是醫科大學，總有一般大公園的面積。在類似的建物群中，要找到高等護理學院並不容易，還好附屬醫院前面立有大型的指示板。窪島和智鶴依照指示板，走過七層樓高的附屬醫院門診大樓和病房大樓旁，沿著銜接成ㄑ字形的醫學院研究大樓和教室大樓走去。和煦的陽光令人舒暢，教室大樓前面有水池，清澄的水面映著天空的白雲。

三棟五層高的雄偉建物面向水池並排而立，由四周圍著鐵絲網看來，想必是護士宿舍。鐵絲網附近，立著一棟外形可愛的二層樓高的細長建物，像是一棟迷你醫學院。入口處聚集了三名身穿粉紅色制服的護理學生。這兒似乎就是他們所要尋找的高等護理學院。

看來這兒是男性禁地，而且預料會受到相當不友善的待遇，因此窪島有點怯場，暗罵自己沒用，只有跟在智鶴後頭的份兒。

走入玻璃門，寬敞的大廳入口對面的牆壁上，掛著一幅肖像。

肖像中的男子約五十五歲左右，頭髮全往後梳，額頭很寬。最大的特徵是不太像日本人的高聳鼻梁，輪廓剛強、充滿活力。眼睛很大，視線略微向上，顯得有點傲慢。

一瞬間，窪島想起兩件事。

一件是，這人想必是大學創辦人新鄉理事長，以前他曾在報章雜誌上看到不同的照片。

另一件是，前天在K車站前的大樓咖啡店內，和小兒科主任野野村說話的紳士，正是新鄉理事長。

「看清楚了嗎？」窪島問智鶴。

「什麼？」智鶴反問。

窪島向她說明。

「我還沒看出來。他和野野村主任談什麼來著？」

智鶴看著肖像問道。

「誰知道？」

窪島也充滿疑問。

「挖角嗎？」

智鶴冒出這麼一句。

「挖角？挖到哪裡去？」

「那就不知道了。野野村主任是名人，所以我才會這麼想。」

「不對。如果在美國就另當別論，但日本可是講年資輩份的，更何況關東醫科大學並沒有好到足以將野野村主任挖角過去的關係醫院。」

「那這裡呢?」

「大學醫院?不可能。」

據說關東醫科大學附屬醫院一直從全國各大學醫學院網羅人材,但是,就算野野村醫師再怎麼有名,院方也不至於要挖這位年近五十、在市區醫院有相當待遇的醫師。

「這麼說,是我想太多囉。」

「就是啊,也許他們以前就認識,偶然在車站相遇吧。」

窪島想起好友乾,打從兩週前答應請他喝一杯之後,一直都沒有再聯絡。有關這種事,乾應該很清楚才對。最近再找他出來問看看。

暗褐的木造走廊從大廳向微暗的裡側延伸。最近的房間貼著「教官室」的標示。

智鶴敲了教官室的門。

「請進。」裡面回應。

這個房間形同高中教職員室的縮影,採光明亮,收拾得整潔有序,插在花瓶裡的木犀花散發著香味。

房間內有五名女性。中央處桌子兩兩並排,坐了四位年齡不一的女性,裡面的窗邊擺了一張較大的桌子,坐了另外一位女性,看來職位較高,已經有相當年紀,體胖而有威嚴,很適合那個位置。

智鶴和裡側的女性視線相逢。

「有什麼事?我是教務主任。」

對方以問話代替招呼。

「我姓岸田，想找井川老師。」

「妳是昨天打電話來的那位小姐?井川老師，這位小姐找妳。」

教務主任叫喚四人中年紀最大、四十開外戴眼鏡的纖瘦女性。

「是。」

井川抬起頭，一副愁眉苦臉的表情。

「請往這邊走。」

教務主任指著右手邊的空處。那兒是房間略微突出的地方，擺有小型接待用桌椅。

智鶴和窪島走向裡側，坐在接待椅上。

窪島心想還眞走運。如果沒有這位教務主任，恐怕問不出所以然，就被井川趕出來了。

井川走過來，在智鶴的對面坐下。頰肉凹陷、顴骨突起的臉上，有個小鼻子和略尖的嘴巴，長得有點像鳥，鼻梁上掛著袖珍的銀框眼鏡。

「昨天電話中失禮了，事後我覺得自己話說得太重了。」

看來是昨天講完電話被教務主任訓了，從眼鏡內側可以看出井川不太甘心。

年輕教官端來三杯咖啡。

智鶴先介紹窪島，說是較小的哥哥，接著說他們的哥哥正在和榊田十和子交往，準備結婚。她把昨天的話再做細部修飾，胡謅一番。

井川顯得不是很用心在聽的樣子，一副與我何干的態度。

「怎麼辦呢？我一直遵循著保守學生隱私的信條。」

「您只要告訴我榊田十和子小姐朋友的名字就好，我們直接去問她。」

「那還不是一樣？我仍然造成學生的困擾。」

「沒關係，妳說出來無妨。人家大老遠跑來這裡，而且，說不說可以讓那位學生自己決定。」

教務主任在座位上聽見他們的交談，以清楚的聲音插嘴道。

「可是，主任……」

「這樣好嗎？妳先問問那位學生，告訴她有這麼回事，人家想去做婚前訪查，可不可以說出她的名字？」

「好吧。」

井川終於棄守，站了起來。

「我去打電話，請稍待一下。」

房內擺了一支普通電話和兩支內線電話，但井川似乎不想讓智鶴聽到電話內容，開門走到外面去。

智鶴和窪島喝咖啡等待。

「不知變通的人，眞傷腦筋。」

教務主任和窪島搭訕。

「哪裡，不會啊。」

窪島本人倒不討厭井川老師固執的態度，姑且不談他們來的目的，井川因教務主任橫加干涉而被迫違背信念，總令人覺得有點可憐。

約十分鐘後，井川回來了。

「她說見面談談也無妨，」井川說話時有點喘。「不過，她不希望你們去她家或上班的地方。」

「能請她來這裡嗎？」

智鶴以充滿期待的語氣問道。

「不行，如果這麼說，她會生氣，這個人蠻可怕的。」

「那怎麼辦？」

「只能去她指定的場所囉。她說平常都很晚才回家，不太想再和人接觸。」
「她在哪裡上班？」
「東京一家大型家電廠的醫務室。」
「今天休假吧？」
「她說週末想運動或休息，不想會客。」
「星期天呢？」
「她喜歡慢跑，這個季節每個星期天四處都有慢跑比賽，也許你們可以去那邊找她。」
井川遞給智鶴一張便條紙。上面以潦草的字跡寫著十月和十一月的馬拉松比賽日期。每個星期天都排滿了。地點大多在J縣及其周邊，不過，也有在宮城和長野的。
明天的集合地點在J縣西方的L市運動公園。
「麻煩告訴我她的姓名，還有臉部特徵。可能的話，可不可以借我一張照片？」
「她不想說姓名。畢業紀念冊放在我家倉庫，不過，上面也有其他學生的照片，所以不方便借妳。她的特徵……快三十歲，身材良好。」
「這、這怎麼找嘛？」
智鶴似乎覺得被耍弄了，啐口回道。
「這很簡單，妳看看那張紙條，上面應該有號碼吧。」

的確，每場比賽的集合地點後面都寫有二位數到四位數的號碼。明天的比賽是68號。

「那是運動選手的編號，你們到會場找這個號碼的選手就可以了。」

井川閉起嘴，微微笑著。

窪島和智鶴客氣地向井川、教務主任道謝後離去。

在回程中，他們順便到路邊的書店看看。窪島以前看過住院患者在看慢跑月刊。書店入口處的雜誌專櫃有那本雜誌，封面是穿短褲的年輕女性跑者。

比賽日程洋洋灑灑地占了二十五頁。大概是流行吧，比賽最多的日子，光一天在全國就多達二十場。

明天在L市的比賽，八點開始受理報名，十點開跑。

「有多少人跑？」

在回到K市的車上，智鶴問。

「還不知道，去年同樣的比賽，有三千七百六十人參加。」

「三千七百六十人中的一人？簡直像在沙漠中找隱形眼鏡嘛。」

智鶴歎著氣，喃喃自語道。

「太誇張了吧。一定找得到的，雖說有三千七百六十人，女性可能只占其中的幾分之一而已。」

「不過，好像是說不要我們去找她一樣。」

「哪裡，應該是說如果我們到那兒找她，她就會告訴我們。」

智鶴讓窪島在住處下車之後，逕行離去。

4

智鶴想將車子停在公園內，就在周邊道路上打轉，但是公園內的三個停車場的車輛，似乎都已塞到入口處，她只好將紅色小汽車停在離公園不遠的收費停車場。

窪島和智鶴沿著掛滿贊助比賽的報社小旗幟的道路走去，在運動公園入口觀看指示圖。這是東西向延伸、相當寬廣的公園，地點在L市尾端略高的位置，裡面有田徑場、網球場、游泳池、棒球場等設施，卻仍顯得很空曠。當中還有草坪、遊樂場、花圃、水池和小樹林等等。

兩旁櫸樹並排的微暗道路，從入口往裡延伸。穿著各色運動衫、運動夾克、運動外套、長褲、短褲等服裝的人群陸陸續續經過窪島二人身旁，進入公園內。二人跟在他們後面，時間是八點半。一群身穿淺灰色運動服的年輕人喊著口令從前方跑過來；樹蔭下有一名穿短褲裸著黝黑雙腿的中年男子，正專注地做伸展操；草坪上有一家人鋪著報紙席地而坐，嘴巴塞滿三明治，很有野餐的氣氛。

實際來到這座公園，窪島才發覺要憑選手編號找出目標，遠比昨天想像得還要困難。首先，來這兒的人不只選手而已，參加人數雖說有三千七百人，但加上隨行的家人、朋友、老師等，人數便增加了好幾成；其次，穿夾克外衣的選手把號碼蓋住了；有許多選手脫下夾克只穿運動衣，卻沒有別上號碼，大概覺得不好看，比賽開始前才打算別上去吧。

果汁自動販賣機前面，聚集了四、五名年輕女性跑者，全都穿著顏色鮮麗的三原色賽跑裝。有人下半身穿著開V字型的粉紅色連身裙；有人穿肚臍隱約可見的橫條運動衫；也有人穿著透明得幾乎可以看到胸部的黃色薄背心，大家彷彿是從海水浴場直接過來，很顯眼、刺激，每個人都沒有別號碼。

大會在田徑場看台入口處前面搭帳篷受理報名。今天的項目分成半馬拉松、十公里和五公里三種，報名也依項目分別受理。窪島查看貼在橫向長方桌上的布告，發現編號到三百號左右，是屬於女子十公里的跑者。

選手們在報名處交出通知單，並向高中女生般的辦事員領取大型信封，裡面想必裝著號碼和賽程表。

窪島向報名處要賽程表，高中女生露出一副被邀請喝咖啡似的困惑表情，走到裡面去，一位穿白色衣服的中年男子隨即走出，一口回絕道：

「抱歉，賽程表只發給選手。」

智鶴穿紅紫色罩衫、琥珀色寬褲，到處東張西望，最後把視線落在穿白色短褲、露出強壯大腿，正在看賽程表的捲髮中年男子身上。她走近男子，和他攀談，男子隨即查看自己的賽程表。

「知道了，68號名叫城崎舞。」

智鶴走回來，對窪島說。

「地址呢？」

「只刊載J縣而已。」

「十公里的有多少人跑？」

「女子十公里大概有三百八十人左右。起跑時間是十點十分，和男子十公里一起跑。男子、女子合計大概一千八百人。一千八百分之一，機率多少提高了一些。」

登上水泥階梯，來到田徑場的看台，看台上已經人聲鼎沸。全員出動的家族、高中生、穿公司制服的一票人……五顏六色的衣服將灰色的水泥看台染成醒目的鮮麗色彩。

窪島和智鶴搜尋編號68的女性，從橫長的看台這端走到那端。女性雖然很多，但看得清號碼的卻很少，始終找不到目標。這時候有一名女子正要將罩衫從頭部脫下，窪島有點不好意思地看著她，罩衫下面顯現出來的運動背心編號並不是68。

窪島坐在板凳上，望著運動場的對面，明亮的陽光投射在綠色草地、紅色小樹林和浮著小船的水池上。網球場有高中女生在比賽，球拍擊中球的輕快聲響和激動的加油聲，從遠處遙遙傳來。

來到寬闊戶外的開放感，在窪島的心中擴散開來。他深深吸口氣，只覺鬱積的壓力已被新鮮空氣給慢慢紓解了。

十點，跑五公里的選手出發之後，播音員呼叫跑十公里的選手集合。原本在跑道外圍熱身的人，陸續往看台對面跑道的起跑線集合。看台上面的人也紛紛脫下夾克，走了下來。

窪島二人也跑下階梯，來到起跑線。

本來在起跑線就排了二十五公尺以上的長列，加上後來的選手，又更加延伸。窪島拚命注視，但是，從外面不可能看遍所有的號碼。

起跑的槍聲一響，行列彷彿手風琴被拉開似的，緩緩往起跑線的前方伸展，一直延伸到跑道的半周，不久即消失在田徑場外。

在起跑線後方的跑道上已無選手蹤影，只剩下智鶴一個人。

「怎麼樣？」

窪島不抱期望地問道。

「沒有用。我有一種被耍了的感覺。」

智鶴一副不甘心的表情。

「沒關係，還有終點。只要對方沒有惡意的話，在終點一定可以找到人。」

「多久會回來？」

「照昨天那本雜誌上的說法，女性的話，快一點四十分鐘不到，慢一點要一個鐘頭以上會回來。」

播報員呼叫跑半馬拉松的選手集合，這已經無關緊要了，窪島和智鶴走出田徑場，坐在自動販賣機旁邊的板凳上消磨時間。

約過了三十分鐘，廣播報告男子十公里的領先跑者已經抵達。二人不經看台，直接穿越跑道，來到田徑場中。一名跑五公里殿後的中年女性跑者，喘著氣有點搖晃地跑進最後的跑道。她的後面緊跟著高舉膝蓋、擺出短跑姿態的男子十公里的領先跑者，很輕易地追過她，跑到終點線。

終點線設在看台下方的主席台前面跑道的右側。十公里的終點線分成五個跑道，每個跑道上分別配置了一名穿著白色衣服的男性裁判員，和一名穿著縫有學校名稱的綠色制服的高中女生。

「眞擔心，我們兩個人正在做十人份的事。」

「他們是在計時，我們只是確認號碼而已。」

窪島和智鶴在跑道的終點線外圍，等待選手抵達。

不久，繼男性跑者之後，女子十公里的領先跑者以約三十八分的時間抵達終點。跑者將長髮束在背後，小麥色的雙腿閃閃發光，長得很漂亮。她輕快地通過終點線，奔入先抵達的男性跑者懷中。

超過四十分鐘後，抵達的跑者突然增加起來。男女人數相當，紛紛湧入五個跑道。

窪島拚命確認女子的號碼。只是，被裁判員或其他跑者擋住，退到角落後，號碼便看不到了。視線才要掃過去，下一群人又跑來了。

一過四十五分鐘，情況更爲嚴重，選手魚貫而至，窪島如果不回轉身體，有太多號碼根本看不到，他已經沒有自信是否能確認所有的號碼，不覺後悔應該和智鶴分擔的，可是爲時已晚。

漏掉了一個人。

「有沒有看到剛才那個人的號碼？穿黑色運動背心的那一個。」

窪島問智鶴。

「我不知道！」

智鶴一臉怒色。

「我去追一個人。」

窪島跟在黑色運動背心後頭。那名女子在終點線裡側的帳篷旁坐下來，喝著領到的罐裝果汁。號碼不是68。

窪島回到智鶴身邊，終點線依然擁擠。

「我漏掉兩個人，穿紫色連身泳裝式運動服的，和藍色格子的。拜託。」

智鶴的聲音像要哭出來了。

很快就發現紫色連身運動衣，但找不到藍色格子。窪島在帳篷四周和看台前面轉了一圈後，走回來。

「不行，走掉了。」

「又漏掉三個。戴白帽子的、淺綠色有字母的，還有一個看不清楚。」

智鶴已經氣餒了，沒有要窪島去找人。

「算啦，我們被城崎小姐給耍了。我看去說服井川老師，問出她上班的地點或家裡，還比較快。」

「等一下，再看看。」

人都到這兒來了，要就此放棄，窪島可不甘心，而且，抵達終點線的選手人數也逐漸減少了。

「有一個六十幾號的跑過去！」

智鶴視線盯住終點線叫道。

「什麼顏色？」

「上身是白色，下身不知道。」

窪島往跑過終點線的選手後頭追去，很不巧的，白色上衣是最多人穿的運動衣。在跑道上悠哉走著的人、累得蹲在運動場上的人、在帳篷前排隊領果汁的人……就是找不到68號選手。

窪島跑到看台下方的主席台前面，這兒立有白色告示板，上面貼著印表機列印出的田徑紀錄，包括女子十公里前十名的成績。

有一名穿天藍色短褲的選手蹲在告示板前面。上身披著白色夾克，臉色慘綠，正盯著紀錄看。側臉很像男人，但胸部豐滿，是如假包換的女人。夾克拉鍊沒拉，裡面的運動衣是白色的，但看不到號碼。

「怎麼了？不舒服嗎？」

窪島以平常對門診患者的開朗語氣和這名女子攀談。

女子以驚慌的眼神看著窪島，輕輕歎氣，撒掉手上的沙子，然後站起來。

終於看到拉鍊之間的號碼，正是68。

「不舒服透了。眞想勒死那些人，要是能跑入前十名一次，我死也甘願。」

女子的體格像男人般魁梧，肩膀很寬，黃褐色的腿又粗又長，臉部的肉也很厚，而且泛紅，粗獷得像男人，頭髮剪短，完全沒有脂粉氣。

「城崎小姐嗎?我是岸田的哥哥。」

窪島怯怯地打招呼。

「咦?」

城崎倒抽一大口氣。

「沒想到你眞的來了。」

「妳不想見我們嗎?」

「這是當然的囉。什麼別人的婚前調查嘛!若是我自己的婚前調查，我就樂意奉陪。」

城崎放鬆豐腴的臉頰，笑了起來。親切的皺紋從嘴角拉到耳邊。

「能不能等我一下?」

「可以呀。我不會逃的。」

窪島很高興地帶智鶴過來。由於告示板前面的人越來越多，他們便走上階梯，把談話的地點改到看台最裡側、人較少的通路上。

「好吧，你們想問什麼?」

城崎靠著欄杆，以沙啞、低沈的聲音問道。

「妳在高中的時候和榊田十和子很熟嗎？」

「還算熟吧。在衛生護理科，從J縣來的只有十和子和我而已，想不熟也不行。」

「妳認識並森良美嗎？」

「並森？我不認得姓並森的人。」

「應該是結婚改姓了。我不知道她原來的姓。那妳認不認識名叫良美的人？普通科，比妳高一個學年。」

「良美、良美……有啦，片田良美！好久沒聽到這個名字了，眞令人懷念。」

「妳知道這個人嗎？」

「我知道，就是『ice』嘛！」

「ice？什麼意思？」

「隨你怎麼想嘍。ice怎麼了？」

「榊田也認識良美嗎？」

城崎突然表情一沈。

「等一下，這不是婚前調查嘛。十和子做了什麼事？」

「的確是婚前調查呀。」

「別騙人了。你不知道十和子和 ice 以前的關係，也不知道片田良美叫做 ice 的事。根本什麼都不知道嘛。看來你只知道 ice 和十和子是同一所高中畢業而已。爲什麼婚前調查要知道十年前的事？難道十和子要嫁給億萬富翁嗎？」

「倒也不是。」

窪島有點被城崎的氣勢懾住了。

「我看哪，八成是十和子又做了什麼壞事，ice 也牽扯在裡面，你們大概是被害者。你們只查到十和子和 ice 是同一所高中畢業的，其他就一無所知，對不對？」

「能不能告訴我 ice 是什麼意思？」

窪島不理會城崎的話。

「少囉嗦，回答我的話！」

城崎一副就要開打的模樣。

「沒錯，妳說得沒錯。」

窪島讓步了。

「她做了什麼事？」

「我不便說。請告訴我 ice 的含意。」

「就是冰女嘛。冷靜、殘酷、漂亮，很容易被她溫柔的外表給唬住。」

城崎以不屑的語氣說。

智鶴對並森良美的判斷是正確的。不過，儘管是已經知道的事，現在被說得這麼明白，聽起來還是覺得震撼。

看來自己還是沒有識人的眼光。

「能不能告訴我榊田和良美的關係？」

智鶴從沮喪的窪島背後冒出這句話。

「真囉嗦，要不要我打電話通知十和子？」

「請便。」

智鶴臉色鐵青地回道。

要是打電話去就糟了。現在還不想讓榊田十和子知道。窪島急忙再拜託城崎。

「別這麼做，請告訴我們，我們需要幫忙。」

「你們可真會纏人，我看你們說是兄妹也是騙人的，光看臉孔就知道，而且，你們身上有相同的味道，醫院的味道。」

「妳說得沒錯。很抱歉，我們說謊，不過，我們需要幫忙，這絕不是說謊。請妳告訴我們。」

「十和子那傢伙到底做了什麼事？」

「現在還不能說。」

「騙婚嗎？還是比這個還嚴重？」

「還要嚴重。」

「如果那麼嚴重，我大嘴巴說了，不就牽扯到裡面去了？」

城崎表情憂鬱，語氣低沈。

「妳的話不會被傳出去。不管在任何情況，我們都不會提到妳的名字。」

「你保證？」

「我保證。就算被逼供也絕對不說。」

不知是否窪島的保證生效了，城崎片片斷斷地說出榊田十和子和片田良美在高中時代的關係。

內容遠超乎窪島的想像。

片田良美當時是綠銘學園不良幫派的領袖。偷竊、恐嚇、私刑、吸膠……那一幫人什麼都幹。他們很會挑對象下手，且手法高明，即使被舉發也不至於遭受毀滅性的打擊，一直能苟延殘喘。良美高明的地方是，即使用剃刀或棍棒恐嚇對方也儘量避免傷害到對方的身體。如果有必要，就拜託查不出彼此關係的男生幫派，徹底修理對方。萬一有誰被抓到了，一切罪過由那個人承擔，不會查到良美身上來。

幫派的成員幾乎都是普通科的學生或畢業生，衛生護理科的學生中只有榊田十和子一人參加。依城崎的看法，十和子雖然腦筋不錯，但情緒不穩定，有時容易被人牽著走。榊田十和子很佩服片田良美。

「良美畢業之後，兩人變成怎麼樣？」

「ice是東京人，畢業之後去念設計學校，不過仍然暗地操縱那幫人。後來，報應終於來了，她爸爸把身體弄壞了，要回北陸的鄉下休養。她爸爸是卡車司機，媽媽已經過世。ice沒有辦法，只好跟爸爸回去。這是我們畢業前的事。」

「那榊田呢？」

「十和子畢業後，就回J縣，到醫院上班了。我也是兩年前才回到J縣的。畢業之後，我都沒遇過十和子。」

「我知道了。謝謝妳。」

窪島深深點頭。

目前可以確定，並森良美和榊田十和子是並森行彥事件的共犯，很可惜不能證明最近她們兩人有串連。這件事城崎也沒辦法幫忙。

「ice也到J縣來了嗎？」

城崎邊拉拉鍊邊問道。

「嗯。」

「別管十和子，最好多注意ice，那個人……是戴著溫柔面具的冷酷魔鬼。」
城崎離去時，留下一句刺耳的話。
窪島很滿意調查的結果。並森行彥事件背後的眞相已完全查明。人證和物證都齊全了。和榊田十和子攤牌、展開對決的時刻終於來臨。

5

被叫到大樓樓頂的榊田十和子，默默地俯瞰眼下的街景。星期一午休時刻，太陽高掛，人行道上穿茶色和深藍色制服的女性特別醒目。掛在樓頂曬衣架上的白色內褲和尿布隨風飄揚。
在陽光下，窪島發覺榊田十和子的膚色竟然有點髒。二十天前在咖啡店所看到的褐色性感肌膚，其實黑黑的，看來有些粗糙。儘管裝扮和服飾很整齊，總覺得非常不諧調。
窪島走近她身邊。
「妳認識並森良美吧。」
榊田十和子臉頰驟然繃緊，接著慢慢轉過頭來，以銳利的眼神凝視著窪島的臉。
「認識呀，她不是死去的患者的太太嗎？」

「我不是指這個，而是指妳個人的關係。」

「我不懂你的意思。」

「她是妳高中的學長吧？」

「喔，那個啊，是呀，不過不同科。」

「妳事先知道她先生要動手術吧。」

「正確地說，應該是手術前五天。我已經好幾年沒看到良美了。並森行彥要在我們這兒動手術，我做夢也沒想到他是良美的先生。我到病房做手術前患者查訪時，看到良美在他身邊，我才知道的。」

「不對吧。妳應該更早之前就見過她了。以前，醫生就建議並森行彥動手術，良美是不是和妳商量之後，才決定在我們醫院動手術，然後再說服並森行彥？」

「你說什麼？我完全搞不懂。」

「妳和良美見了面，哪裡都沒去嗎？」

「去吃飯呀。我們敍敍舊，順便商量事情。」

「商量什麼？」

「這是我們的私事。」

榊田十和子不客氣地說。窪島覺得呼吸有點困難，但仍追問道：

「妳們是不是商量手術的時候，弄成事故的樣子，把她先生給殺了？」

榊田十和子突然笑起來，而且身體前後搖晃。那是會擾亂神經、令人不快的笑聲。

「太荒唐了。我還以爲要跟我說什麼呢，原來這次是說這些啊？」

「這次？」

她背靠著鐵欄杆，雙手抱胸，露出挖苦的笑容。

「前幾天，近田醫師打電話給我，我想我跟他還有什麼好談的，原來是談那件事。你說我因爲怨恨近田醫師而殺害患者，是不是？」

這句話把窪島擊垮了。沒想到近田那麼多嘴，窪島把對近田的怒氣當做引線，將積壓的憤怒了一口氣爆發出來。

「這也是原因吧？不過，良美直接請託，才是這件事的起頭。良美和先生處不好，先生工作至上，一點也不在乎她，良美便在外面有了男人。這人就是並森行彥的弟弟拓磨。提出分手對良美不利，先生恐怕不會答應，而且搞不好，還會孑然一身被趕出門。良美想必很焦急，這時候剛好碰到妳。妳們兩人在交談當中，決定弄成事故的樣子將並森行彥害死，對不對？」

窪島爲了讓她屈服，故意提高嗓門，但聲音逐漸沙啞，聽來乾乾的。

「你是不是瘋了？還是想把自己的過失推到別人身上？眞是蠢得可以！良美找我談的是

在我們醫院動手術安不安全。」
榊田十和子把手伸向鐵欄杆，傲然挺出白衣底下的胸部，捲曲的側髮迎風飄動。
「噢？那妳怎麼說？」
「我當然說安全，我畢竟是醫院的員工呀。不過，我可大錯特錯了。要是不在這裡動手術，她丈夫也不會死。」
「不對吧？是妳殺死他的。妳受良美拜託，結果想出使用麻斯隆的方法。良美一定說服並森行彥在妳負責管理患者的那天接受手術。」
「你這也算是醫生嗎？你冷靜想想，你說我打麻斯隆殺害患者，就算是吧，那你也是共犯。麻斯隆只是會遏止呼吸的藥，只要做人工呼吸，就能救活。如果醫生好好跟著便能將患者救活。患者變成植物人，是你急救技術太差；半夜死亡，則是你術後管理低能。我從不認爲窪島醫師是庸醫，所以不曾想過要用麻斯隆來殺人。我跟這件事毫無關係，全都是你的過失，知道嗎？」
「我盡全力了。」
「哦，是嗎？那你就把大家都叫來對質吧。我無所謂，反正我只幹到這個月底。」
「想逃呀？」
「煩不煩啊？我三個月前就向護理長提出辭呈了。有什麼事就到我家找我。我走啦。」

「等一下。」

一股恐怖的疑惑從窪島心底竄起：不會吧？不，這票人可能幹得出來，更何況，當中還有並森良美……那個戴著溫柔面具的魔鬼。

「我懂了，不是我的過失，最後殺死並森行彥的人，是並森良美。」

「你胡說什麼？你和病房護士抽痰不當，才讓痰堵住氣管內插管的，光是這一點，你也有責任。」

「本來我也是這麼認爲，不，應該說本來我也被誤導這麼認爲。用這種方法讓我們產生罪惡感，實在卑劣至極。當時，護士們和我都注意不讓痰堵住，而且應該不會那麼容易堵住的，不過對良美來說，並森行彥非死不可，所以實際的情況是，良美趁護士不在的空檔，用手指堵住氣管內插管的出口，什麼痕跡都沒留下來，這是最簡單的窒息手段。並森行彥就這樣死了。」

「誣衊別人罪可不輕喔。你根本扭曲事實，病房護士明明說從患者的氣管內插管抽出很多痰的……」

「那是被良美騙了。護士一定沒有抽出痰，在患者心跳停止的緊急關頭，根本沒有餘裕去觀察抽出來的液體是什麼樣子。當時護士拚命抽出來的東西，一定是水而已。病床旁的小桌子擺有裝著清洗用殺菌水的瓶子。良美將那裡面的水倒進氣管內插管，然後用手指堵住。

這方法大概是妳教她的吧？患者本來應該白天就死的，不過被我救活了。良美不知該如何是好，便打電話問妳該怎辦，對不對？」

「眞會想像，這樣子就把責任推給別人。你有什麼證據嗎？」

「物證被抽吸器吸掉了，也沒有人證。病理解剖也只知道是窒息，的確是完美無瑕的犯罪。」

「沒有什麼犯罪，有的只是你的過失。」

「手術後妳應該和良美見過面了吧？」

「只有一次。我跟她說：如果想向醫院請求賠償，就放手去做。」

「那當然嘛。這對妳是切身的問題。一億圓裡頭妳拿多少？五千萬？六千萬？」

「你眞可惡！誰會相信你的話？有證據就拿出來！」

榊田十和子滿臉輕蔑地辱罵窪島。

「我有妳犯罪的證據：三路活塞。」

「三路活塞？」她以不屑的語氣說。「那請你拿去交給警察吧。我不在乎。」說完便離開鐵欄杆，一副談話到此爲止的樣子。窪島抓住她的手想制止她，但被她用力甩開了。

榊田十和子快步走到頂樓出口，卻又回過頭來。

「那是你的過失。你平常那麼威風地在下指令，這時候就應該負責任，把責任推到我身上，這是最沒品的作法！」

聲調充滿令人毛骨悚然的憤恨。

6

翌日，十月三十日星期二早上，副院長在巡房之前，特意到門診大樓窪島的診察室。

「傍晚看完診後，到我房間來，有重要的事情。會長也會來。」

該來的終於來了，窪島想。

「我也有重要的事要說。」

「是嗎？到時候好好談吧。」

副院長拍拍窪島的肩膀之後走出去，原來溫和的容貌才一週就顯得蒼老許多。

草角會長坐在長椅上，副院長則坐在有扶手的椅子上等著窪島。

「我馬上就走了。」

草角會長將肥胖的軀體往內側挪，空出位置讓窪島坐。

「聽副院長說，他有話要跟你說。你們是相同大學醫局的前後輩，所以這是屬於副院長和你之間的談話，跟我沒有關係。不過，我個人也想跟你稍微談一下。」

草角會長用那對和肥胖的臉不甚諧調的細小眼睛看著窪島。

「我經營這家醫院十五年了，我把醫院的員工都看成自己的家人。而這家醫院也的確是像大家庭般的好醫院，我希望你也能以家庭一份子的立場做些事情。」

「做什麼事？」

「家有家規，要考慮全家的和諧。我希望你能遵守家規，不要破壞和諧。服從長輩也是重要的家規之一。如果大家都隨便亂說，便會破壞和諧，醫院的氣氛將會變得很凝重，這時候受害最大的就是患者。懂嗎？」

「嗯，我懂。」

草角會長並沒有搬出「爲患者著想」那句老掉牙的論調，他說的這番話基本上是對的，而窪島也一直忠實地信守這個家規。

「我絕對不是說不可以說出自己的意見。每個單位都可以充分發表議論，只不過，我希望最後要遵循長輩的決定，這是組織的原則。一旦有人破壞這個原則，導致醫院受到傷害，這就不是他個人的問題而已，也是分發這個人的大學的問題。身爲上司的人，領導能力也會受到質疑。我希望事情不要演變成這樣。」

窪島視線向下，默默地聽著。這不僅是威嚇，也是最後通牒。該怎麼辦？

「就是這些啦，接下來，你們倆好好談談。」

草角會長搖晃著肥胖的身軀，走出房間。

「怎麼樣？先聽聽你的話吧。」

副院長把剛才一直在擦拭的眼鏡重新戴上，然後說道。

窪島還在猶豫。將眞相告訴副院長到底有什麼意義，他已經搞不清楚了。副院長聽到這個眞相，想必是不會高興的。

但是，這些日子他和智鶴拚命追查眞相，又是所爲何來？如今走到這個地步……已經不能撤退了。

窪島下定決心。

「這個事件的犯人，是榊田十和子和並森良美。」

窪島毅然說道。

「事件？你所謂的事件是指那件醫療事故？」

副院長反問。

「那不是事故，而是巧妙設計的殺人事件。」

「怎麼可能？那是事故！」

副院長露出彷彿突然被捲入意外災難的困擾表情，搖頭否定。

「不是，是謀殺。」

窪島滔滔說明自己怎麼發現榊田十和子和並森良美的罪行，以及兩人的關係。不過，有關智鶴的事和城崎的名字，則隱諱不說。

「是嗎？」

副院長深歎一口氣。

「其實我已經聽近田說過你懷疑榊田小姐的事了。光是這一點我就很不以爲然。現在，你竟然連患者的太太都說成犯人，這就太嚴重了。」

「這是眞的。」

「我沒說是假的。眞實也有各種形式，在你的主觀世界中，它大概是眞實的吧。你自己要怎麼信，都沒關係。但是，大聲喧嚷就不行了。你說的都只是想像，完全沒有證據。」

「良美方面的推論正如副院長所說的，但是，榊田十和子的罪行卻有證據，就是三路活塞。」

事到如今，無論如何都得說服副院長相信。

「這有什麼用？」

副院長一副反彈的口吻。

「檢驗的結果姑且相信，畢竟那是專家做的。問題是，那個三路活塞眞的是並森行彥手術的時候用的那個嗎？憑什麼說你在垃圾場撿到的就是那個三路活塞？有寫名字嗎？注射器的破片，那東西又能有什麼作用？注射器的針頭斷掉，這在醫院是稀鬆平常的事。」

窪島被問到自己沒料到的事，一時不知如何是好，突然腦中閃過一個念頭，脫口說：

「指紋，上面應該會留下榊田的指紋。」

副院長誇張地攤開雙手，做出慨歎的模樣：

「指紋？你想那個三路活塞有多少人摸過？要不要賭一賭？上面大概也有你的和做檢驗的『東西製藥』那批人的指紋。」

窪島的熱勁逐漸冷卻，他明白副院長根本就不相信。

「是嗎？不過，我調查的事中也有可以確認的，例如並森良美和並森拓磨的婚外情。在付錢之前，請副院長務必確認這件事。」

「我已經確認過了。」

「哦？」

「這種事用不著你自己花大錢去請偵探社調查，會長早就叫人調查了，我們都很淸楚這件事。」

副院長不悅地扭曲臉頰，啐口說道。

「爲什麼不拿這個理由拒絕對方的要求呢？」

「我想過了，但是，沒有用。夫妻關係再怎麼樣，事故就是事故，沒辦法改變丈夫死在我們醫院這個事實。交涉金額時，可以拿出來殺價，但也只能這樣。如果全面拒絕要求，揭發患者太太的醜聞，那就成了互揭瘡疤，最後輸的還是我們這一邊。」

「不試試看怎麼知道？」

「或許有用，但是，就算我們贏了，形象也大受損傷，我們不能冒這種險。行不通的，我們只能忍耐吞下對方的要求。」

一種撞到鐵板似的無力感，在窪島體內漫開。

沒有出口，一籌莫展。

窪島連話都懶得說了。

副院長突然用強硬的語氣追擊窪島：

「我明白你的話，不過，那幾乎都是幻想，沒辦法採信。我倒希望你考慮別的事情。」

「要我考慮什麼事？」

「和並森良美的交涉基本上已經了結了，就是一億圓。現在最大的問題是，這當中保險公司願意付多少。我當然希望它付越多越好，所以特意費心寫了這份申請書，就剩你的簽名而已，你看看。」

秋天的太陽已經西沈，副院長室內變得相當陰暗，副院長站起來打開日光燈，然後把桌上的提袋拉過來，取出一張文件遞給窪島。

窪島打開文件，閱讀內容。

事故經過報告

並森行彥的手術於九月二十五日，在本院開刀房第一手術室進行。全身麻醉自午後一時起，由窪島醫師施行。氣管內挿管在一時八分挿入。手術由近田醫師執刀，從一時二十分開始。手術內容爲針對十二指腸潰瘍做廣範圍胃切除術。過程順利，麻醉爲GDE，肌肉鬆弛劑使用麻斯隆。手術中的麻醉，血壓、心電圖、尿量都很正常，沒有明顯異狀。然而，四時四十分手術結束後，麻醉蘇醒之際，窪島醫師未確認患者是否恢復自發性呼吸，即指示注射麻斯隆解毒劑帕勒斯基鳴。由於麻斯隆仍殘存在血液中，患者僅是暫時性恢復呼吸，窪島醫師未察覺此事，便命令護士送患者回病房。結果，在推送途中，因帕勒斯基鳴失效，殘留的麻斯隆導致並森行彥停止呼吸，接著陷入心跳停止狀態。雖施行急救，心脈一度恢復，但終於在重度腦缺氧狀態下，於翌日上午五時十三分因呼吸衰竭而死亡。

如上。

高宗綜合醫院　副院長　西嶺治郎
醫師　近田徹
醫師

窪島震驚，一瞬間還無法相信上面的內容，話也說不出口，簡直就像腦袋瓜被鐵槌敲了一般。但很快的，怒火升上來。

胡扯！什麼叫多少承認一點過失？這根本是要我承擔所有的責任！

「要我承認這個？」

窪島聲音顫抖地問。

「沒錯，你只要在空白的地方簽名就可以了。」

副院長綳著圓胖的臉，點頭說。

「這東西，我絕對不承認。」

窪島用力把文件推回去。由於太過氣憤，手腳都微微發抖。

「喏，窪島。」

副院長想微笑，卻又辦不到，只見他把扭曲得怪模怪樣的胖臉探到窪島眼前。

「我盡力了。可是，保險金是按照過失的程度支付的，冠冕堂皇的文詞根本行不通。輕微的過失，理賠金額當然就少，不想打官司爭取，就只能靠自己付。要保險公司付錢，必須有客觀上可以被接受的過失才行。這麼寫絕對行得通，你就不要再多說了。」

冰冷的恐懼緊緊勒住窪島的胸口。這是陷阱！副院長、近田、草角會長要把責任全推給我，自己則逃之夭夭。

「我的立場呢？我怎麼辦？」

「你不會怎麼樣。或許會被紛爭排解委員會叫去斥罵一頓，不過，也只是那麼一次。你完全不用擔心會被吊銷醫師執照。因爲是和解，所以不用擔心審查的文件會被公開。你不必辭職，就算辭職也對經歷無傷。愈早擺脫這件麻煩事愈好，可以專心工作，不是嗎？」

「這可是謀殺呀！竟然還要付錢給兇手！」

窪島不覺嚷叫起來。

「閉嘴！」副院長拍桌怒罵。「這只是你想推卸責任而產生的妄想，這種蠢話不要再提了。說什麼醫院的同仁殺人，你想把這家醫院搞垮是不是？」

窪島使出最後的力量抵抗。

「如果醫院的形象那麼重要，乾脆就把這張紙撕掉，請醫院，不，請草角會長自己付錢好了。他應該有一億圓吧？如果草角會長肯付錢，我就不提謀殺這種話。」

窪島似乎攻擊到副院長的要害，嚴厲、緊繃的表情隨即變成似哭非笑的模樣，恢復本來老好人的神態。

「你什麼都沒搞清楚。的確，要是保險公司不付錢，會長應該籌得出這筆錢，但是，光是這樣，事情還不能了。如果造成會長損失一億圓，我就必須負責任，非但當不了院長，恐怕連副院長都當不下去。這還不打緊，接下來，因爲會長的意向，M大學醫學院第一外科將會失去一家重要的關係醫院。把你教育成可以獨當一面的外科醫師的，是我；而分發你到這家醫院的，是大學醫院。我流落街頭、大學陷入窘境，你都無所謂嗎？」

空虛感慢慢在窪島體內擴散。結果眞的沒有出口嗎？窪島眼前是副院長凝重的表情，腦海則浮現近田憤怒的臉孔、良美嚴肅的面容和榊田充滿憎恨的臉龐。他們的愛恨情仇往窪島身上籠罩下來，重得讓他承受不住。

「拜託，窪島，你就簽名吧。這樣一切就圓滿結束了。」

副院長拿著文件，繞過桌子，來到窪島身邊，低下頭來。

一瞬間，符咒解開了。

如此淒慘、如此悲哀，這就是自己的未來？

「不要這樣，副院長。我是絕對不會簽名的，那個事件是不是謀殺都無所謂，副院長和草角會長想怎麼解決就怎麼解決，只不過，我不簽名，絕對不簽名。」

窪島腦子一片混亂，像唸咒文般地重複這句話，隨即衝出副院長室。

「你可眞堅持，値得尊敬。」

在小酒館內，智鶴安慰道。

「我不需要尊敬，我只覺得悲哀。」

從開始到現在，窪島不知喝了多少啤酒，只見他臉孔通紅，血管快速起伏。他的神智一點也沒醉，副院長低頭的模樣一直縈迴腦海。

「手段眞卑鄙！」

智鶴想到什麼似地突然憤怒起來。

「以後該怎麼辦？」

「別擔心，你大可裝作什麼都沒發生的樣子照常上班，照常做你該做的事，副院長如果強迫你簽名，你就拒絕。副院長和草角會長自然會想其他的方法。」

「沒辦法，我的腦子可不是那麼容易調適的。」

突然，腰帶上的呼叫器響起。

「怎麼？今天不是不待機嗎？」

智鶴的語氣帶著抗議。

「大概是緊急手術，糟糕，我喝太多了。」

這家店太吵，電話聽不清楚。

窪島走到外面，跑進前方數公尺的電話亭內。

撥了醫院的號碼，是值班的事務員接的。

「有您的電話，是M大學醫學院第一外科的吳竹醫局長打來的。他要我轉告您，明天到大學一趟，已經知會副院長了。就是這件事。」

第五章　弱點

1

上一次窪島到M縣國立M大學醫學院第一外科教室，已經是兩年半以前的事了。

從正門進去，穿過裝潢現代的附屬醫院打磨過的石砌走廊，周圍的景象迴然一變。像沾染污物的泥色鋪裝道路一直延伸，遠遠的深處，一座古老乾枯的灰黑色水泥建物，像擠在狹小角落般地矗立著，背景是一片陰霾的天空。

一樓便是第一外科教室。

走廊只能用「骯髒」來形容。兩側擺著寄物櫃，寄物櫃之間堆放著舊雜誌、廣告單、球箱、用途不明的布條等等，不像通道，反倒更像置物間。牆壁已經風化到眼看就要剝落的程度，舊書和消毒水的氣味之外，內側的動物實驗室還流洩出類似腐肉的氣味。

在另一方面，約十塊榻榻米大的醫局長室內部卻井然有序，和走廊的模樣簡直有天壤之別。地板磨得很乾淨，牆壁重漆成灰褐色，沒有明顯的污痕。中央擺著乍看很豪華的接待用六人座沙發組；窗邊有書櫃和大桌子，小個子的吳竹醫局長面對它們坐著。

醫局長回過頭來招呼窪島，請他在椅墊柔軟的沙發上就座。

對面牆上的木頭名牌，就像柔道場的名牌一樣，掛了四排。那是所有醫局員的名牌，按醫院分別掛著。在高宗綜合醫院部分，當然掛有西嶺副院長、近田和窪島的名牌。

名牌旁邊貼著M縣和J縣的略圖，略圖上畫有M縣和J縣中等規模以上的醫院，分別塗上紅、藍、黃、黑四種顏色。窪島不太清楚顏色的意義。

「紅色是本校，藍色是J醫科大學，黃色是關東醫科大學，黑色是東京的大學。」

醫局長視線投向地圖，解釋道。

「紅色占優勢喔。」

M縣紅色占壓倒性多數，其餘是黑色。

J縣則紅、黃、藍交雜。紅色大多在K市及其周邊。

「藍色擴展很快，黃色也不容忽視。」

「就像戰爭？」

看到這張地圖，可以切實感受到以前乾所說的話。

「那也太誇張了，這就是制度嘛。從明治時代延續下來的制度，不，甚至從江戶時代，醫生就被人依診所區分成各種顏色了。本來這個制度的用意，是希望透過各大學醫局的相互競爭來提升醫療品質，絕不是要讓同一票人共享好處的。」

醫局長以平和的語氣，像教誨般地說明。

「說得是。」

「只不過，因爲有這一套制度，不努力的話就會變成鬥輸的狗，這也是事實。我認爲競爭應該在可以提升醫療品質和收益，以及提供患者充分服務的情況下進行才對。」

「是的。」

醫局長約四十歲出頭，個子小，沒有贅肉，可以讓人感受到潛伏在體內的鬥志。雖然眼神溫柔，但不像悠哉自如的研究人員，有著一張身經百戰的資深臨床醫師的臉孔。

「只要醫局制度存在，醫局爲了擴展，就需要關係醫院。沒有關係醫院，醫局員的生活就沒有保障。生活沒有保障就招攬不到醫局員；招攬不到醫局員，醫局就無法存續。如何在這種現實之下從事好的醫療，便成了我們的課題。」

「是的，我了解。」

醫局長翹起腿，雙臂抱胸，上身微微挺出，表情變得有點嚴肅。

「是這樣子，昨天西嶺副院長打電話來，說你不願配合解決醫院的醫事糾紛，他很傷腦筋，拜託大學這邊幫幫忙。那糾紛我們這邊也聽說了。之前，西嶺先生一直說不會讓大學受影響，但看來這一次事情相當棘手。你不能幫忙嗎？」

「如果副院長用別的方法解決的話，我很願意幫忙。」

窪島向醫局長說明並森行彥手術後的經過、和並森良美交涉的經過，以及副院長強迫他簽名的文件內容，還有自己麻醉並無過失。不過，他並沒有提到自己和智鶴的調查內容和謀殺之類的話。他心想，現階段還不適合讓醫院外頭的人知道。

副院長似乎也沒有對醫局長說，窪島認爲這是謀殺事件。

醫局長聽完，伸伸懶腰，發出類似呻吟的聲音。

「是這麼回事啊，挺麻煩的。」

「我不能簽名。」

「嗯，我了解你的心情。不過，這牽連很多問題喔，尤其現在正是西嶺先生就要坐上院長寶座的時候。草角會長也有他的立場。而最壞的狀況是，問題會牽連到大學的人事。這已經不是你個人的問題了。」

「我認爲這從頭到尾都是我個人的問題。因爲我沒有過失，所以我不能簽名。」

窪島心裡早有底，昨天既然對副院長那麼說了，事情絕不會就此了結的。但是，就算被醫院開除、被醫局除名，那也是無可奈何的事。

他絕對不簽名！

「你把事情看得太嚴重了，這是解決事件的權宜之計。我想西嶺先生也說過了，雖然你在文件上承認過失，但並不會蒙受實際的傷害，你就不能妥協一下嗎？」

「不能。」

工作方面的事，副院長怎麼說，窪島就怎麼做。可是，這次另當別論。

「你不認爲自己很任性嗎？高宗綜合醫院是我們醫局很重要的關係醫院，如果斷了這層關係該怎麼辦？你可就剝奪了後輩們寶貴的研修機會。」

「抱歉，我辦不到。」

窪島明白再怎麼爭論都贏不了，他低下頭，咬著嘴唇。

「眞傷腦筋。」

醫局長有氣無力地說，緊繃的氣氛也隨之鬆懈下來。

「沒辦法了。」醫局長一副死了心的口氣。「我就跟西嶺先生說沒辦法說服你。你可以回去了。」

「可以回去了？」

窪島心有疑惑。

「我很忙，沒辦法再招呼你。既然你拒絕了，再談下去也沒用，只好考慮其他辦法。」

「我會怎麼樣？」

「我提個案子，明天起你回大學，那邊我再派個人去頂替你，看看草角會長願不願意。不過，我想不怎麼樂觀。」

「我……可以不用離開醫局嗎?」

「離開醫局?怎麼會?我還要你明天開始每天都到醫局來上班呢。你可以暫時不用去高宗綜合醫院,等適當的時候我再帶你去辭職,打聲招呼。」

事情意外的發展,令窪島腦子一片混亂,沒辦法從椅子上站起身來。

醫局長坐回桌前的座位,把椅子轉了過去,背對著窪島說:回去吧。

當晚,智鶴又約他到小酒館去。

聽到醫局長這麼說,智鶴毋寧是高興的。

「這不是很好嗎?辭掉小氣巴拉的醫院,大學也沒有不要你。你的選擇是正確的。」

「怎麼說呢?我想我現在已經變成有待觀察的人物,要被帶回大學冰凍起來了。」

「那麼,乾脆大學那邊也辭掉,換個地方工作,不是很好嗎?」

智鶴一副不在乎的表情。

「也不是不行,只不過現在要換到J醫大,恐怕沒辦法……J縣的大醫院很難進去。」

「那麼,就到遠一點的地方去。我跟你走。」

「妳開玩笑的吧?」

「我是正經的。」

「謝謝。我會考慮。」

窪島覺得，現在到哪一個縣市的哪個醫院都無所謂。再怎麼為醫院或大學賣命，如果在前面等著的，是像副院長那樣的未來，那麼他寧願和智鶴一起悠哉地過日子。只不過，還有一個重要的問題：母親。母親絕對不會想離開現在這個留有父親回憶的家。想到這一點，他就希望能在J縣的醫院工作，畢竟這是窪島當醫師的大前提。

倘若跟母親說要和智鶴去遠方，母親大概會生氣。要是邀她一起去，母親一定會說「你愛怎麼做就怎麼做！」而一口回絕。對母親來說，這是嚴重的背叛。母親希望窪島留在身邊照料自己年老後的生活，才讓他去念醫學院的。

「謀殺事件要怎麼處理呢？」

智鶴改變話題。

「我已經全部跟副院長說了，接下來就看副院長怎麼做。」

「這樣好嗎？」

智鶴語中帶刺。

「那妳說該怎麼辦？」

「把事情揭發出來，不能放過凶手。」

「妳以前可沒這麼說。」

「那是因爲顧及你的立場，現在可沒什麼好顧慮的了。殺人者應該受到懲罰，否則你的罪名也沒辦法完全洗清。」

智鶴以充滿熱情的眼神看著窪島。

「我現在也沒什麼興致了。而且，事情也不像嘴巴說得那麼簡單。和副院長談過之後，我多少了解一些事情。副院長的說法也沒有錯。在現階段，就算告發那干人，也不能判他們有罪，反而可能被告誹謗。總而言之，就是沒有證據。」

「證據應該去找呀。如果不制伏那干人，你以後還會受害。」

「沒辦法呀，哪裡還找得到證據？」

「我不知道，可是，我想任何犯罪都有弱點，這個案子乍看天衣無縫，但注射器的針頭折斷，更換了三路活塞，就是『偶然』在惡作劇，如果沒有它的話，甚至不能證明有犯罪。不過，爲了達到天衣無縫，我想某些地方一定會做得不盡合理，只要能知道是哪些地方……或許證據就落在那裡。」

「有道理，再想想看吧。」

事實上，窪島想不出任何犯罪的弱點。

高宗綜合醫院的外科，接下來會怎麼樣？自己接下來又會怎麼樣？窪島滿腦子想的只有這些。

2

翌日清晨，窪島正準備前往大學，卻意外地接到電話。

「我是吳竹。昨天談的事取消，你還是照常去高宗綜合醫院上班。」

雖然不知發生什麼狀況，窪島還是遵照指示前往高宗綜合醫院。

穿過外科門診室前面狹長的通道，可以聽到裡側副院長診察室那邊傳來東西被搬動的聲音。

自從前天和副院長談話破裂之後，就沒再見過面，窪島緊張地撩起布簾。

「喲，這麼快呀？」

窪島吃了一驚，正在收拾副院長診察桌上書籍的人，竟然是昨天才在大學見面的吳竹醫局長。

「怎麼了，副院長呢？」

「昨天你回去之後，發生了一些事。我才說沒辦法說服你，西嶺先生便說要辭職。這一次輪到要說服西嶺先生了。看來我沒什麼說服力，最後，你和西嶺副院長都說服不動。這家醫院的外科醫師淨是一些頑固份子。」

吳竹醫局長小一號的臉上浮出苦笑，接著一屁股坐到診療床上。

「他主動辭職的？」

「是啊。看來老早就有這個打算。那件事似乎搞得他相當疲憊，真可憐。他本來就不太懂得管理和交涉。這一陣子，更是因此而心力交瘁。」

「副院長今後怎麼辦？」

「聽說要停止臨床。」

「眞的嗎？」

「難啊，這種年紀要找到合適的醫院。比起處理一些繁雜的事務，他寧願整天待在開刀房。不過，他也沒什麼特別優異的業績，他人生的意義在於教導年輕人做手術。你也受過他的教導，不是嗎？只不過，這種功績很難去評估。今後，要他在沒有手術的醫院曬太陽，他恐怕寧願洗手不幹。」

「停止臨床，那要做什麼？」

「聽說要去當壽險公司的審查醫師。」

「怎麼會呢？」

窪島內心很不好受，先前他也知道自己這麼做，對副院長很殘酷。但是，前天和昨天面對那麼不合理的要求，窪島也弄得筋疲力盡。只是，萬萬沒想到最後副院長竟然如此決定。

「在沒被草角會長辭退之前，自己先辭職，或許比較明智。西嶺先生的事情不要管了，你就做自己的事吧。」

不知是否不耐煩再談下去，醫局長揮手趕窪島離去。

「對不起，請問您爲什麼會在這裡？我又爲什麼不用辭職了？」

「這個嘛，」醫局長帶著感慨的眼神，抬頭看著窪島。「我來這裡代理副院長。大學沒有適當的人選，我只好自己來。我打算在醫院住一陣子。我向草角會長建議調離你，他回答隨便我。不過，這似乎已經無關緊要了。」

「可是……」

「還有一個理由。副院長表面上是以生病爲由請辭，如果連你也用生病爲由請辭，患者大概會覺得很奇怪。一次換兩個醫生，工作上也會混亂，所以我希望你再做一陣子。」

「醫院的人事體制怎麼辦呢？」

「院長業務大概會暫時回到院長身上，一直到事態穩定下來。副院長可能由內科或小兒科甄選吧。至於之後誰會當院長，我就不清楚了。」

「您就這樣轉任到這家醫院嗎？」

醫局長再度苦笑。

「不，我算是臨時上陣處理敗局的投手。草角會長相當生氣，我怎麼說明，他都無法諒解。我想，我們撤出這家醫院的可能性很大。」

「我們之後換誰來呢?」

醫局長突然站起來,以訓斥的口吻說:

「不知道!不要想這些。話就說到這兒,去工作吧。雖然是處理敗局,我也不容許診療馬虎,診療的責任我來負,有什麼事都可以找我談。」

「我再問最後一件事,和解的事情決定怎麼處理?」

「聽說草角會長要親自處理,好像放棄保險那方面,而由健隆會付錢吧?你解放了。不過相對的,憤怒的矛頭轉向大學來了。」

「是嗎?」

「唉!這是最壞的結果。」

「我該怎麼做才好?」

「我不是說過了嗎?你就照常工作,手術也按照預定的進行。不要去想多餘的事,你這邊的事已經結束了。」

這時傳來護士用廣播呼叫輪到診察的患者名字,以及患者走到通道的聲音。窪島走出診察室,到病房大樓巡房。

窪島為事情演變成這麼嚴重,心頭紛亂至極,但他依然認為沒有簽名是對的。

晚上，窪島打電話約乾出來，乾很爽快地指定在中央町二段的大樓碰面。這是家看來高級得有點奢華的酒館，有光亮的木桌和質地良好的布面座椅，隔間寬敞。調酒櫃台則相當狹窄，只容得下兩個人。照明投射的牆壁，掛著義大利畫家莫迪里阿尼的複製畫。

窪島點了炒麵先填肚子。

「你們醫院那件糾紛怎麼樣了?」

乾以不太在乎的表情問道。

「變得很複雜，傷腦筋。」

窪島老實回答。

「眞可憐。」

「這件事你從哪裡聽來的?」

「我們醫局長呀。先前我不是受託去探你口風的，純粹是去慰問你，眞的。」

自己這邊一旦撤出高宗綜合醫院，接下來一定會由其他大學的外科醫局派醫師來。就常理判斷，乾所屬的J醫科大學的腹部外科，是K市的國立大學中實力最強的，而在它的醫局員當中，大概一心想離開大學的乾，會是就任的第一候補吧?不過，從乾什麼都沒提來看，可能還沒決定。

「對不起囉。」

窪島姑且相信乾，向他致歉。

乾輕啜了一口波旁（Bourbon）威士忌中的在岩石上（On the Rock），然後靠著椅背，放鬆手腳，閉起眼睛。店內的現代爵士樂，彷彿從地板深處響起。

「能不能問你一件事？」

過一會兒，窪島問道。

「可以呀。」

乾無精打采地說，慢慢挺起身子。

窪島提起在站前大樓的咖啡店內，看到小兒科主任野野村和關東醫科大學新鄉理事長交談的事。

「哦？」

乾的眼睛散發出好奇的光芒。

「你想是挖角嗎？」

「沒錯。」

乾答得很乾脆。

「不是單純的老友聚餐嗎？」

「不是。新鄉理事長是個大忙人，行事曆排得密密麻麻的。那一定是在挖角。」

乾自信滿滿地說。

「挖去哪裡？大學醫院嗎？」

「不對，不會是大學醫院。那裡有和野野村醫師才差兩屆的教授。謠傳新鄉理事長計畫在K市蓋新的醫院，我想是挖去當新醫院的主管。」

「新醫院？為什麼？」

「關東醫科大學的附屬醫院地點在郊外，就招攬病患這一點而言，地理條件並不好，所以打算在K市內蓋第二醫院。第二醫院可以做一般的醫療，需要高度技術的治療再送到大學醫院去。說好聽一點，是確立機能性強、效率高的診療系統；說難聽一點，就是把患者一網打盡。」

乾消息可眞靈通，窪島還是第一次聽到有關新醫院的消息。

「不過，野野村醫師不是屬於你們大學的小兒科醫局嗎？」

「對新鄉理事長來說，那沒有任何意義。他要的是有名氣、有實力的醫師。只要符合這個條件，管他屬於哪個醫局，都會用盡手段挖走。反過來說，窩在醫局制度下孵蛋的醫師，他大概會嗤之以鼻。總之，第二醫院是接收患者的重要管道，沒有可以招攬患者的醫師還像話嗎？野野村主任正是這種醫師。」

「是這麼回事啊？」

窪島心裡總覺得不舒服。野野村主任或許是個很優秀的醫師，但是，撒手不管高宗綜合醫院的患者，跳槽到別家醫院，總是不負責任。如果將患者全部帶走，這更有違身為醫院科主任的道義。

乾倒酒到玻璃杯內。

「你也應該成為其他醫局想挖角的一流外科醫師。」

「那你呢？」

「我？我也決定洗心革面，不再混了，從早到晚，都要窩在病房、手術室和實驗室。怎麼樣？我們來比賽，看誰先出國留學。」

窪島被乾的氣勢鎮住，一時不知該怎麼回答。對現在的自己來說，留學根本屬於遙不可及的事。

3

翌日的門診頗為忙碌。

近田的門診以癌症手術後的定期檢查患者居多，一個一個診察相當費時，外傷和腹痛等急救的新病患全都轉到窪島這邊來。

十一點過後，有一名持著內科轉診函的老婦人，由女兒帶來就診。

窪島先看轉診函。

『七十歲女病患，昨日起有腹痛、嘔吐症狀，X光顯示應爲腸阻塞。煩請高診。』

老婦人個子瘦小，窪島請她躺在床上，只見腹壁微微隆起，用手按壓，老婦人表情沒什麼變化。

「現在還痛嗎？」

窪島在老婦人耳邊問道。

「有點悶痛。」

「會噁心嗎？」

「想吐。」

「昨天就吐個不停，麻煩醫師想想辦法。」

女兒低頭看著老婦人，表情不安地說道。

窪島觀察X光片，腫脹的小腸影像顯示，小腸已經完全堵塞，當然會吐個不停。內科方面的血液檢查，並沒有發現什麼重大的異常現象。

「以前沒動過手術吧？」

雖然看腹部就知道，但小心起見還是問一下。

「沒有，這之前沒生過什麼病。」

那到底是哪裡不對呢？

窪島想起近田教導的名言：

「原因不明的腸阻塞就脫褲子。」

窪島要老婦人裸露下半身，仔細觀察，果然發現預想的東西。左邊胯下部分腫起，大小像一個乒乓球，這是小腸竄出大腿疝氣孔，被緊壓住沒辦法收回去所造成的。這個部位食物和水都通不過去。問題不止這樣，如果不儘快動手術讓它復原，竄出來的小腸就會腐爛。

今天下午排了由窪島執刀的膽結石手術。窪島去隔壁近田的診察室商量。

「必須動緊急手術，應該腰椎麻醉就可以了。我會幫忙。不過，膽結石的術後移送比較麻煩，你去跟醫局長商量看看。」

如果全身麻醉和腰椎麻醉撞在一起，近田和窪島就都不能送全身麻醉後的患者到病房。那個事件發生以來，窪島和近田都做了檢討，儘可能在全身麻醉的手術結束後，不立刻做其他手術。不過，現在跑出這麼一個必須緊急手術的患者，也是無可奈何的事。

窪島走上三樓病房，找到正帶著護士們巡房的吳竹醫局長。

「膽結石由你執刀，我幫忙，近田負責麻醉。大腿疝氣手術在膽結石手術之後再做，不就行了?你們倆一起做。」

醫局長用對患者或護士的輕鬆語氣下指示，顯然並不了解窪島找他商量的用意。

「是可以呀，只不過，手術後的膽結石患者沒有人跟去的話……」

當著護士的面，窪島難以啓齒，說到一半就打住了。

醫局長表情轉爲嚴肅，將窪島帶到走廊。

「怎麼了?」

「或許我太多慮了，萬一患者又在走廊停止呼吸的話……」

醫局長微笑道：

「這件事啊?好吧，我會跟去。你交代護士，患者出開刀房之前來叫我。」

「這樣沒關係嗎?」

「沒關係。有事儘管說。」

膽結石手術順利結束。

推床被推出第一手術室。

窪島來到刷手槽，右手從盒內抽出刷子，沾上消毒水，仔細刷洗左手。然後換手持拿刷子，刷洗右手。

旁邊的近田也在做同樣的動作。

窪島腦子還在想剛剛被推走的膽結石手術患者，對醫局長願意跟著去，心存感激。總算什麼事都沒發生。有過那次可怕的經驗，就變成杯弓蛇影了。

悔恨升至窪島的胸口。

那天跟著並森行彥去就好了。

倘若跟著推床走，患者在走廊停止呼吸時，就可以更迅速地處理。梶理繪到手術室叫他，他再從手術室跑到走廊的推床旁邊，中間著實浪費了六分鐘。而在走廊緊急做人工呼吸，又浪費了四分鐘。

倘若呼吸停止時他在旁邊，一定不會在走廊磨蹭，而立即將推床推到病房或手術室。如此的話，停止呼吸並沒有超過五分鐘，人工呼吸便可發揮效用。停止呼吸五分鐘之內，大部分的人都可以復原，並森行彥也應當可以立即恢復意識，這樣就用不著氣管內插管，也不會有半夜內插管被堵住而遭殺害的事情發生了。

但是，當時也實在沒辦法，上午跑來一名急性闌尾炎的緊急患者，不能放著不動手術。他和近田根本沒辦法離開手術室。

也許當時應該拜託副院長跟著到病房的。……現在才想這些又有什麼用?只不過，有關麻醉蘇醒的事，以前只有他和近田兩個人，也都沒發生過什麼問題。

窪島走進第五手術室。老婦人赤身側躺在手術台上，護士按住她的頭腳，呈蝦子姿勢。

窪島換上手術服，將腰椎麻醉針刺入老婦人背部，老婦人肌肉一緊，身體大幅彎曲。雖然反應過度，但還算正常，想必不習慣這種手術，心裡非常恐懼吧。

第二次，針正確命中。透明的脊髓液汩汩流出。他推壓注射器，注入麻醉劑。

窪島想起當天的急性闌尾炎患者。

對於急性闌尾炎患者，通常在出院一週之後，窪島幾乎都不記得了，不過，這名患者他仍然記得。那是一名自由零工，手術的時候也是這麼緊張。

護士掐掐老婦人的下半身，確定已經失去痛覺，再慢慢使老婦人仰躺。

如果當天那名男子不跑來應診，並森行彥就不會死了。那名男子可說是在無意之間，在那個事件中扮演了重要的角色。

這麼說有點離譜，窪島隨即一想。那名男子並沒有任何責任，犯罪的人是榊田十和子和並森良美。

榊田十和子的聲音在窪島腦海中迴盪。

「變成植物人，是你急救技術太差；半夜死亡，則是你術後管理低能。」

這番話眞是厚顏無恥。說話的人在上個月就辭職走掉了。三十一日她應該有到外科門診處和病房來辭行，那天窪島正好被大學醫局找去，失去譏諷她兩句的機會。

窪島用消毒棉球來回擦拭老婦人的下腹至大腿部分。

變成植物人，不是我的急救技術差勁，是因爲正好碰上闌尾炎手術。這個偶然因素幫了榊田那干人的忙。

設計如此周密的謀殺行動，惟獨這一點卻必須仰賴偶然。

偶然……？

一股可怕的疑惑像火花般在窪島體內爆開。

眞的是偶然嗎？

急性闌尾炎，亦即所謂的盲腸炎，在手術之前並沒有絕對確實的診斷方法，不像胃潰瘍和癌症，可以用X光和斷層掃瞄來確認。雖然可以參考白血球數，但基本上，還是必須仰賴患者自訴疼痛，和外科醫師按壓患者腹部時手指的感覺。

只要患者僞稱右下腹疼痛，和被按壓時繃緊該部分肌肉，就有可能騙過外科醫師。縱使白血球沒有增加，但多得是白血球數不多卻被外科醫師認定爲闌尾炎的病例。那名打零工的患者也是自訴疼痛，但白血球數並不多。

窪島蓋上手術覆布，僅露出手術部位。

不對，我想得太多了。

窪島發覺自己忘了一件重要的事：就算診斷時被騙，手術結果也不會騙人。近田說切除的闌尾有腫大、血管充血的現象，這是黏膜性闌尾炎的症狀。那名男子的闌尾確實有發炎，不可能是詐病。

老婦人腫脹的疝氣呈現在眼前，近田在對面正以訝異的神情盯著他。

「怎麼啦？快點切除啊。」

窪島暫時忘掉一切，全神貫注在手術上。

他拿著手術刀割開疝氣表面的皮膚。

八點前，窪島為了做手術後的患者管理，一直待在護理站。

正要回去的時候，又想起那名闌尾炎患者，便翻閱病房的住院名冊，找到姓名：菊地武史，二十歲。

門診辦公室裡側的桌上，堆放著住院病歷，窪島從中翻找菊地武史的病歷。由於不到兩個月，很快就找到了。

他反覆閱讀病歷，上面記載極普通的闌尾炎術後經過。病理組織檢查的結果，也是黏膜性闌尾炎。不論使用何種方法，都不可能矇混過利用顯微鏡所做的組織檢查。

儘管如此，窪島還是記下菊地武史的住址和家屬的聯絡電話，心想智鶴大概會感興趣。住址在K市，家屬則遠在岐阜縣。

智鶴開車來到窪島住處。

「沒錯，這個打零工的也是犯人的同夥。」

打從窪島在電話中告訴她這件事，她就這麼認爲。

「就算騙得過外科醫師，也騙不過病理醫師，他是闌尾炎，錯不了。」

「闌尾炎不能『製造』嗎？」

「胃潰瘍可以製造，只要將老鼠泡在水中，讓牠累積壓力，就會出現潰瘍。不過，闌尾炎就不行了。」

「一定有辦法的。無論如何，先打電話給那個男的看看。」

智鶴拿起榻榻米上的電話，用擴音鍵撥電話到菊地武史的住所。

已經停話！擴音器發出電信局刺耳的聲音。

智鶴決定再打電話到家屬的住所。

「明天再打吧，已經九點多了。」

明天是週末，而且是文化節。

「還不到十一點嘛。」

智鶴逕自伸手按鍵。

電話鈴聲響起，但沒有人接。

「人家已經睡了。」

智鶴不理窪島，抱住牛仔褲裹著的雙膝，憋起嘴直盯著電話。

對方突然拿起話筒。

「喂，這邊是菊地……」

說話的是上了年紀的女性。

「妳好，我姓岸田，請問武史先生現在人在哪裡？」

「武史……武史嗎？」

聲音似乎有點慌張、困惑。

「他有沒有回去府上？」

「妳是哪一位？」

「我是跟他在醫院認識的，有事情要找他。」

「武史已經死了。」

一股冰涼感竄過窪島的背脊，他覺得自己好像突然被丟進恐怖電影的世界中。

他曾有過打電話到患者家裡，被告知對方已經亡故的經驗，但是，這名小伙子應當不是病死的。

連他都感覺得到自己的表情僵掉了。

「咦？」
智鶴也整個人都亂了。
「眞的？」
好不容易才脫口說出這兩個字。
「眞的。二十三天前，十月十日星期三死的。」
十月十日是體育節。翌日良美帶兒子到醫院來，指責窪島麻醉失誤。菊地武史在手術一週後的十月二日出院，十月四日又來門診，已經痊癒。
「可是，出院的時候還那麼健康……」
智鶴恢復平靜。
「謝謝，是交通事故，他自己闖的，沒辦法。」
「您是伯母嗎？」
「是的。」
「抱歉，實在很冒昧，我想請教一下有關武史先生的事，方便到府上叨擾嗎？」
「妳人在哪裡？」
「在K市。明天方便嗎？」
「從這麼遠來嗎？我是沒關係啦。」

「謝謝。」

智鶴重複道謝幾次，才掛斷電話。

「我不能去，待機。」

窪島先發制人。

「拜託，一起去嘛。這可是謀殺耶。他一定是被那些凶手滅口了。」

窪島也這麼認爲。交通事故太過巧合了。交通事故和闌尾炎恐怕都動了手腳。情況愈來愈可疑，可能的話他也想一起去。

「待機就得待機，沒辦法，上禮拜我已經溜過一次。」

上次硬被智鶴約出去，他並不怎麼愉快。

「想想辦法嘛。」

智鶴用眼神和言詞哀求。

「別爲難我——」

「爲什麼要對醫院和近田醫師那麼講義氣呢？你總有一天會被炒魷魚，不是嗎？院方又對你做了什麼？就連近田醫師也沒有爲你付出過什麼。」

這番話聽來頗爲刺耳。

「好啦，我去拜託近田看看。」

以前他不曾拜託過這種事。不過，自從在家庭餐廳臉上被揍了一拳之後，近田對自己的態度有點改變，不知是變溫柔，還是變謙遜了，總覺得整個人親和多了。現在拜託他，或許會答應。

窪島拿起話筒，按下近田住處的電話號碼。

4

翌日，文化節。

窪島和智鶴從K車站來到東京車站，搭上九點四分發車的「光」號。一號車廂比較空，中央附近有可以並排坐的座位。

列車開動之後，智鶴打開放在膝上的紫色布包。布包裡有兩個手巾包的東西、筷子和藍色小水壺。打開手巾，裡頭有保鮮膜包著的三明治，以及裝有荷包蛋、沙拉等東西的塑膠盒。

「我做的喲，吃吧！」

智鶴把三明治遞到窪島眼前。

沒想到三明治、荷包蛋和沙拉都很好吃。窪島心想，或許智鶴是那種家庭型的女孩呢。

過了新橫濱，「光」號就過站不停了。窗外持續著相同的風景。想不到近田馬上就答應接替週末待機的事，而且還說星期天也沒關係。窪島可不好再麻煩人家。

坐著坐著竟然睡著了。

不知睡了多久，山崖、平原、街道不斷流過車窗。光看外面的景象，無法確定車子行經何處。

「還沒到名古屋嗎？」

「大概再三十分鐘。」

智鶴正在看用A4尺寸稿紙裝訂而成的東西，上面似乎是用文書處理機列印的文章。

「這是什麼？」

窪島望著智鶴的側臉問道。

「藥局長要我念一念。下星期五以前要在研究會上發表，這是朗讀用的原稿。」

「我看看。」

封面上寫著標題和作者的名字。

『漢方提煉劑應用於幼兒時的安全保存方法　山岸智鶴』

窪島大略看了一頁，文字生硬，不像出於智鶴之手。

『漢方提煉劑的適用領域日益擴大，有效醫療報告逐日有加，因此，不乏使用於幼兒之例子。然而，漢方提煉劑一般爲成人用劑量，以鋁箔袋密封發售，使用於幼兒時，必須撕開鋁箔袋，減少劑量，剩下的再另外保存。而漢方提煉劑忌濕氣及細菌感染，因此，有必要詳加檢討保存方法。我們曾長期監察各種保存方法的潮濕和細菌感染狀況……』

要言之，就是用幾種方法保存開封後的漢方藥丸，看哪一種最不容易受潮、最不會附著細菌。

「這是了不起的研究，是妳做的？」

窪島將原稿遞還給智鶴。

「是藥局長做的實驗，我只負責整合資料和發表。不過，這也是件大工程呢。」

窪島覺得自己彷彿被淘汰了，有種不安的感覺。打從捲入這個事件以來，他已經失去研究的習慣，最近連雜誌和文獻都不看了。

智鶴露出奇怪的表情，來回看著報告。

「喂，有沒有慢性的盲腸炎？」

像是想到什麼似的，她突然冒出這麼一句。

「通常是沒有，慢性闌尾炎這種病名，醫學上也很少人會使用。盲腸炎是屬於急性的疾病。」

好一個念頭，窪島心想。

「到底有還是沒有？」

「有些人右下腹疼了好幾年，找不到其他病因，動手術一看，有的人是盲腸炎，有的人不是。也有醫生把這種盲腸炎叫做慢性闌尾炎。」

「菊地武史也屬於這種嗎？」

「我想不是。這種人很少見，不是要找就找得到的。就算有，是不是闌尾發炎，沒動手術也不得而知，不是的可能性比較高。」

十一點抵達名古屋車站，再換普通電車來到岐阜車站。或許在舉行什麼大會，車站內擠滿拿著運動袋、穿各色運動服的高中生，熱鬧非凡。智鶴利用售票口旁邊的電話和菊地武史的母親聯絡。

他們搭計程車到長良川，沿河川行走，再過橋。河川對面小商店街角落的化妝品店，便是菊地武史的老家。在貼滿化妝品模特兒海報的店內，身穿藏青色服裝的女店員在看店，他們表明來意之後，被引進店內。

他們跟在女店員後面，進入另外一間屋子。

菊地武史的母親表情陰沈，似乎有點神經質，雖然不屬於骨瘦如柴型，但臉頰和眼睛憔悴而且下陷。

「大老遠趕來，辛苦了。」

窪島和智鶴被帶進一間榻榻米房間，房中擺著雕刻細緻的焦茶色桌子。武史的母親移開屏風，可以看到隔壁房間內側的佛壇。

「那是武史的？」

智鶴問武史的母親。

「嗯。」

佛壇上，戒名的旁邊立著寫上「俗名武史」字樣的牌位。窪島和智鶴向牌位點香致意。

智鶴自稱是和武史在醫院認識的朋友；窪島則表明自己是智鶴的朋友，以及爲武史動手術的醫師。

「恕我冒昧地問，是什麼樣的事故？」

智鶴沒伸手去端送上來的茶，直接問道。

「武史的車從濱松交流道進入東名高速公路，往西邊行駛。那時候是早上八點，他變換車道要超車，可是後面有輛車子快速逼過來，武史突然將方向盤切向右邊，猛撞上中央安全島，頭部遭受強烈撞擊，似乎當場就死了。」

武史的母親淡淡地說，語調彷彿念書一般。

「後面的車有沒有怎麼樣？」

「後面的車立刻把方向盤切向左邊，逃過一劫。」

「車上是什麼人？」

「關西方面的人，和武史沒什麼關係。也來過這裡，一再地道歉。」

突然，武史的母親露出訝異的表情。

「你們也認爲這件事故有問題嗎？如果你們知道什麼武史的事，請告訴我。」

「沒有，我們什麼都不知道。我們只是不相信那麼健康的人怎麼會突然就走了。可能的話，我們很願意幫忙。伯母認爲這件事故有什麼不對勁嗎？」

智鶴穿著奶油色的樸素上衣和灰色長裙，化妝也淡淡的，顯得很素淨。

「這件事嘛……」

武史的母親將悲傷的視線投向佛壇。

「這孩子不太學好，我還有一個兒子在關西，人就比較老實。我好不容易把武史送進大學，他卻擅自輟學。他一直向著爸爸，或許怨恨我跟先生分開。可是，我很疼這孩子。」

說到這裡，武史的母親將視線轉向智鶴。

「我覺得不對勁的是，這孩子和不正經的女人交往。」

「什麼樣的女人？」

「不太清楚。這孩子動盲腸手術的時候，我店裡忙沒辦法去看他。不過，他出院後，我馬上去他住的地方看他。他屋裡有女人的氣味，浴室有女人掉的頭髮，床下還有耳環和保險套的盒子掉在那裡。這孩子不承認，但我知道一定有女人待過。昨天接到電話，我還以爲妳就是那女人。見了面才知道不是，我看得出來。」

「我跟他不是那種關係。」

「後來，這孩子說最近會收到一筆錢，但他並沒有告訴我是怎樣的一筆錢。」

「武史這樣突然過世，所以伯母覺得奇怪？」

「我聽到事故時，最先想到的是那女人會不會也跟他在一起。這孩子很少回來。他在濱松那邊應該沒什麼事才對，早上八點這個時間也很奇怪。我想會不會是他和那個女人在什麼地方過夜，所以才從濱松交流道開車進高速公路。但是，那孩子死的時候，車上只有他一個人。」

「伯母跟警察提過那女人的事嗎？」

「當然提了。我拜託他們詳細調查，也請他們解剖遺體。」

「解剖了嗎？」

「嗯，警方最初不肯，說是沒有必要。如果屬於自己造成的事故，那樣就算結案了；如果是謀殺，承辦人員不同，他們不願多此一舉。後來我大兒子一再堅持，他們才說要調查看看。他們大概認爲我大兒子和我不太正常吧。」

「查出什麼了嗎?」
「什麼都沒有。煞車器並沒有被動過手腳。死因是腦挫傷,血液也沒有檢驗出導致昏睡的藥物。案子就這麼了結,斷定為普通事故。」
「浴室裡掉的頭髮是長的,還是短的?」
「長的,還燙過。」
智鶴對旁邊的窪島露出「榊田」的發音嘴形。窪島想起梶理繪說過,榊田十和子常在鬧區約年輕男子玩。
「伯母有武史的遺物嗎?有的話,能不能讓我們看看?」
窪島這麼拜託,武史的母親立即到佛壇旁的榻榻米上拿了一個小紙箱過來。
「這是擺在武史車內和口袋裡的東西。像衣服、書之類的大物件都丟掉了。」
窪島徵求武史母親的同意,將裡面的東西一件件拿出來:名牌太陽眼鏡、羅馬數字的高級手錶、市售的維他命劑藥罐、放有五萬圓的黑色皮夾、攜帶型的梳子、瓶裝口服液、原子筆、手帕、隨身聽、即溶咖啡包、便利商店的發票。
「沒有記事簿嗎?」
「我也覺得有點奇怪。」
「過世之後,伯母去收拾過他住的地方嗎?」

「去了。這一次那地方收拾得很乾淨，連一根頭髮都沒有。手册、便條紙什麼都沒有。一開始我還以爲誰先來過了，後來想想，距離我上次來收拾才過沒幾天，而且，或許那孩子在旅行之前收拾過了。對了，還有這個……」

武史的母親站起來，走出房間。

她拿了方形的白色紙包回來，在桌上打開紙包，露出一疊照片。

武史的母親將大約二十張照片遞給窪島，窪島分成兩半，一半遞給智鶴。

窪島把照片排在桌上。

「大兒子買了拍立得相機拚命照，因爲他也覺得事故很可疑。喪禮結束後，他對著這些照片又看又想，最後還是放棄了，把照片留在這裡。我看了就難過，幾乎沒怎麼看。」

這些是人被抬走之後的事故車各個角度的照片。紅色的車頭完全凹陷，顯示出撞擊有多強烈。擋風玻璃粉碎無遺，後面則幾乎沒什麼異狀。

窪島和智鶴交換照片，這是一些車內的照片。駕駛座、方向盤、儀表板和放下來的遮陽板，都濺滿帶黑的血液。擋風玻璃破了，駕駛座的門整個扭曲。

「這些照片能不能暫時借我一下，我會用掛號寄回來。」

「拿去吧。如果你們願意幫忙調查，我會很感激的。」

「關於武史的女朋友，您還知道些什麼嗎？」

窪島把智鶴那邊的照片一起整理放進提包，然後問道。

「什麼也不知道。我和大兒子找過濱松交流道附近的汽車旅館。從收據可以確定，他是從濱松交流道進去的，我們拿出武史的照片到處問，都問不出什麼。武史並沒有在濱松交流道附近過夜。」

榊田十和子如果打算謀殺，應當不會在濱松交流道附近過夜。這件事不難想像。他們可能在遠處過夜，也可能在車內過夜。

「伯母沒有再調查嗎？」

「我已經筋疲力盡了。我這才知道當偵探還眞辛苦。我要大兒子請徵信社調查，不過，大兒子不太有興致，一方面要花很多時間和金錢，另一方面，可能媳婦也提醒他，萬一武史捲入什麼壞事，還是不要挖出來才不會被人家說閒話。這一點我倒無所謂，不過，大兒子因此退縮了……」

「是這樣子啊？」

智鶴開始將零散的遺物整理到紙箱內。窪島發覺忘了問重要的事。

「在這之前，武史有沒有提過他有慢性盲腸炎之類的話？請伯母仔細回想看看。」

「所謂慢性，應該不是最近的事囉？」

「對，他右下腹從以前就常會疼痛嗎？」

「到兩三年前，應該都不曾。只是，最近他完全不提自己的事。」

很不幸的，智鶴所謂的「慢性盲腸炎」的假設似乎無法成立。

「謝謝，我們可能還會再打電話來請教。」

在坐進計程車之前，窪島和武史的母親握手。

「只要我能夠，我很願意幫忙。如果查出什麼來，也請告訴我。」

武史的母親好不容易綻出笑容說道。

「現在有兩個問題：菊地武史爲什麼那麼湊巧發生闌尾炎？交通事故到底被動了什麼手腳？現在這兩個問題都無解。」

在回程的新幹線上，智鶴說。

「是呀。」

「不過，這椿罪行是額外的，榊田十和子一定會在什麼地方留下尾巴，我去拜託美紀子查查看。叫她查一查武史的生活狀況，一定可以查到榊田十和子的蛛絲馬跡。交通事故也請她查查看。」

智鶴頭往後仰，輕輕甩一甩頭髮。

「我看沒用。連警察都查不出事故動了什麼手腳，就算美紀子看了照片，也沒什麼用。

而且，榊田十和子在鬧區釣上武史，這種事我也猜得出來，問題是爲什麼選上武史？」

窪島無意再去拜託女偵探，這已不是什麼婚外情調查，事情一說開來，女偵探就會察覺牽扯到謀殺事件。

「那該怎麼辦？」

「再想想看，想清楚以後再拜託美紀子也不遲。」

5

抵達K車站已經入夜。他們搭計程車前往東邊的山手區新興住宅街。相同的白壁、洋式磚瓦的組合式住宅，在薄闇的街道中並列如林。智鶴的家在斜坡上方，是有人字形屋頂的二樓建築，附有小陽台，包括庭院在內，占地約四十坪，算是小住宅。

智鶴的母親正好不在，智鶴說她還沒下班。

他們登上陡斜的樓梯，進入二樓智鶴的房間。房間是標準的年輕女子房間。入口掛著藍色布簾，牆邊的床鋪上有粉紅色的棉被和個性十足的枕頭；榻榻米上有幾個布娃娃；縱長型的櫃子擺了小電視和錄影機。牆上貼著湯姆・克魯斯的海報。書架上的藥學書，和堆在書桌上的文書處理機兩邊的漢方藥小冊子，可以看出智鶴的職業。

智鶴在隔壁房間換了不知是睡衣還是休閒服的紅色衣服。

「紅茶？咖啡？」

她以服務生的口吻問道。

窪島回說：紅茶、兩匙糖，智鶴便走下樓。

窪島從提包中拿出那二十餘張照片，全部攤排在紅色地毯上。

他一張張篩檢。

怎麼看都是一般事故的照片。雖然看起來令人不舒服，但沒有什麼特別奇怪之處。

不久，智鶴用托盤端來紅茶。

窪島坐在智鶴遞給他的坐墊上，品嚐剛泡好的紅茶。

智鶴一手端著紅茶，一面在地毯上這邊蹲蹲那邊爬爬地看著照片。

「眞不甘心，一定在什麼地方動了手腳。」

看完之後，智鶴唸唸有詞。

「不過，車子檢查過，遺體也解剖了，還是查不出所以然。」

「照片交給我，我每天拿出來研究。你負責研究闌尾炎。」

「好啊。」

智鶴把照片集中起來，放在書桌抽屜裡。

「好累喔。」

智鶴橫躺在地毯上。

「你還有其他要求嗎?客倌?」

智鶴看著天花板問道。

「可以讓我看相簿嗎?」

窪島說出臨時想到的念頭。

「什麼時候的?」

「從出生到現在。」

智鶴反射似地站起來,往樓下走去。這一次遲遲沒回來。後來總算抱著三大本相簿走上來,而且又從書架上抽出兩本,擺在上面。

「我媽把這些收在衣櫃最裡側。喏,這就是我到現在全部的人生。」

封面陳舊的相簿中,貼著智鶴從嬰兒時期以來的照片,三歲左右,臉型就和現在幾乎一樣,從小就看得出是個美人胚。

果然如預想的,大學時代的照片和畢業以後的照片,都夾雜著和男人合拍的雙人照,顯然是在旅行中的旅館內拍的。

「這些都是妳的男朋友?」

「嗯。不過，現在只有你而已，我發誓。」

智鶴紅著臉回答。

和母親一起拍的照片也很多。母親的眼神酷似智鶴，也是美女，很適合穿和服。

智鶴的父親有點瘦，眼睛凹陷，給人陰鬱、不健康的印象，和笑容可掬的智鶴，以及看來健康的母親，正好成對比。智鶴讀小學以後的照片，就看不到父親了。

「妳爸爸什麼時候過世的？」

「我小學一年級的時候，是胃癌。」

「妳還記得他嗎？」

「不太記得。只記得他去世時的事，不過，記得的也不是爸爸，而是媽媽哭泣的臉。」

「有沒有動手術？」

「第二年又復發，住院一年後去世。」

「哪一家醫院？」

「不記得了，不過是在東京，那時我家住在東京。」

「妳爸爸的工作也和醫療有關？」

「沒有。他是大飯店的廚師。你爸爸呢？」

「高中老師。」

窪島想起自己的父親。小學二年級的時候，父親離開人世。窪島長大以後聽母親說，父親年輕的時候受重傷，因輸血感染肝炎，經過十多年，變成肝硬化，最後導致肝癌。對父親的記憶，幾乎都是後來聽母親說的。

記憶鮮明的事屈指可數。小學入學典禮之前的報到日，是由父親帶著他去的。那天學校玩到對面線內抓回氣球的遊戲，窪島在一大堆人中怎麼找也找不到父親，就在快哭出來的時候，有人拍他的肩膀，回頭一看，看到父親帶著惡作劇的表情。這是到現在他仍記憶鮮明，也是惟一記得的父親的面容。

父親臨終時窪島不在身邊。嬸嬸帶他趕到時，父親臉上已經覆蓋了手巾。親戚們硬要他看手巾下面的臉，窪島害怕得幾乎一直閉著眼睛。當時的年齡還不太能理解死亡的意義，對父親的病逝也不覺得有什麼難過。儘管決定念醫學院的動機，也包括對父親病死的傷痛，但是，這種傷痛與其說是自己體認出來的，倒不如說大部分都是母親塞給他的。

「妳母親在文化節的晚上還加班？」

「她做的也是醫療事務呀。她做保險請求明細，共有三家私人醫院，一個月只要工作十天就可以了，應該算是不錯的工作，可是從月底到月初最忙碌，今天大概不回來了。」

「這個工作做很久了嗎？」

「很久囉。我爸爸住院的時候她學會的，她是那種跌倒也要抓些東西再爬起來的人。」

翻到智鶴中學以後的相簿，窪島發覺有五、六張照片被抽走了。

莫非智鶴在樓下找相簿找那麼久，是因爲要抽掉不願意讓我看到的男朋友照片？窪島這樣懷疑。

「這邊的照片呢？」

窪島指著被抽走的痕跡。

「露出馬腳了。害我還手忙腳亂的。」

在後面探頭看的智鶴，吐了吐舌頭。

「妳的男朋友嗎？」

「對啊，是藥局長。」

「別唬我啦，我可不會上第二次當。」

「是唬你的，不過拍得滿那個的，不想讓你看。」

窪島右肩感受到智鶴下顎的重量，智鶴的呼吸刺激著他的耳垂。

「算啦。」

窪島有點粗暴地闔上相簿。不管是眞是假，都令他不舒服。

智鶴爲討窪島歡心，從後面環住窪島的胸口。

「對不起，我說眞的，那是媽媽戀人的照片。我沒有權利讓媽媽的戀人曝光。」

「不太合理。」

「眞的呀，如果是說謊，我大可編更好的謊。」

「就信妳一次吧。」

從抽掉的位置來看，照片不是最近才照的。就算是智鶴和以前男朋友的親密照片，現在也應該沒有往來了。窪島不想理會這件事。

智鶴的下顎越過窪島的肩膀，臉探到窪島眼前，環住窪島的那隻手輕輕鬆開，慢慢滑到窪島胸口，然後手一抽，枕著窪島的膝蓋，泛出微笑。

窪島放下手，將腳伸直。懷中智鶴的軀體柔柔的、暖暖的。

「今天沒喝醉喔。」

智鶴在窪島懷裡喃喃說道。

「是啊。」

窪島托起智鶴的臉，想親她的嘴唇。

「不要。」

智鶴搖搖頭，指著床鋪說：

「今天要慢慢來……」

窪島的身體和心情都是放鬆的，他從耳垂順著智鶴的軀體溫柔地愛撫。智鶴發出囈語，扭動柔軟的軀體大膽地反應。窪島順利地進入滿溢的蜜汁中。他變換各種姿勢，品嘗飛翔的愉悅之後，隨著通達腦頂的刺激，體液放射而出。智鶴的軀體呈現波浪般的痙攣。

窪島緊抱著智鶴，在舒爽的疲憊中，任由時間一分一秒地流逝。

「想去哪裡？」

智鶴抬起臉，問道。

「哪裡？什麼哪裡？」

「如果辭去高宗綜合醫院的工作，你要去哪裡？」

「還沒決定，因爲草角會長還沒做決定。」

「但是，你會被迫辭職吧？」

「大概吧。一切順其自然了。未來的事，等草角會長做出決定以後再去想還不遲。」

「如果你要去很遠的地方，你會帶我走嗎？」

「我很樂意。」

「我好喜歡你喔。」

智鶴又吻他。

6

「果然是處理敗局的投手。」

星期一早上，已經在等著的吳竹醫局長，把窪島帶到門診處內側的診察室。

「人事已經決定了嗎？」

「決定了。我們三個人，一個星期後的十一月十二日，也就是下星期一自動請辭。草角會長直接通知教授，完全不容答辯，看來憤怒到了極點。」

醫局長並沒有生氣，反倒是興味盎然的樣子。

「誰來接手？」

「國立J醫科大學的腹部外科，你沒聽說嗎？」

「沒有。」

「是嗎？裡面有個你的同學，姓乾吧？頭頭是派講師來，其他則是姓乾的、姓平的，之外還有一個。他們似乎想來四個，但是，草角會長還是只答應三個。」

窪島想起乾那興致勃勃的表情。他被騙慘了，不過卻不怎麼氣憤。

「但是，處置還是太快了。」

「這是有原因的，現在說開也無妨。草角會長以前就認識J醫大腹部外科的教授。會長也是K市有名望的人，在K市的一些場合和事業上的關係，自然和教授有接觸的機會。也因此，對方的醫局長就硬纏著會長，拜託他用自己的醫局員。大約半年前，會長就曾向我們提起這件事，還說給他們來一個看看。這怎麼行呢？編制才三個，給他們插一個進來，那麼，那一個豈不成爲J醫大的固定席了？接下來不知什麼時候就全部給占去了。所以，我和西嶺副院長都斷然拒絕。可是，沒想到最後演變成這個結局，眞是諷刺。」

「和解的事怎麼樣了？」

「好像解決了。聽說錢全部由健隆會，也就是草角會長付，至於最後付了多少，那就不知道了。」

「就這樣嗎？」

一切就這麼結束了。窪島心裡很感慨，但自己總算逃出了陷阱。

「我曾對你說了些不盡合理的話，很抱歉。現在說來無妨，我認爲糾紛一開始就處理不當，這才是問題所在。日本也和美國一樣，醫療糾紛已不是什麼希罕的事。醫院的形象是很重要，但是該爭的地方還是要爭。今後如果關係醫院發生同樣的事，我會這麼跟他們說。」

「接下來，我們該怎麼做？」

「一週內收拾完畢。除了緊急手術，以外的一概不做。辭職之後，近田會回大學去。本來他就預定明年四月回去的，現在是早了一點，不過，也沒什麼大礙。而你就早了一些，暫時也只有先回大學去，我會儘快幫你在J縣找到醫院。」

事情的發展出乎意料，可以說變成對窪島最有利的結果。如果就此回大學，然後再被分發到J縣的其他醫院，還是可以回到母親所希望的道路上。

不過，這個事件也因此不得不放棄追究了。

但是，就這樣放棄，對自己說得過去嗎？智鶴肯就此罷休嗎？

「事情這麼處理，太卑鄙了。」

在車站前的咖啡店內，智鶴果然發火了。

「我知道。可是，如果把眞相揭發出來，我就在大學待不下去了。」

「爲什麼？大學的醫局和高宗綜合醫院不是已經沒有任何關係了嗎？」

「問題不在這裡。一旦警察開始調查，草角會長和西嶺副會長息事寧人的處理方式也會被揭發出來，會長和副院長又會弄得灰頭土臉。而大學的醫師，我只認識近田和醫局長。這麼一來，也會拖累他們兩人。醫局內恐怕沒有人會誇我一句『幹得好！』或許也不會有人要求我辭職，但是，我的神經可沒有遲鈍到在這種狀態下還待得下去的程度。」

「可是，有兩個人被殺了。並森行彥和菊地武史就活該被殺嗎？就這樣讓她們一直逍遙法外，我可辦不到。」

「沒錯。」

「那怎麼辦？」

「繼續追查，然後到警察局揭發她們。我把大學辭掉吧。」

窪島從早上一直在考慮，最後做了如此的決定。並森行彥的死和事件有切身關係，但連不相干的菊地武史也殺害，並森良美和榊田十和子實在無可原諒。不管自己處在什麼立場，窪島已經沒辦法視而不見，他要讓她們承擔後果。

「這樣好嗎？」

「我打算走遠一點，妳願意跟我去嗎？」

「當然願意。可以的話，去南部溫暖的地方。」

窪島心想，就到沒有寒冬的南方土地，和智鶴兩個人一起生活吧。辭去M大學，申請加入那個地方的大學外科教室，應該可以在大學待個一年吧。之後，再到鄉下醫院任職，做一些闌尾炎、疝氣手術，每週動兩次全身麻醉的手術。沒有全身麻醉手術的日子，應該五點就能回到有智鶴等著的家。晚上和智鶴聽聽音樂。星期日兩人就去游泳……

母親呢？母親一定會生氣，那也是沒辦法的事，這之前一直依照母親的意願在過日子，現在也應該選擇自己的道路了。母親終究會諒解吧？

「關於闌尾炎，查出什麼了嗎？」

智鶴的聲音打破了窪島的幻想。
「沒有。妳呢？」
「有一些眉目。」
「查出怎麼動手腳了？」
「不是。昨天我看了一整天的照片，發覺不對勁的地方。我還不知道爲什麼會那樣。」
「什麼地方不對勁？」
「再等一下。我查出所以然來再告訴你。我想快了。」

回家之後，窪島打電話給乾。
「我正想打電話給你呢。」
乾先發制人，爲自己辯解。
「別胡扯，你明明就要來頂替我了。」
窪島儘量讓自己的語氣聽來充滿惡意。
「我沒胡扯，我沒說是我不對。因爲是內定的人事，還不能對外說。」
「隨便你怎麼說。」
「我也沒辦法呀，事情就是這麼發展的，我可沒當什麼間諜。我只是奉命去醫局長要我去的醫院罷了。別生氣嘛。」

「我當然生氣。」

「眞傷腦筋。」

「你也有傷腦筋的時候呀。」

「那我該怎麼做，你才會舒服？」

「你就讓我說出我想說的話。對於這件事，我怎麼罵你，你都沒有權利生氣。罵夠了，我自然會原諒你。」

「OK，一個星期以後我就得接收你那邊的患者，我們趕快和解吧。」

「這種事也可以談交情嗎？我可不許你胡亂治療。」

「好、好。你們醫局是大軍閥，撤出高宗綜合醫院也沒什麼大不了嘛。」

乾留下這麼一句話，就把電話掛了。

7

星期五，窪島和近田聯手負責最後的門診。

掛號處已經貼出窪島等人離職的公告。許多定期檢診的患者看到公告，一面爲窪島的離職表示惋惜，一面爲更換醫師表達強烈的不安。

窪島安撫患者，並對他們說明：以後替他們診療的乾醫師是他的同學，很優秀，也很負責、體貼。

患者們似乎比較安心了，但窪島反而有些不安。窪島能耐心聽患者說話，乾則非常粗枝大葉，就怕長期往來的患者神經質地述說一些微末的症狀時，乾會敷衍地說些「沒關係，不用擔心」之類的話，硬不讓患者說下去。這種作法恐怕會引起患者的疑慮。

我太多慮了，窪島對自己說。畢竟他已經和這家醫院沒有關係了。

原本以爲沒有手術了，卻出乎意料地在門診最忙的時候，一名女中學生在母親陪伴下來到窪島的診療室，還帶著開業醫師的轉診函。

『患者前天開始腹痛，白血球一八、〇〇〇，應屬典型的急性闌尾炎。雖建議動手術，但患者及家屬都拒絕，最後接受建議願至貴院求診，請關照。』

少女有一張像洋娃娃般可愛的臉孔，和發育良好的身體不太相符。母親則身材嬌小，也是娃娃臉，看來三十出頭。

「昨天痛得很厲害，今天稍微好一點。我不要開刀。」

少女語氣不悅地躺在診察床上。

窪島用手按少女的腹部做診察。右下腹硬硬的，肌肉強烈抗拒。不論按壓、放開或用手指敲，少女都叫痛。沒錯，正是相當嚴重的闌尾炎。闌尾不是快破了，就是已經破了。

「只有開刀了。」

窪島回頭對母親說。

母親以通紅的眼睛盯著窪島的臉。

「我們不想開刀，麻煩醫師用藥物壓制。」

「用藥物沒辦法，情況很危險，必須緊急開刀。」

「這孩子的朋友也是盲腸炎，就是用藥物治好的。」

「那要看病情。這孩子的盲腸炎已經過了可以用藥物壓制的程度，說不定已經破了。」

「不能用藥物壓制嗎？我不想讓這孩子開刀。可以嗎？」

母親不理會窪島的話，對站在旁邊的門診護士說道。接著再看看四周，是不是有其他的醫師在。

口頭似乎說不動，儘管外面有一堆患者在等著，窪島還是決定花時間說服對方。他要少女的母親坐下來，然後在桌面的紙上畫闌尾的圖，很殷切地說明：這種情況的闌尾炎不動手術好不了，一旦破裂，膿溢流出來，可能導致腹膜炎；相反地，如果膿留在裡面形成腫塊，也會引起高燒或腸阻塞。

「能不能壓制兩天就好，因爲後天是星期天，她有芭蕾表演會。」

母親哀求道。

「這麼說好了，盲腸破裂之後，手術傷口復原和住院天數都要多花上兩倍時間，而且不止這樣，萬一溢流出來的膿跑進輸卵管，將來恐怕就沒辦法生育了。」

最後的威嚇似乎生效了，母親在女兒床邊坐下，泫然欲泣地一邊撫摸女兒的臉頰，一邊點頭。

少女的心意轉得很快。護士們一看患者決定動手術，馬上很熱切地幫忙。少女依指示在手術室的床上躺下來，擺好姿勢。

窪島在高宗綜合醫院的最後手術，進行得極爲順利。他儘可能把皮膚割開小一點，很幸運的，闌尾就在切口的正下方，一打開腹膜，就看到闌尾腫得像香腸，上面還黏附著麥芽糖色的膿。

「可怕吧。」

窪島把闌尾拿給側著臉躺在手術台上的少女看。

「這很大嗎？」

少女很訝異地看著。

「大概是平常人的五倍大。」

「那用藥物是壓制不住的囉？」

「絕對沒辦法。如果病況輕一點，也許還可以勉強壓制得住，但是，通常盲腸炎還是會復發。」

對少女說完之後，窪島突然想起一件事，莫非……

在病房和少女的母親說完手術的結果，窪島來到醫師室的儲物櫃前，打開鎖，拿出擺在裡面的榊田十和子的履歷表影本。

窪島心裡有一個假設，有部分和智鶴的想法相似，但基本上是不同的。依他的假設，榊田十和子並不是在鬧區釣上菊地武史的。

武史不是那種滿街都是，只要有錢什麼都願意幹的年輕人。他是榊田十和子爲了完成這件周密的殺人計畫而費盡功夫去找來的、具備重要條件的人。這種人並非在鬧區隨找隨有，只有在一個場所才找得到，那就是醫院。

菊地武史一定在某家醫院看過病。他既然住在K市，應該是在K市周邊的醫院看病吧。

那麼，榊田十和子又是從哪裡取得必要的資訊呢？

從以前的同學嗎？榊田十和子的高中同學，應該廣布於東京及其周邊的醫院或診所。不過，依城崎舞的說法，J縣出身的只有她和榊田十和子兩人。那麼，到底有多少人來到J縣的醫院呢？

窪島下樓到大廳，打電話給關東醫科大學高等護理學院的井川老師。井川老師的聲調就像獅吼一般，不過還是回答了只有一名。所謂一名，就是說除了榊田十和子之外，沒有別人在此地。或許榊田十和子找了其他同學也說不定，但要探聽出有關菊地武史的消息，可能性恐怕很低。

剩下的就只有榊田十和子以前工作的醫院的同事了。履歷表上寫了兩家醫院。

慈愛會K醫院

H市民醫院

窪島打電話到這兩家醫院的辦公室，詢問今年可有名叫菊地武史的二十歲男性住院。窪島在醫師室等候，沒多久，對方透過內線電話回覆。菊地武史沒有在任何一家醫院住過。也有可能住在家裡往返治療，不過，要從堆積如山的病歷表中尋找門診病患，可是大工程一件，拜託醫院方面查，恐怕不會很快就有回音。

看起來，武史在K市的慈愛會K醫院看病的可能性較高。慈愛會K醫院的外科是國立J醫科大學的關係醫院，窪島上那兒去，就算被認出來也無妨。

窪島打電話找該院的外科醫師。

「我姓窪島，是高宗綜合醫院的外科醫師。一位在本院動手術的患者，他的哥哥想詢問貴院一些事情，可以接見他嗎？」

「什麼事?是做什麼手術的?」

對方的語氣突然嚴肅起來。

「闌尾炎。並不是對治療有什麼不滿,而是患者因交通事故死亡,患者兄弟想了解患者生前的生活狀況。」

「曾在本院治療過嗎?」

「好像。能不能幫我查查看。」

約三十分鐘後,一位自稱姓犬飼的外科醫師打電話來回覆:

「那名患者七月間確實曾來診療,病名是急性闌尾炎,並沒有切除。」

窪島心跳加速。他的假設果然是正確的。他一邊抑制興奮,一邊與對方約定明天會面。

8

慈愛會K醫院位於K市西端,規模和高宗綜合醫院相當,屬於社會福利體系的醫院。從地理條件欠佳和老舊微髒的建築物看來,生意應該不會太興隆。不過,由於離市區較遠,占地廣闊,沒有高宗綜合醫院那種窘迫感。

由於是週末下午,門診候診室空蕩蕩的。有一群換上運動服的員工從走廊經過,似乎是要去打網球之類的。

門診時間已過，窪島到急診櫃台，自稱菊地，請櫃台幫忙傳喚犬飼醫師。年輕的女事務員按了三通內線電話，終於找到犬飼醫師。短暫的對談之後，窪島被帶到門診處內側的小會議室內。

很快地，犬飼醫師帶著薄薄的病歷表出現。此人理小平頭，體型臃腫，表情僵硬，年紀可能和窪島相同或小一點。

窪島自稱是菊地武史的哥哥，請他說明武史在這兒接受過何種治療。

「他罹患盲腸炎，病況已有相當程度，我建議他最好開刀，他要求用藥物壓制。我告訴他勉強壓制還會再發，他卻說到時候再說。我們也不能強押他去手術室，最後只好尊重他本人的意思。」

可以看得出犬飼醫師在用字遣詞上很費心，畢竟自己沒動手術的患者後來到別家醫院動手術，對外科醫師來說是件困窘的事，窪島很能理解這種心情。

「沒有動手術，也沒有住院嗎？」

「他也拒絕了。這當然不行，所以我要他每天來打抗生素點滴，沒想到居然治好了。不過，據高宗綜合醫院那邊的醫師說，後來還是復發了。」

「好像是。」

事實上，菊地武史的病並沒有復發，事件當天的症狀是詐病，純粹是演戲。已經發作的闌尾炎，用藥物勉強壓制，即使症狀消失了，闌尾往往會以某種形式留下發炎的症狀。菊地武史的闌尾事實上七月的時候已經發過炎了，難怪組織檢查會有發炎的症狀。

這種知識是近田教窪島的。或許近田和榊田十和子交往的時候也告訴過她，而榊田十和子利用這種知識來殺人。窪島只能如此推想。

「謝謝，我還想跟護士問一下有關武史的事，方便嗎？」

「護士？還有什麼疑問嗎？」

犬飼醫師表情變得很嚴肅，不過，語氣仍保持平穩。

「不，我只想了解一下，當作對武史的回憶。」

「外科門診有三名護士。」

「有在貴院服務八年以上的嗎？」

榊田十和子離開這家醫院，已是七年半以前的事。

「八年？八年有什麼特別的意義嗎？」

犬飼醫師露出訝異的表情。

「我想資深一點的比較好。」

「有沒有八年，我不知道，不過有一位資深護士，我幫你聯絡看看。」

窪島順著病房大樓旁邊的院內通路向裡走，四層樓的護士宿舍就在盡頭。這座老舊的建物似乎在改建中，有一部分架著鷹架，上面還掛著床單。

他一按正門旁的電鈴，一名似乎是在宿舍當班的年輕護士馬上穿著寬睡衣跑出來。她大概以爲窪島是哪位護士的朋友，用好奇的眼光從頭到腳打量他。或許在這兒按門鈴的男子，有許多是人家不願意見他，卻還跑來按門鈴的吧。

窪島說他事先約好了，請她叫外科的護理主任出來。

有一名穿藍色牛仔褲的三十多歲女性，趕到大廳來。

「抱歉，讓你跑這一趟。這裡不太方便——」

護理主任走出宿舍，在前頭引路，將窪島帶到醫院門診大樓裡面的咖啡廳。大概是空地利用，店內呈長條狀，感覺有點奇怪。最裡側有一名綁著繃帶的年輕男子正在看漫畫。

他們點的咖啡很快就送到。咖啡沒什麼味道，和自動販賣機的即溶咖啡沒兩樣。窪島只喝了一半，便開始重複說起有關武史的事。

「你想知道什麼呢？」

護理主任先說了一些惋惜的話之後問道。

窪島對護理主任留短髮的清爽面孔和乾脆的態度，一見就有好感。

「武史好像和高宗綜合醫院的護士有來往，這件事妳知道嗎？」

「咦？」

護理主任的表情突然一變。先是一驚，繼而一笑，然後趕緊收斂表情。

「那護士叫什麼名字？」

「好像叫榊田十和子。」

「是她呀？」

護理主任露出夾雜著困惑的微笑。

「看來我好像做錯事了，如果帶給你們什麼困擾，實在很抱歉。」

「妳認得榊田十和子小姐嗎？」

護理主任放下交叉的雙腿，將手擺在桌上，上顎略微揚起，凝視著窪島。

「認識。她以前在本院任職，也住過宿舍。我和她並不是很熟。不過，今年八月她突然來宿舍找我，還住了一晚，跟我聊了許多事。那時候，我提起武史的事。」

「妳們是在什麼情況下談到武史的？」

「榊田十和子問我，最近有沒有用藥物壓制住闌尾炎的患者，她正在蒐集這類患者的病例，做研究發表。我覺得有點奇怪，她的構想很特別，但是，那種研究題材護士恐怕做不來吧。不過，因爲也不是什麼壞事，我就告訴她武史先生的事。」

「也告訴她地址和電話嗎？」

護理主任的臉上浮現懊悔的神色。

「沒有，她拜託我給她看病歷，說只是參考而已。我有點遲疑，不過心想只要沒有記入發表內容就好。所以，她要回去的時候，我就讓她來外科門診處看。她大略翻閱了一下，就還給我了。我做夢也沒想到她打算直接跟武史先生聯絡。病歷表的封面上寫有患者的地址和電話號碼。」

榊田十和子可能向幾名認識的護士說同樣的話，最後在這家醫院覓到理想的獨居、年輕男病患，也就是菊地武史。她可能是打電話，或伺機跟他認識，再發展成親密關係。她賣弄醫學知識，說服武史儘快去切除闌尾，否則復發就不得了，並且要他謊稱症狀，在當天接受手術。或許多少給他一點錢，結果詭計終於得逞。

然而，菊地武史不是傻瓜，他察覺當天並森行彥的事件和自己的闌尾炎手術不無關係，心想自己有權分到更多的錢。在他把這個想法付諸實行時，榊田十和子接受並森良美的冷酷指示，讓他從世上消失。

榊田十和子的陰謀，窪島幾乎都弄清楚了，除了交通事故的詭計之外。

智鶴白天參加中央町文化會館舉辦的藥劑師研討會，六點以後，她來窪島的住處接他。

「我也弄清楚交通事故是怎麼動手腳的。」
智鶴說出令人吃驚的話。
「眞的？」
「眞的。我和那些照片奮戰了一個禮拜，還對照地圖呢。我現在就實驗給你看。」
智鶴在進門的脫鞋間喊母親。一位酷似智鶴的美女，幾乎沒有發出任何腳步聲，從裡面的廚房走出來。
智鶴爽快地介紹說，窪島是她的男朋友。窪島靦腆地和智鶴的母親打招呼，然後登上二樓。
和一週前來的時候不同的是，桌上除了文書處理機之外，收拾得乾乾淨淨的。研究發表會結束了，漢方藥的小册子似乎也被收了起來。
「發表會怎麼樣？」
「大豐收。」
「有沒有人發問？」
「沒有。」
「那好呀。」
「有什麼好？我本來想有問必答的。」

智鶴語氣威風地說。

母親靜靜走上樓梯，端來紅茶和點心。

「這孩子很任性，一定給醫師添麻煩了吧？」

母親傾頭微笑，很高雅。

智鶴和母親的外貌給人的印象略有不同。雖然同樣都很端正，但智鶴較開朗、華麗，富現代感；母親則顯得質樸，略帶憂鬱。

「搬出去住的事，妳跟媽媽說了嗎？」

母親走後，窪島問智鶴。

「說了。OK喲。」

「妳媽眞乾脆。」

「沒關係的，我媽一個人也可以過。我搬出去，她反而高興呢。」

智鶴站起來，拿著一疊照片和道路地圖過來。

「我們開始吧。你先回答我，看到遺物，你覺得武史是什麼樣的人？」

窪島的腦海中浮現武史母親小心翼翼收著的各種遺物：名牌太陽眼鏡、羅馬數字的高級手錶、市售的維他命劑、放有五萬圓的黑色皮夾、攜帶型的梳子、瓶裝口服液、隨身聽、即溶咖啡包……

「愛漂亮，還有喜歡吃藥。」

「對，武史喜歡吃藥。昨天我打電話去岐阜確認，果然沒錯。」

「不過，血液中並沒有檢驗出安眠藥。」

「接下來，你仔細看看這張照片。」

智鶴遞到窪島眼前的，是一張車內的照片，他已經看過好幾遍。駕駛座、方向盤、儀表板和放下來的遮陽板上面都濺了帶黑的血；擋風玻璃碎裂，駕駛座的車門扭曲。

「妳看出什麼？」

「有一個地方很奇怪。」

奇怪？看起來不就是一張普通的事故照片嗎？有什麼奇怪之處？

「我看不出來。」

「有遮陽板呀。遮陽板不是放下來了嗎？」

「有什麼奇怪？前面有陽光照進來，誰都會把遮陽板放下來。」

智鶴似乎急得發火了，用力挪轉地圖，將濱松附近的道路地圖攤在窪島眼前。

「武史是從濱松交流道進入高速公路，開往西邊的。十月十日上午八點，這個時刻陽光會從車子前方照射進去嗎？」

「嗯，太陽應該在東南東的位置。爲什麼呢？」

「好啦，你躺著，眼睛閉起來。」

窪島依照智鶴的指示躺下。

右眼瞼被撥開，從上方落下涼涼的水滴，水滴溢出眼眶，流向耳朵。是眼藥水。

「知道了嗎？」

「知道了。」

這種眼藥……是散瞳劑，可以擴散瞳孔。

大約五分鐘後，右眼變得很怕光，沒辦法睜開。

「把燈關掉。」

窪島忍不住叫道。

智鶴關掉天花板的日光燈，只開小燈，屋內薄闇籠罩。

「如果點了藥水再上高速公路，途中眼睛怕光睜不開，就一點辦法也沒有了。因爲一睜開眼睛，光線就會跑進瞳孔裡，就算放下遮陽板也無濟於事。而死掉的人瞳孔擴散是很正常的事，所以從屍體找不出犯罪的痕跡，而眼藥也很難從血液中檢驗出來。」

「她怎麼弄的？」

「大概是這樣吧。榊田十和子在上交流道之前，說她要下車，捏造類似家人有急事之類的藉口，要花點時間處理。所以，她要武史先走，自己隨後搭電車趕上。如果連會面的地點都約好了，武史應該會很安心。下車前她假裝關心武史睡眠不足，勸他點一些自己帶來的消除疲勞用眼藥水。喜歡用藥的武史沒有拒絕，兩眼各點了一滴。這種藥水點了不會有任何立即的症狀。武史毫不起疑地開上高速公路。五分鐘後，眼睛就變成了『光海』。」

智鶴在窪島身邊躺下。

「結束了，完全水落石出了。」

她盯著天花板，喃喃說道。

「是啊。」

在薄闇之中，沈默的時光流逝著。

智鶴將手伸向窪島……

「還刺眼嗎？」

「應該沒事了。」

「眼睛看那邊。」

智鶴迅速穿上內衣褲，背對著窪島，把窪島脫下來的衣服遞給他。等窪島穿好衣服，她才打開天花板的日光燈。

「什麼時候去報警？」

「後天星期一，我離職；星期二去報警。」

警方能不能定良美等人的罪，窪島不得而知，但是，爲了告發這個罪行，他已經做過充分的調查，接下來就讓警方去搜查吧。

「妳沒問題吧？」

一旦報警，醫院一定會起軒然大波。

「我從後天起休假兩個星期，我想就這樣辭職，接下來就跟你走。」

樓下傳來母親的叫聲，是智鶴的電話。

電話似乎要談一陣子，整裝下去的智鶴久久沒有回來。

窪島閒著無聊，靠近桌上的文書處理機看了看。它和窪島的文書處理機不同廠牌，沒有逆光照明，但可以充電，是屬於舊的機種。

窪島打開蓋子，立起螢幕。

這個機種，在切斷電源之後，可以保存最後輸入的文章。就在窪島猶豫該不該打開電源之際，智鶴跑了上來。

「對不起。」

「誰打來的？」

「藥局長。他大概聽說我要辭職，有點擔心，所以打電話來，我明白跟他說要辭職。」

「可以看看妳的文書處理機嗎？」

「可以呀，我可沒打什麼見不得人的信喲。」

打開電源，黃綠色的螢幕浮現段落很少的文章。這是最後輸入的文章，正是智鶴在白天發表的漢方藥保存研究的朗讀原稿。

「和我在新幹線上看到的一模一樣嘛，妳沒有再斟酌嗎？」在回去的車上，窪島問。

「是啊，我唸給藥局長聽，他說ＯＫ，所以我就沒有更動。這幾個禮拜看參考文獻，忙死我了。當然，還包括那些照片。」

智鶴坐在駕駛座上無精打采地回道。

窪島發現文章有錯誤。用耳朵聽不出來，但寫成論文就不通了。上面的漢字用法不對，他在新幹線上看的時候沒有察覺。

「不過無所謂，這種麻煩事沒有下次了。」

窪島被一股奇怪的感覺籠罩，就像腳下的地面突然龜裂開似的。某種不太具體的不舒服感從心底竄升上來。

有問題……

車子來到窪島住處。

「明天怎麼樣？」

「我會在這裡。」

「那我晚上過來，煮晚飯給你吃。」

智鶴從助手座的窗口探出身子，揮手微笑。

第六章　崩潰

1

窪島靠著公寓的牆壁，雙手抱住膝蓋，額頭抵著膝頭，等待智鶴到來。

一夕之間，他周遭的世界迥然變樣。

胸口悸動、歡談不休、飛翔般的親密感……智鶴所給予的種種快樂已蕩然無存，他覺得自己彷彿被丟入陰森、無底、冰冷的地獄中。

想起來，自己二十九年的人生中，從未被年輕、聰明又雍容華貴的美女誘惑過。智鶴之所以接近他，不是因爲喜歡推理小說之類的非現實因素，而是有更現實、確切的理由，其實也不足爲奇。自己以前居然沒想過這件事，不，或許自己心裡有數，只是不願去想而已。

外面傳來智鶴緩緩走上樓梯的腳步聲。

腳步聲在門前停住，繼而響起踢門的聲音。

「開門！我手沒空。」

智鶴雙手提著大紙袋佇立在門口。

袋中裝了各式各樣的東西；除了絞肉、洋蔥、馬鈴薯、胡蘿蔔、番茄等烹調材料之外，還有橘子、蘋果等水果、罐裝果汁、紙巾、浴廁芳香劑、腳墊、圍裙……

智鶴最後還拿出印有文字的黃色睡衣。

「以後你就穿這個睡覺，應該會很合身。」

由於母親會來，窪島在櫥櫃裡擺了兩人份的餐具。智鶴將它們全部拿出來，洗乾淨之後又擺回去。然後，她開始做漢堡和生菜沙拉。

廚房內不時傳出哼歌的聲音，和在砧板上切菜的聲音。

「好了。」

窪島趕緊把做好的菜，擺在剛從櫥櫃裡取出來的暖爐桌上。

菜弄得很好吃，窪島卻鬱悶得吃不下。不過，智鶴的手藝比母親還好。

「我可以當好老婆嗎？」

智鶴含著沙拉問道。

「可以呀。」

收拾完餐具，智鶴回到窪島身邊。

她看看零亂的屋子。

「今天恐怕不行，以後我再慢慢收拾。」

「喂。」

窪島手擱在智鶴肩上，看著她的眼睛。

「什麼事？」

智鶴一臉微笑。

窪島話說不出口。

「醫院你找了嗎？」

智鶴反倒先問了。

「你可能會罵我，我看了一些求職雜誌，要醫生的醫院多得是。我到哪裡都無所謂，沒有醫生的村子或島嶼也無妨。」

「這樣眞的好嗎？妳媽怎麼辦？我也要考慮我媽。」

「我不是說過我媽答應了，我們以後再接你媽過來。」

「事情沒那麼簡單。」

「怎麼會呢？我要跟你結婚、生小孩，白頭偕老，也要孝敬你媽。這很簡單呀。」

智鶴嘟起嘴，似乎生氣了。

「不行！沒辦法！」

窪島幾乎是用吼的。

「爲什麼？」
智鶴的語氣一變。
「爲什麼不帶我走？」
智鶴稍微挪開身子，重新坐正，以責備的眼神直盯著窪島。
窪島橫了心，往日的溫柔體貼已不復可見，原始而粗暴的情緒像滾燙的岩漿般噴出來、流洩著，將自己的心完全覆蓋了。
「妳爲什麼接近我？爲什麼對並森行彥的事件這麼感興趣？」
窪島大聲質問。
「我說過了，我好奇心很強。」
智鶴露出不安的眼神。
「只是玩偵探遊戲嗎？」
「不是。起先的確是，我推理推得很有趣。但是，我慢慢喜歡上你，想幫助你。」
「我不相信。」
「爲什麼這麼說？」
窪島深感虛空。他調整呼吸之後，對智鶴說：
「妳那個打工朋友的報告書，就是並森良美和拓磨的婚外情調查報告，可眞是怪異。很像菜鳥做的，用文書處理機打，還到處出現錯字，看來的確像是業餘偵探趕出來的東西。不過，內容可不含糊。仔細想想，這種工作可不是打工的女孩一個人辦得到的。」

「美紀子是很優秀的偵探。」

智鶴拚命辯解。

「還有，我雖然孤陋寡聞，但是，我想那不是六萬圓就做得到的工作。就算再便宜，也應該要付好幾倍的費用才行，不是嗎？」

「她是朋友，所以才算那麼便宜。」

「或許吧。一直到昨天我按妳那台文書處理機的電源開關前，我都沒有察覺。不過，我現在已經察覺了。妳那份漢方藥報告的漢字轉換有錯字，『觀察』的『觀』，打的不是『觀光』的『觀』，而是『監督』的『監』（注：兩字日語發音相同）。同樣的錯誤也出現在那份調查報告上。文書處理機一旦轉換錯誤，下一次也會出現同樣的錯字。那份調查報告和漢方藥報告，是用同一台文書處理機打的。打字的大概是同一個人……就是妳。」

「為什麼我非得用文書處理機打調查報告呢？」

智鶴的語氣意外地冷靜。

「原因是這樣。那個工作本來就是偵探社做的，而且一定花了相當多的錢。報告書也寫得好好的，封面大概印有偵探社的名字，甚至蓋有橡皮章。妳不想讓我知道，所以自己用文書處理機重打，再假裝是那位女偵探私下兼差做的。妳可眞花了不少工夫。」

「你是說錢是我出的？」

「我不知道。我去過妳家，妳家應該不是只因好奇心就花大把鈔票的有錢人家。錢大概是別人出的。如果是妳出的，就有妳要出的理由。不管怎麼樣，我都不明白，請妳賜教。」

「我和美紀子都被你羞辱了。我告訴你美紀子的電話，你打電話問她，就知道是美紀子自己調查的。」

「這麼做沒什麼意義，妳一定跟她串通好了。」

「我只出了三萬，也沒受誰之託。相信我！」

「我今天整天窩在這個屋子裡，思索妳眞正的意圖。如果以平常心來考量，妳一心一意想揭發並森良美和榊田十和子的罪行。倘若這是妳的意圖，妳一定很恨她們其中的某個人。她們兩個人在高中時代壞事做絕，或許妳是被害人之一，但是，這又有點兒奇怪，因爲她們高中的時候，妳才十歲，太小了，而且也沒有姊姊。或許是誰受了害，拜託妳展開正義的復仇。我想了一天，還是想不出所以然來。請妳告訴我，否則我不能帶妳到任何地方。」

「我沒有什麼意圖。這那麼重要嗎？我現在人已經隨時都願意跟你走了。」

「這的確沒什麼。就算妳背叛我，只要告訴我眞相，我會滿心歡喜地原諒妳。但在被矇騙的情況下，我不能帶妳走。妳要不要向我坦白，是非常重要的事，不是嗎？」

智鶴靠過來，抱住窪島的脖子，在他耳邊撒嬌：
「沒什麼眞相嘛，你誤會人家了。明天你從醫院回來，我們就去旅行。」
「不行，我要妳現在就告訴我眞相。」
窪島用言語冷冷地拒絕。
智鶴放開窪島，別過臉去，明亮的雙眸噙著淚水，隨即流至臉頰。
「爲什麼你那麼在乎這件事？我、我也有苦衷，又不是什麼大不了的事……」
智鶴伏趴著身子，抽泣起來。
窪島一直忍耐著，原本打算緊緊封閉的心扉，也逐漸被智鶴的淚水溶化了。離開智鶴的孤獨、恐懼動搖了他的心，那時他眞的一無所有了。
他在乎的事又有什麼意義呢？
他很想走到智鶴身旁，撫摸她的背，緊緊抱住她的身體，這樣他們又可以恢復原來的關係。但是……
「我付出的感情呢？……我是愛你的……我不是在玩愛情遊戲……我不會爲愛情遊戲獻身……」
「我不知道。榊田十和子是爲了達到自己的目的而和菊地武史上床。至於妳所爲何來，我不知道。」

窪島很清楚這句話的嚴重性。

智鶴突然停止哭泣，站了起來，靜靜地用手帕擦拭淚水濡濕的臉。

「我走了。」

「再見。」

智鶴沒有回頭，逕自走出門。

她走下樓梯的聲音，在窪島腦中迴盪，久久不散。

2

度過無法入眠的夜晚，離職的日子繼之來到。

國立J醫科大學腹部外科的三名人員，一齊來到門診大樓原來的副院長診察室。乾向窪島揮手，「喂」地打了一聲招呼。

吳竹醫局長把病房的指示圖攤在桌上，向J醫科大學的講師大略說明病房的配置。講師似乎想討敗戰者的歡心，數度點頭稱是。

工作交接得很順利。

窪島在報章雜誌看過醫院整個科全部換人的消息，做夢也沒想到眞的給自己碰上了。在這種情況下，彼此爭奪患者的糾紛時有所聞。就這點而言，吳竹醫局長和對方的講師表面上都能維持紳士風度，算是難能可貴。

窪島受命將自己的患者轉移給乾。

他帶乾到外科病房，介紹給病房護理長認識。

「敝姓乾，以後麻煩妳了。」

「別客氣。」

「妳隨時都可以傳喚我。我抱著電話和 B. B. Call 睡覺。」

旁邊的護士嗤嗤地笑。

窪島把患者的病歷排在桌上，逐一向乾說明。

「謝謝。才聽這麼一次，腦筋記不起來。」

「慢慢就習慣了。」

窪島陪乾一起去巡房。

「我說過，我和這次的人事安排毫無關係，我可什麼都沒做，只是恰好輪到我派離大學而已。」

乾頻頻解釋。

「別再費口舌了。你們打贏了，把胸膛挺高一點，好不好？」

窪島將鬱悶一股腦兒宣洩出來。

「好、好，我知道。」

乾依約定不反駁。

由於吳竹醫局長的指示，這一週除緊急手術外，其他手術一概不接，另外，也受到副院長辭職的影響，病床比平常空出許多。

這一週內，胃切除和膽結石的患者略微提早出院，剩下的多半是短期內不太可能出院的長期住院患者。

才介紹一兩句話，乾就像什麼都知道似的，興致勃勃地跟患者攀談起來，而且，對每個人都如法炮製，窪島終於忍不住把他叫到走廊來。

「你稍微節制點好嗎？你明明知道他們患什麼病的。」

「我知道呀，生病有一半可以靠打氣治好。以後，我要按我的方式做。像你那樣板著一張臉，本來會好的病也好不起來了。」

他們來到重病的患者房間。患者是六十八歲的男性，罹患已經無法切除的胃癌，兩個月前，窪島替他做分流術，本來預定手術後兩週出院的，但因爲癌症導致腹水積存，所以暫時還不能出院。

窪島輕輕叫喚因注射麻藥而昏昏欲睡的患者。患者的腹壁因腹水積存而鼓起。

「喂，窪島醫師來啦。」
陪伴在一旁的患者妻子搖搖患者的肩膀。
「哦。」
患者慢慢張開眼睛。
「對不起，我今天就要離開醫院了。」
雖然窪島已經說過兩次，但患者馬上就忘了。
「這樣子啊？那我的腹水誰幫我抽呢？」
患者睜大眼睛，不安地看著窪島。
「這位是乾醫師，從今天起由他來診治。」
「敝姓乾，好好加油。」
乾在稍遠的位置打招呼。
「一週針刺抽水兩次。不過，很快又會積水。」
窪島向乾說明。
「是嗎？」
乾淡淡地回答。
窪島懷著複雜的心情走出病房。其他患者不談，這名患者顯然不可能再見面了。

來到走廊，乾抱怨道：

「沒必要一週抽兩次水吧。我們對這種患者就不怎麼抽水。」

「積水很難受的。」

「用利尿劑讓他排尿就好了嘛，那反而比較不消耗體力。」

「利尿劑沒有效。」

「有效啊。只要增加劑量，或換不同種類的藥就可以了。」

「你不幫他抽嗎？」

「沒有必要，你的作法不對。」

窪島怒火上升，就算大學再怎麼不同，也犯不著說這種屁話。

「如果你不願意幫他抽，我回來幫他抽。」

窪島大聲吼道。

「好、好。這個患者就照你的方式做。」

乾不耐煩地說。

窪島打開護理站的房門，看到意外的景象。

護士們在桌子後面排成兩列等著他，裡面還有穿便服沒有上班的護士。

從後列走出一名捧著花束的護士，是穿著工作服的梶理繪。
「事情太突然，來不及舉辦送別會。請保重。」
梶理繪遞給他花束，還和他握手。
「謝謝。」
辭職的惆悵在這一瞬間才浮升至窪島的胸口。
窪島帶著乾到醫師室休息。窪島坐木椅，乾坐沙發。一個月半前，他才在這屋子和副院長、近田三人討論並森行彥停止呼吸的事。這一切就像做夢一樣。
「下一次要接收哪家醫院啊？」
窪島調侃乾。
「眞尖酸。你到底要欺負我到什麼時候？」
「到今天爲止。」
「眞的嗎？」
「我們朋友一場，你竟然欺騙我。我相信你是無可奈何的，不過，我暫時不想再和你碰面。」
「眞固執。你反正會回大學吧。剛開始大概沒什麼事做，來這兒找我玩嘛。」
「我不回大學。」

「那要去哪兒？」

「還沒決定。」

「怎麼會這樣呢？」

乾一副困惑的表情。

下午，窪島輪流到各科告別。

小兒科主任野野村正在主任室看英文雜誌。

「聽說你們全部撤出了，明天就是自由身啦。」

頭髮斑白的主任微笑道。

窪島以前就想直接詢問主任有關挖角的事，現在既然辭職了，問什麼都不用顧忌。

「聽說主任最近也要辭職？」

「聽誰說的？我並沒有這種想法。」

主任微微皺起眉頭。

「聽說您要去關東醫科大學的第二醫院？」

「關東醫科大學的第二醫院？」

主任的表情僵了一下，但隨即露出愉快的表情，搖頭笑道：

「這玩笑開得眞妙，這家醫院到底在什麼地方？」

窪島決定還是到藥局長室走一趟。

「可惜留不住你。」

藥局長面向桌子，像木偶般圓筒狀的軀體站了起來。

「山岸小姐請假嗎？」

窪島客套一番之後，問道。

「智鶴啊，她休假。你對她有興趣嗎？」

藥局長的大臉浮現好奇的神色，用揶揄的口吻問。

「是個美人嘛。」

「智鶴去九州親戚那兒，兩個禮拜後才會回來。」

「您對山岸小姐很了解嗎？」

「當然不是什麼都知道，不過，知道個大概，我待她就像爸爸一樣。如果不是什麼太特別的事，我可以告訴你。」

「您知道她的就職保證人是誰嗎？」

「是我啊，介紹她來這兒的也是我。很可惜我不是她的男朋友，我和她媽媽是老友。」

窪島想起智鶴的母親從事醫療事務。

吳竹醫局長帶著窪島和近田，來到醫院前面大樓的地下咖啡廳。

窪島向醫局長表明要辭離醫局。

「你看上哪個醫局了？」

醫局長以警戒的眼神觀察窪島的臉色。

「沒有。」

「那你以後怎麼辦？」

「在家休息一陣子，然後再看看有哪兒可以去。」

「我眞不知道你在想什麼。還是你打算到哪家癌症中心應徵，當研修醫師？」

「我現在沒有這個念頭。」

「你不想當外科醫生了？」

「或許。」

近田一語不發，靜靜看著他們兩人應答。

「喏，窪島，誰都難免有內疚的時候，但是，這樣才會成長。這世上沒有完美的醫生，我不知道你到底什麼地方過意不去？」

醫局長試圖說服他。

「沒有。以後醫局長就會知道原因了。請讓我辭職。」

「還是那麼固執。」

醫局長歎一口氣。

「隨你便吧。你不到大學來也無妨。不過，你不用辭職，就好好休息吧。」

3

翌日，窪島去中央署。

他向受理的年輕刑警說明自己所調查的有關並森行彥和菊地武史事件的種種。刑警答應會仔細調查。

次日，輪到刑警拜託窪島去一趟。刑警變成兩個，年長的刑警問話尖銳，對於西嶺副院長和草角會長的因應辦法，和智鶴也參與調查等前日保留沒說的事，也都提出質疑。面對專業老手，耍小聰明很難不露出破綻，結果能夠保留姓名的只有跑長跑的城崎舞一個人，其他全部都吐露出來。

有關調查報告，窪島推說是美紀子做的，當場矇混過去。

隔日年輕刑警到住處找窪島，問一些和前日相同的話。看來美紀子已經背叛智鶴，向刑警坦承那份調查報告不是她做的，她只是受智鶴之託做做戲而已。窪島宣稱不知道這件事。

之後，刑警就沒有再來了。

窪島突然閒得發慌。他本來就是個沒什麼嗜好的人，很少有事情能引起他的興致。雖然以前在高宗綜合醫院工作很忙時，曾經想過要一個人去旅行或看電影之類的，但是，眞正空閒下來，卻全然提不起勁。而整天窩在家裡，隨時都會想起智鶴的事。

窪島決定搭電車到M大學醫學院的圖書館。

他翻閱醫學書籍、醫學雜誌，和以醫師爲對象的就職情報雜誌，打發時間。

智鶴說得沒錯，有很多招募醫師的廣告。

招募外科醫師的廣告，雖然不如內科醫師的多，但爲數也不少。醫院的地點未必都是鄉下地方，東京近郊和大阪近郊也觸目可見。每家醫院都無須透過大學醫局就可以就職，待遇也不錯。有的還刊出頗吸引人的設備和診療項目。

晚上，他打電話給近田。

警察來過了，近田仍然以缺乏感情的聲調說道，似乎並沒有很生氣。

窪島向近田提到他在雜誌上看到的廣告。

「你要怎麼做隨你，我是絕對不會去。」

近田斷然地說。

「現在不會有患者去那種醫院動大手術，醫院也不會做。如果廣告的條件全都是眞的，手術也那麼多的話，大學沒理由不派醫師去。」

「可是，上面說有手術。」

「有啊，只不過是割疣、切除脂肪瘤之類的。外科醫師一旦離開大醫院，就等於失業。充其量只能做整形或泌尿外科的事，例如骨折、腰痛，或小便解不出來。沒有規定掛外科醫院的招牌，就不能診治高血壓和糖尿病。你知道這種醫院錄用醫師的年齡限制是幾歲嗎？」

「六十歲以下。」

「你如果錄用五十九歲的外科醫師，你會要他做什麼事？你想一想。」

過了一星期，窪島又去中央署。年輕的刑警對於搜查的進展絲毫不肯透露，反而只是質問他一些事情。窪島死纏活賴，總算問出有關調查報告的查證結果。

刑警打電話給在九州的智鶴。調查報告的原版果然是專業的偵探社做的。雇用偵探社的是智鶴，錢也是智鶴付的。不過，智鶴堅持那是自己的錢，之所以假借美紀子的名字，是不願讓窪島擔心。

之後，他又去找了刑警兩次。

每天看就職雜誌也看膩了，窪島逐漸有到遠處去找新工作的念頭。現在他能體會副院長去當壽險公司審查醫師的心情了。

十二月七日，榊田十和子和並森良美以涉嫌殺害並森行彥和菊地武史而遭逮捕。並森拓磨則沒有被逮捕。這些消息是年輕刑警打電話告訴窪島的，以前他就說過，沒有理由可以逮捕並森拓磨。

智鶴的意圖何在，依舊毫無頭緒。

四周突然騷動起來。報社記者和電視台記者都來了。他們遠比想像的還要煩人，窪島恨不得馬上逃離K市。

重複翻閱就職雜誌，終於得出結論，就是到中部地方的離島診療所去。理由只有一個：那種工作一個人就可以做。到醫院就職，裡面有院長、副院長，還有同事，想安安穩穩地跟這些人共事而不觸及該事件，恐怕不是件容易的事。而診療所只有一名護士，應該沒有人會在那種地方對他窮追猛打。

和地方公所的助理面談的結果，兩天後開始上班。窪島隨即搬家。

4

幹根島位於持瀨町南方約十五公里處的太平洋上，總面積約六平方公里，屬於縱長型的島嶼。行政區屬於持瀨町，居民有八百人。島嶼中央以東是森林，面積占全島的百分之三十五。因此，住家密集蓋在北部和南部港口附近的狹窄平地上。島嶼東部斷崖連綿，西部有海岸道路蜿蜒連接北部和南部。診療所就在海岸道路沿線上，面對海水浴場。

窪島在十二月二十一日就職，沒想到當天晚上就立刻在旅館開歡迎宴會，令窪島張皇失措。不僅如此，島上的有力人士接連爲他舉行夜宴，整整持續一週。窪島很難拒絕好意的勸酒，落得每隔一天都爛醉一次，還得讓漁民們抬回診療所。

窪島對相當於島嶼首長的北部和南部區長表示，不願再談那個事件，也獲得了對方的諒解。而對於喜歡追根究柢的居民，窪島從出身談到喜歡的女性類型，毫不保留，但惟獨不談有關事件的任何事。

宴會停止，歲末緊接而至。學校放假之後，母親搭渡船來到島上。母親稍有抱怨，但似乎並未生氣。窪島一直以爲母親絕對不會讓他離開，或許是多慮了。母親春節也在診療所度過，再三叮嚀窪島注意身體之後，才返回J縣。

診療所惟一的職員是位中年的護士，因爲丈夫的工作關係，每天從本土搭渡船上下班。晚上診療所就只剩下窪島一人。

或許這時候來島嶼，在季節上並不太適合。短暫的冬陽一下山，島上便驟然變冷。海上吹來的海風很刺人，走在海岸道路上，手和臉頰簡直要凍僵了。暗瀾拍擊著沒有人跡的海水浴場，觀看這幅光景，並不能慰藉心靈。

窪島白天在診療所大約診治二十名患者，有時徒步出診兩三人，晚上就窩在自己的房間裡。窪島沒來之前，只是由本土公立醫院輪派醫師來診療所，每週三次，都在白天，島上的居民因此養成沒什麼大病晚上不到診療所來的習慣。這讓窪島既感謝，卻又寂寞。

爲排解寂寞而訂閱的十幾本醫學雜誌陸續寄來。郵購的古典小品CD全集也寄來了。時間多得是，坐在桌前看雜誌，膩了便躺下來聽CD，生活過得很悠閒。近田曾教導他當醫師必須經常走動，找事情做。以前如果坐著發呆，就會被近田罵，自己也覺得不安。現在就算焦急也沒什麼意義。不過，倒也沒像原先所擔心的，會墜入孤獨的地獄。

島上也是每天都有報紙送來。對於已經褪色的事件，也點點滴滴有後續的報導。並森良美和榊田十和子二人都完全否認有任何犯行。窪島原本期待警方能從菊地武史的事件著手，使殺害並森行彥的手段曝光。相較於謀殺並森行彥的周密計畫，謀殺菊地武史則幾近於臨時起意，破綻很多。關於榊田十和子和菊地武史交往的事，有武史公寓的鄰居作證，警方也查出事件發生前一天晚上二人投宿的汽車旅館。窪島原本以爲榊田十和子找不到遁詞證明她沒有殺武史。

沒想到事情並沒有那麼順利，嫌犯們也竭盡所能地設法脫罪。榊田十和子並未否認和菊地武史的關係，但頑強地否認用眼藥殺人，堅持那是在她下車之後才發生的意外事故。她個人對治療闌尾炎感興趣，菊地武史是她研究這個題目的過程中認識的。武史接受手術，是眞的復發而非詐病。和並森行彥在同一天動手術，純粹是偶然。去濱松是爲了慶祝武史出院，後來自己有急事，才在上交流道之前分手。她聽說發生交通事故，之所以沒有出面，是怕捲入麻煩中。全都是狡辯！窪島十分氣憤，但也無可奈何。

並森良美則又更難纏。除了承認和並森拓磨有婚外情，以及在行彥住院時曾和舊友榊田十和子商量過之外，其他一概否認。對於並森行彥的死，依然堅持是醫院的過失。

證據不夠充分。

不祥的言詞在窪島腦中盤旋。

春天來臨，菜圃陽光燦爛，蒲公英花上有白蝶飛舞。原本足不出戶的老人也在海岸道路上出現，堤防上處處可見穿著五顏六色夾克的釣客。

窪島每週一次到本土公立醫院內科研修。他和通學的高中生，以及到本土眼科或耳鼻喉科治療的老人們一起搭船，成爲星期四最早班和回程最晚班渡船的常客。醫院令人懷念，不過，研修的內容沒有令人耳目一新之處。反倒是高中生們你一言我一語的閒談，夾雜在渡船的引擎聲中，聽來新鮮、有趣。

兩個事件開始審判。窪島被傳喚回J縣作證。辯護律師的反向質詢很強烈，要求窪島對醫學用語下正確的定義，窪島一時無法應答。平常診療時使用這些用語，並沒有意識到它們的定義正不正確。他既不是學者，必要的時候也只要查查字典就知道了。辯護律師蓄意讓法官以爲窪島的證言只是推測，而且充滿惡意和偏見。不僅如此，辯護律師的辯詞在在暗示窪島是個菜鳥醫師。好不容易結束時，窪島再也不想出庭了。

海水浴場一開放，島嶼迴然一變。旅館和民宿因爲年輕人充斥而喧鬧不已；海邊到處看得到色彩繽紛、大膽刺激的泳裝。診療所也受到波及，縫割傷的工作增多，患急性膀胱炎、蕁麻疹、下痢的年輕人，毫無時間觀念地來診療所就診。

窪島有點疲憊，海濱遊客是島嶼的財源，居民儘可能熱情接待，但是遊客當中不乏粗鄙無禮的年輕人。有的半夜把人吵起來，看完病不說一聲謝就走人，有的在候診室大聲喧嘩，窪島氣得直想痛罵他們幾句。

由於住在島上，星期日也無處可逃。所幸八月初大阪的飯店召開日本胃腸病學會，窪島決定以參加學會的正當理由休三天假。休假的期間，他拜託本土公立醫院代勞。這是他來島嶼之後頭一次休假。

5

下午的座談會結束，窪島走出會場大廳。

隨著聽衆的離席，會場的熱氣流洩到通道上。大學或醫院的醫師們三五成群地走著。舊友重逢的歡談景象、坐在長椅上討論座談會內容的景象，在寬敞的通道上隨處可見。

落單的窪島走向打工女孩在服務的飲料供應處，要了杯果汁。窪島並沒有想見的醫師，相反的，倒有幾個不想見的醫師，尤其不想見到吳竹醫局長。

離上本町車站很近的這家飯店，自今天早上起聚集了來自全國各地的醫師，顯得熱鬧非凡。醫師們身著西裝，手拿學會提袋，胸前口袋配戴寫著所屬單位和姓名的參加證，身分一目瞭然。

在通道上，窪島發現M大學醫學院第一外科的醫局員，大概有六名聚集在手扶梯附近的長椅旁，還好沒看到吳竹醫局長。由於沒有認識的，窪島便在不遠處聽他們交談。其中一人注意到窪島，以尖銳的視線投向窪島胸前的參加證。

窪島轉過身，離開現場。

吳竹醫局長在窪島還沒離開K市前，曾經來過一通電話，嚴厲斥責他妄作主張之後，歎說事先爲什麼不來商量。雖然沒說要給窪島什麼處分，但也沒有表示要窪島回來。

窪島搭手扶梯下樓，在空蕩的咖啡廳內伸伸腳、喝紅茶，略事休息。他隨手翻閱學會簡介，看看接下來聽什麼好。會場有八處，可以任選。從早上開始已經聽了不少，去逛逛書店也無妨。

「喂，窪島。」

耳邊有聲音響起。

乾身穿筆挺灰色西裝，手拿著學會提袋佇立在旁。

「還好嗎？」

乾在對面坐下來，探頭說道。

「還好。」

「還在生氣嗎？」

「不氣了。」

他還不想見到眼前這個人，但是突然碰面，倒也蠻高興看到這張許久未見的古銅色娃娃臉。

「我想也是。你這樣大幹一場，氣大概也消了吧？」

「我不想再提那件事。如果你要談那件事，就到別的地方去。」

「好、好。你說不談，我就不談。」

乾也點了紅茶，翻開簡介瀏覽。

乾一語不發，窪島反而不大自在，瞥了乾幾眼。

乾故作不知，繼續翻閱簡介。

窪島從一開始就覺得乾的外表有點怪，現在明白原因了。

「你的名牌寫錯了。」

乾別在西裝胸口的參加證，用奇異筆大剌剌地寫著「J醫大腹部外科乾秀人」。

「你不算J醫大的嘛，應該寫高宗綜合醫院外科才對。」

「不，這樣沒錯。」

乾笑著說。

「你回大學啦？」

「嗯。」

「相當快嘛。」

「是呀。」

「怎麼會這樣子？」

「想聽嗎？」

「你說。」

窪島焦躁起來。

「回大學的，不只是我。講師和另外那個傢伙也都回去了。」

「怎麼會呢？那高宗綜合醫院外科怎麼辦？」

「不見了。」

「不見了？胡扯！」

「你逃到小島上，悠哉悠哉的。高宗綜合醫院可是整個不見了。消失啦！現在變成關東醫科K醫院，也就是關東醫科大學第二醫院。」

窪島震驚之餘，一時說不出話來。

「什麼時候的事？」

他好不容易發出聲音。

「一個月前。內部運作則在更早以前。」

天哪！這是怎麼回事？

「怎麼可能？你不是說新鄉理事長要蓋新醫院嗎？」

「你想一想，現在怎麼可能在市中心蓋新的大醫院？光是找土地就夠瞧的了，要在短期內聘任足夠數量的護士，更是難上加難。」

「但是，爲什麼會是高宗綜合醫院呢？」

「或許你不相信，草角會長終究是個理想主義者，有時太忽略高宗綜合醫院的盈虧。當然，在結餘上是黑字，不過，草角會長投資相當多的錢在設備上，卻沒有充分回收。這也還好，讓醫院和自己的名字連在一起，博得社會的好評，是草角會長的生命意義所在，而且在這方面一切還算順利，雖然曾和工會發生摩擦，也都能協商解決。但是，不幸卻發生那個事件。關於那個事件，現在可以確認的是，應該在查出榊田十和子牽連在內時立刻付給那干人適當的賠償，把事情解決掉。之所以沒這麼做，說起來算是中小生意人的悲哀。因爲吝惜區區的一億圓，希望由保險公司來付，結果讓你這個替罪羔羊給脫了身，揭發出事情的眞相。眞悲慘。」

「關東醫大呢？它又有什麼關係？」

「聽說新鄉理事長早先就曾向幾家醫院喊話。比起蓋新醫院，收購現有的醫院當然更實際，因爲光是招募足夠的人員就是一件大事，能夠讓原班人馬爲自己效勞是最好不過了。高宗綜合醫院用來當作第二醫院，尤其理想。它的規模不大不小，地點又在K市中心，占盡地利之便。可能新鄉理事長以前就一再要求草角會長讓售，草角會長完全不予理會，直到發生這次的醫療事故。」

「不是事故，是謀殺。」

「是、是謀殺。姑且先說是事件吧。事件弄擰了，草角會長心想把你們趕出去，付錢給並森行彥的遺族，事情就解決了。關於你，既然已經回大學去，而且也沒什麼證據，應該不會多說什麼，沒想到你竟然去報警。刑警馬上就到醫院來，草角會長差點瘋掉。你反正都要告發，如果早一點就好了，草角會長或許就會中止跟遺族交涉吧。你告發的時間，正好在和遺族談好條件、付了錢之後。這是最糟糕的事。草角會長變成明知對方殺人，卻又付賠償金的惡徒兼小丑。這還不打緊，高宗綜合醫院也弄得灰頭土臉，畢竟醫院出了罪犯，被害人是患者。事情又不是意外，而是謀殺，患者馬上大減。我們每天都沒有手術，無所事事，而且不斷有護士辭職，最後弄得健隆會沒有辦法再繼續經營高宗綜合醫院，只好把醫院讓售給一直喊著要買的新鄉理事長。」

「沒有其他辦法了嗎？譬如把醫院停掉，改做別的事業？」

「話是沒錯，關掉醫院，再改建飯店之類的，可以賺得更輕鬆，可以不用爲醫事糾紛或護士不夠傷腦筋。但是，關掉醫院可是很嚴重的事，你別忘了健隆會還經營其他三家醫院，拆是可以拆，卻要受到輿論指責『罔顧患者』，而且，關掉醫院也要花錢，你把職員全部解雇看看，這麼一來，他也沒辦法再當『正派』的企業家了。更何況，醫院的職員也不能轉聘到飯店來用吧？而精密的醫療儀器如果沒有需要它的醫院，形同垃圾。全部轉賣給其他醫院經營者最划算了。」

「這麼說，逮到犯人，得到最多好處的是新鄉理事長囉？」

「是呀，正是大好時機。他很有一套，或許從什麼地方得到了情報。」

窪島相信這個說法。智鶴背後的人，正是新鄉理事長。智鶴的相簿抽掉的照片必定是新鄉理事長的。

莫非智鶴是新鄉理事長的情人？

從這個觀點來思考，很多事情就說得通了。那時候去關東醫科大學的高等護理學院，教務主任竟然強迫井川老師協助他們。現在想起來有點奇怪。對初次造訪者會熱心到這種程度嗎？可能是智鶴在電話中被井川嚴峻拒絕之後，拜託新鄉理事長去跟教務主任打過招呼吧。

窪島冷靜地接受了這些事實。智鶴已經成爲過去式。所謂不相見是遺忘的良藥，誠然不假。

「醫院賣了多少錢？」

窪島問乾。

「我又不是千里眼，哪會知道這種事？不過，價碼不高是可以想像的。草角會長再怎麼會做生意，醫院因謀殺案鬧到那種程度，也賣不到好價錢。新鄉理事長抓到對方的短處，一定買到便宜貨。就算土地的價格殺不下來，其他東西大概可以壓得很低吧。」

這就是智鶴的意圖，窪島總算明白了。智鶴爲了迫使草角會長陷入不得不賣掉醫院的窘況，甚至非低價出售不可，才接近窪島，幫他調查，讓他在最適當的時間向警方告發。

窪島忽然想起一件事。

「小兒科主任野野村呢？」

「不用擔心。他現在是副院長。看他那麼賣力，大概想當院長吧。」

難怪那時野野村主任會笑。他不用走出房間一步，就從高宗綜合醫院跳槽到關東醫大第二醫院。

「其他科呢？」

「小兒科不變；耳鼻喉科本來就屬於關東醫大；剩下的科全部撤回自己的大學去，由關東醫大派人接替。這是理所當然的事。」

醫師們憤恨的神情浮現在眼前，窪島心想，幸好自己離開了。

「不過，最可笑的還是我們醫局。我們醫局長真是傻瓜，只能說他自作自受。」

乾用拳頭敲自己的額頭。

「算啦，彼此彼此。」

當晚，窪島和乾在酒館裡喝個爛醉。

隔天早上，窪島沒去參加學會，直接去K市。

睽違九個月的醫院，門廳前掛著「關東醫科K醫院」的大招牌，除此之外，外觀沒有什麼改變。

窪島看著招牌，有一股說不出的感慨，自己在毫無警覺的情況下幫忙換上這塊招牌。

窪島通過自動玻璃門，進到裡面。光看櫃台附近，就知道這是一家充滿活力的醫院。候診處擠了一大堆等著領藥的患者，前方擺了大型電視，正在播放高血壓的教育錄影帶。事務員和護士穿梭於患者之間，快步在走廊上來來往往。

員工的制服也改了，護士由白色改爲粉紅色，事務員由深藍色改爲水藍色。光是這些改變，醫院內部顯得開朗多了。

走廊的牆壁上掛著名畫複製品：雷諾瓦、梵谷、尤特里羅……

醫院就像飯店……

窪島想起以前中山太太所說的話。如果照明再華麗一點，椅子換成更高級一點的，這家醫院的候診處，就很接近飯店的大廳了。

窪島低著頭，稍微加快腳步。

X光室櫃台有位認識的中年女事務員，她看到窪島，驚叫了一聲，隨即去叫中山技師。裡面的年輕技師正忙著轉動底片匣，「暫停呼吸！」的熟悉聲音從兩個方向傳過來。滿臉鬍子的中山技師跑出來，像舊友重逢般握住窪島的手。

「對不起，現在正忙，麻煩等我到午休的時候。」

十二點半過後，中山才來到醫院前面大樓的地下咖啡店。

「醫院看來很興隆嘛。」

談了一會兒島嶼的事之後，窪島挖苦地說。

「說『托你的福』好像不太適當。新鄉理事長或許很滿意，但同仁們可一肚子不滿。」

中山一邊攪拌咖哩飯一邊回答，然後用紙巾擦嘴。

「你沒有反對讓售醫院嗎？」

「我當然非常反對，因爲這實在很不負責任。不過，我們才剛要展開活動，卻一下子瓦解了。大家說，如果會變成更好的醫院，爲什麼要反對？另一個則是經濟上的理由：新鄉理事長答應除醫師之外，所有員工全部續用，而且要加薪。這可難反對了。護士還沒問題，一傳出倒閉的謠言，就有人來我這兒詢問有沒有缺。但是，其他職種就不行了，尤其是年長的事務人員。我也很煩惱，和老婆商量的結果，決定接受讓售，改變方針爭取條件。」

「似乎眞的變成好醫院了。」

「哪兒的話。表面看來興隆就是好醫院，這種說法有待商榷。別忘了它是建立在員工的犧牲上。我們的工作越來越忙，說不定哪一天就有人倒下去。」

「是嗎？」

「我說的是實話，我們也有權利像大企業的員工那樣，能夠從容不迫地工作，並享有休閒生活。日本不是經濟大國嗎？總有一天我會讓新鄉理事長大吃一驚。」

中山一副意氣昂揚的模樣，一點也沒有改變。信念之堅強和精力之充沛，令窪島羨慕。

在中山匆忙離去之後，窪島仍留下來打發時間。一直到兩點左右，他又返回醫院。他登上門診大樓的階梯，擅自進入他所熟悉的醫師室。

果然如同預先料想的，醫師們下午都出去工作，室內空無一人。窪島以懷念和懊悔交織的複雜心情，環視一如往常的桌子和儲物櫃。以前窪島使用的桌子，現在堆滿不知名醫師的雜誌和書。儲物櫃名牌上的醫師名字，也有許多不認識的。

窪島在牆壁上看到他預料的東西。

新鄉理事長的大幅肖像正俯視著他。

頭髮全部往後梳，額頭寬廣，眼睛大而傲慢，鼻子比一般日本人高。

這是一張精力充沛、信心十足的臉孔。

尾聲

在診療所屋頂上盤旋得令人發毛的風聲，早上終於停止了。

窪島換上衣服，走到外面。颱風離去之後，留下涼意更深的海風，期盼已久的朝陽高掛在東方天空。海水浴場旺季已過，柔和的晨曦投射在帳篷已卸下的海屋樑柱，以及生鏽歪斜的果汁自動販賣機上。

悶在屋裡兩天的窪島獲得解放，心情愉快地在海岸道路上散步。海面上的漁船、晾在堤防上的漁網、加工廠的機械聲，在在顯示島嶼已經開始活動。窪島和抱著嬰兒的少婦及推著手推車往田裡走去的農婦擦肩而過。

從本土出發的頭班渡船，抵達重新開啓的南方港口碼頭。要去公所分處、學校等地方的通勤客紛紛下船。窪島的搭檔、護士江上夏眉開眼笑地揮著手跑過來。已經有兩天沒看到她圓嘟嘟的臉，窪島鬆了一口氣。

「對不起，這幾天忙不忙？」

「一點都不忙。」

颱風期間，島上的人幾乎都不來診療所。是不想外出，還是體諒窪島？抑或心想江上夏不在，來也無濟於事？大概這些都包含在內吧。

有潔癖的江上夏有意無意地發出驚叫聲，隨即拉開緊閉的窗簾，用吸塵器仔細地清理她堅持一定塵埃滿布的診療室地板，再用拖把、抹布又拖又擦一番。玄關的門一開，患者們魚貫而入。

看完約平日兩倍的患者，上午的診療才結束。

江上在裡面房間的桌上打開自己的便當，窪島則打算到區長太太經營的民宿吃午餐。電話突然響起。住在島嶼西南方山區的田野小屋中的獨居老人家屬，拜託窪島出診。老人似乎因在颱風期間到處走動而累倒。

江上也停止用餐，將寫上出診地址及電話號碼的紙條貼在大門上。窪島用一個月前才買的小汽車載著江上，循海岸道路往南駛去。窪島很擔心「倒地不起」這句話。他踩著油門穿過密集的民宅巷道，來到南方港口渡船發船處。有五名才剛到不久的中年釣客，坐在金屬長椅上專心地檢查釣具。道路愈往北愈窄，也愈傾斜，到老舊寺廟門前便沒路了。從這兒開始就屬山道，車子無法通行。窪島二人跑上雜草叢生的坡路，奔走於松樹和雜木交錯的林間。不久，視野豁然開朗，廣闊的田野映入眼簾。在幾乎快腐朽的屋子前面，家住港口附近的老人的家屬正等著窪島。

在內屋睡著的老人似乎相當健朗，窪島一看當場洩了氣，看來家屬說得不夠明確，窪島也會錯了意。老人昨天累倒是事實，但今天已經完全復元，想要起來活動，但家屬以必須靜養爲由，強迫老人睡覺。

在家屬強烈要求下，窪島爲老人打了一瓶點滴。他一邊喝對方端上來的茶水，一邊聽對方訴說颱風的災害，聽著聽著點滴空了。

回程，他們緩緩走回林中小徑。

太陽高掛，陽光穿透盤錯交叉的枝葉空隙，灑落在覆蓋路面的乾枯松葉上。在雨後有水滴殘留的雜草葉內側，傳出蟲兒的鳴叫聲。

寫著「防潮林」的細長木板標示旁邊，站著一名年輕女子。女子出現在這兒，似乎極爲自然。被陽光曬黑的臉、剪得短短的頭髮、樸素的琥珀色洋裝，溶入背景之中，絲毫沒有不諧調。光看上半身，說她是島上的少婦，也沒什麼奇怪。

不過，她不可能是島上的少婦，因爲她們在這種場所絕不會穿裙子。

「什麼時候來的？」

窪島問智鶴。他曾猜想這個時刻終會來臨，而且也自信可以冷靜對應。但是，現實的這一剎那卻違反自己的意志，他的胸口緊繃，心臟像嬰兒般快速跳動。

「我坐剛才的渡船來，在診療所看到告示，才找到這兒。我把行李擺在門邊。」

智鶴對窪島微笑，並向江上點頭致意。

江上抱著黑色出診提包，露出溫柔的微笑佇立在一旁。窪島把汽車鑰匙遞給她，請她先回去。「卡沙、卡沙」，踩著乾枯杉葉的腳步聲逐漸遠去。

窪島和智鶴撥開突出的樹枝，弄掉蜘蛛網，走出樹林。漂浮著漁船的碧藍海面在芒草穗的彼端擴展開來，白色的浪濤湧向層層的斷崖。

離道路不遠處，矗立著一間壁面剝落、四周被雜草包圍的廢屋。二人在屋前的大圓石和橫倒在地的洗衣機上坐下來。

窪島的情緒稍微緩和下來，上下打量坐在石頭上的智鶴。除了頭髮和膚色之外，她和一年前沒有兩樣，美麗依舊。

「妳都在哪兒？曬這麼黑。」

「我一直待在九州，在藥局長認識的漢方醫院工作，每天煎藥很有趣。上個月我回媽媽那裡。」

智鶴拔起手邊的雜草，伸直腳，把草撒在裙子上。

「妳被傳喚出庭過嗎？」

「只有一次。只問我是不是雇了偵探社。我的證詞似乎無關緊要，因爲他們說我不是當事者。」

「有一件事我想問妳。」

「你說。」

智鶴看著鞋尖，似乎有所覺悟地說道。

「妳是新鄉理事長的情人嗎？」

「不是。」

她立刻回答。

「妳媽媽是嗎？」

沒有回答。智鶴撿起白色石頭，在手中玩弄著。

她站起身，擺出大動作，猛然將石頭擲向海上。石頭一度飛在空中，最後墜落在芒草穗的彼端。

她深呼吸，等心緒平靜之後，轉過身子。

「我和媽媽都跟叔叔認識很久了。爸爸是在叔叔東京的醫院去世的。媽媽在爸爸住院期間和過世之後，很受叔叔照顧。他們或許有男女關係吧，我沒看到，也沒問過。」

爲求諒解，智鶴以乞求的眼神望著窪島。

「相簿中抽掉的照片呢？」

「那是媽媽、我和叔叔一起拍的照片。」

「是新鄉理事長命令妳接近我的？」

「命令？」

智鶴臉上抗議的僵硬表情隨即被悲傷的神色所取代，她將視線投向地面。

「事情沒那麼誇張。叔叔到我家，問我有關醫院的事。這並不奇怪，因爲我到醫院上班雖然是藥局長介紹的，不過卻是由叔叔拜託藥局長的。我對叔叔向來無話不談，當然也談到並森行彥死掉、醫院氣氛凝重之類的話。叔叔很感興趣，要我以後知道這方面的消息就告訴他。後來，我就在藥局長室前面，聽到藥局長和你談的那些話。」

窪島覺得有必要修正自己的判斷。經過這一切，再度和智鶴相逢，似乎很難認定她是那種會搞大陰謀的人。

「妳不知道新鄉理事長的企圖嗎？」

智鶴仍然低著頭，用鞋尖踢地面的雜草。蜻蜓停在她的肩上，很快又飛走。

「我哪會知道？叔叔是醫院的經營者，對其他醫院的事當然不會漠不關心，我以爲他和我一樣，好奇心也很強。而且，他還答應保守祕密，我做夢也想不到告訴叔叔這件事，會使事情變得這麼嚴重。我欠了叔叔不少錢。大學的時候，媽媽匯給我的錢是叔叔的。我很笨，一直到畢業都不知道。」

靜謐的山中荒田，只有智鶴的聲音在迴盪。她的聲音逐漸嘶啞，語氣變得有點自虐。

「妳把知道的事一五一十都告訴叔叔了？」

「嗯，因爲叔叔想知道。」

智鶴啜啜鼻子，抬起快哭出聲的臉孔。

「包括我的事？」

「對不起。我告訴叔叔說我喜歡上你。這種事我沒有其他人可以說。」

「偵探社的調查報告呢？」

「名義上是我聘雇的，但事實上是叔叔用我的名字，因爲我提過良美很可疑。叔叔是那家偵探社的老主顧，有的是辦法。後來他突然遞給我調查報告，讓我嚇了一跳。那時我正打算和你商量是否要拜託美紀子。調查報告查出良美和拓磨的關係，令我好興奮，可是，要跟你說明這件事，實在不知從何說起。所以，我故意用我的文書處理機重打一遍，再拜託美紀子來見你。」

窪島相信智鶴的話，否則她何必跑到這裡來撒這些謊？難道是新鄉理事長派她來的，爲的是要封他的嘴？豈有此理！誰會告訴人家說自己被女人騙了？

「後來的那些也是偵探社調查的？」

「不是。我向叔叔嚴正抗議。我說謝謝他的幫忙，但請他不要再擅自爲我做這種事，否則我不再告訴他這些事了。」

窪島有一個疑問。

「爲什麼那個關東醫科大學的教務主任會對我們那麼親切？」

「那沒什麼呀。井川老師的電話應對態度本來就不對，是應該那樣子的嘛。」

智鶴噙著淚水，好不容易露出微笑。

「可是，妳似乎對直接去問人家很有自信的樣子。」

「我哪有自信？我只是覺得應該會有辦法的。你應該聽到電話中除了井川老師的聲音之外，還夾雜有其他講話的聲音吧？那聽起來似乎是在指正井川老師的態度。」

這時南方港口傳來擴音器低沈的聲音。碼頭剪票處廣播說，渡船在十五分鐘後啓航。

「妳這麼說之後，叔叔就不再插手了嗎？」

「那我就不知道了。或許他還是透過偵探社做了各種調查，只是我不知道罷了。不過，現在想起來，叔叔就算查出再多眞相，也不能做什麼。他不能去告發榊田十和子和並森良美的罪行，因爲叔叔必須徹頭徹尾和這個事件毫無關連才行。除非事件的當事人，也就是你去告發，否則就沒有意義了。」

「叔叔說要讓我去揭發這件事嗎？」

窪島嚥下口水，詢問關鍵性的事。

「嗯。不過，我完全不知道叔叔在進行收購醫院的事。請你相信我。勸你去告發，純粹出於我個人的想法。放過這個罪行是不對的。即使現在我還是這麼認爲。只是，這剛好中了叔叔的下懷。」

智鶴說完，長長地歎了一口氣。

「在我住的地方我們都談到那種程度了，妳爲什麼不告訴我呢？」

「媽媽和叔叔的事畢竟是個祕密，如果說出來，對他們任何一方都會造成困擾。叔叔一直沒讓人知道，我想媽媽也不喜歡讓別人知道。我沒有權利說出媽媽的情人是誰。」

「叔叔現在呢？」

「我在九州聽到醫院讓售的消息，是藥局長打電話來說的。我也大吃一驚，心跳差點停止。我打電話去斥責叔叔，叔叔不斷跟我道歉。之後，我就沒有跟他聯絡了。我跟叔叔已經沒有借貸關係，媽媽也跟叔叔分手了。」

「妳是說妳沒有任何責任？」

窪島已經沒有責怪智鶴的念頭。只是，以往所累積的懊悔命令他這麼問。

「不，造成你的困擾，我眞的很抱歉。對於那些被醫院趕出來的醫師所遭受的痛苦，我也很過意不去。只不過……我可以問你一件事嗎？」

「可以呀。」

智鶴輕輕闔起淺桃色的嘴唇，用明亮的黑眼睛正視著窪島。

「你後悔揭發這樁罪行嗎？」

「不。」
這句話問得有點狡猾，但窪島已無心爭論。
「謝謝。我一直很擔心你的情況。不過，我也很害怕被你質問。……今天我是鼓起勇氣來的，現在我也該回去了。」
「還有船，妳不必急著走。」
「不，如果和你在一起太久，我就回不去了。我搭這班船走。」
「妳不是有行李嗎？」
「沒關係，那不是什麼重要的行李。我臉皮厚，如果說要在診療所過夜，你也很困擾，不是嗎？」
窪島很清楚智鶴在引誘他，他大可說一句「妳留下來過夜吧。」可是，他辦不到，他的心底似乎還殘留著對智鶴無法釋懷的地方。
「剛才那位護士小姐現在大概在跟人家談論我吧。」
智鶴改變話題，爲自己找台階下。
「嗯，妳來這裡的事，恐怕不用等到晚上，就會傳遍全島。不過……」
「不過什麼？」
智鶴微微嘟起嘴，表情僵硬地等待窪島的回答。

窪島靜下心，凝視著智鶴的眼睛說：

「我希望妳再來，來這島上，如果妳方便的話。」

「我一定來。」

智鶴嫣然一笑，要跟窪島握手。暖暖的體溫流入窪島的手心。

「再見。」

智鶴倏然轉身，高高舉著右手，在碎石磊磊的山路跑起來，身影逐漸變小，在芒草的穗白和雜草的葉綠交疊間消失了蹤影。

〈參考文獻一覽表〉

《醫事糾紛與醫療裁判》　米田泰邦　成文社

《醫療事故之焦點》　饗庭忠男　日本醫事新報社

《痲醉・鎮痛醫療事故之法律責任》　深谷翼　日本醫事新報社

《實踐・醫事糾紛預防學》　日經醫學編　日經醫學社

《最新醫療經濟辭典》　日經醫學編　日經醫學社

解說

長谷部史親（文藝評論家）

本書《白色長廊下》，是一九九二年第三十八屆江戶川亂步獎的得獎作品。

江戶川亂步獎，係以一九五四年江戶川亂步紀念花甲之年，捐贈給日本偵探作家俱樂部（現在的日本推理作家協會）的百萬圓爲基金所創設。最初的方針乃在獎勵對日本推理小說界有卓越貢獻的人，但自第三屆起，改爲長篇推理小說甄選獎，以仁木悅子的《黑貓知情》爲始，陸續頒贈給得獎佳作迄今。

依規定，只要是未發表的作品，都可以角逐江戶川亂步獎，因此，其中不乏職業作家。事實上，歷屆得獎者中有不少是成名作家。不過，江戶川亂步獎最大的功能，仍舊在於發掘新秀，給與他們「登龍門」的機會。

公開甄選的長篇推理小說獎，在一九七〇年代之前，江戶川亂步獎是獨一無二的，但一九八一年橫溝正史獎設立，以此爲契機，至九〇年爲止的數年間，又有山多利推理大獎、日本推理懸疑大獎，以及鮎川哲也獎等共襄盛舉。這些後來設立的獎中，尤其是一九八八年推出的日本推理懸疑大獎，培養出不少優秀的作家，蔚爲文壇話題。

百花繚亂的現象，似乎如實反映出以下的歷史變遷：推理小說已經度過由熱心愛好者支撐的時期，成爲穩固的文化形態，開始承負日本小說界的一翼。亦即，由於推理小說形式的浸透，使師法此種形式來表現的文學領域更形擴大。此時此刻，已獲歷史長河印證的江戶川亂步獎的傳統分量，值得我們重新評估。

江戶川亂步獎甄選的作品，未必要和時代特性相符，但以整體觀之，這些作品的確反映了時代的潮流。瞭諸幾部近年得獎作品，例如八七年石井敏弘的《勁風下的彎道》描述飆摩托車的心情；八八年坂本光一的《白色的殘像》描寫高中棒球；九〇年鳥羽亮的《劍道殺人事件》描述劍道競技；九一年鳴海章的《夜間舞者》描述戰鬥機飛行員；並列九一年得獎作品的眞保裕一的《連鎖》描述食品檢驗員；九四年中嶋博行的《檢察搜查》描述司法界的內幕，諸多作品都以獨特的領域爲題材。

這些作品不是建構在作者的親身體驗上，就是透過周詳、緜密的資料蒐集，才締造出如此傲人的成果。此種風格也不免招來「過分耽溺素材主義」的批判。然而，現代的娛興(entertainment)之作已經到了難以光靠桌上的幻想或表面的取材爲滿足的境界。在所謂資訊化社會的現代，讀者要求的水準自然就愈高。因此，尤其是公開甄選的作品，靠作者本身熟悉的領域一決勝負的例子，也就與日俱增。本書《白色長廊下》亦不例外。

故事是以外科醫師窪島典之爲主角推展開來。窪島執業的場所，是在J縣縣廳所在地K市的中型規模醫院：高宗綜合醫院。有一天，接受十二指腸潰瘍手術的患者，在移送外科病房途中的走廊上，呼吸突然停止。雖然施行急救之後得以蘇醒，但最後患者仍在意識沒有恢復的情況下，半夜窒息而死。對負責麻醉的窪島來說，可謂疑雲重重：窒息而死的情況固然可疑，但患者在走廊停止呼吸更是不可理解。

爭議點在於，手術中所使用的肌肉鬆弛劑麻斯隆的解除劑帕勒斯基鳴的注射時機。麻斯隆的藥效還殘留時，如果注射帕勒斯基鳴，麻斯隆將會再發生效用。但是，窪島有百分之百的自信，自己是在確定患者能自行呼吸之後，才注射帕勒斯基鳴的，可是竟然還會發生呼吸停止的現象，這當中一定有人在搞鬼。窪島認定這個事件是有計畫的謀殺，並在藥劑師山岸智鶴的協助下，展開調查。

正如原先所擔心的，患者遺族果然以醫療過失爲由，上門來索求賠償。相對的，院方想倚賴原先已經加入的保險來賠償，但是爲符合保險理賠條件，必須要醫師承認犯了過失。不過，因爲事件背景逐漸顯露而信念愈加堅定的窪島，拒絕在承認過失的文件上簽名。不久，窪島對自己所屬的醫院失去熱忱，最後通知警方，事態在醫院內外激烈震盪。

本書較引人注目的特色，應該算是以醫院爲舞台的醫療現場的描述吧。專業知識固然有所發揮，但也多方面地點出現代醫院的處境。例如，有關護士等醫師以外職員工作過量的問題，報紙等媒體雖偶有提及，但供應醫師給醫院的大學醫局制度所潛在的問題點，可就不爲一般人所熟知了。

作品中對故事推展有催化效用的小道具，也採用醫院特有的東西，尤其是點滴管的三路活塞，非常值得注意。窪島推測三路活塞可以用來當物證，印證計畫性謀殺的假設，於是溜進醫院的廢棄物處理場搜尋，場景的描述在整個故事中令人印象深刻。

引發窪島去廢棄物處理場搜尋的，是藥劑師山岸智鶴。引用書中的敍述，窪島「從沒想過醫院廢棄物是怎麼處理的」，而山岸智鶴則熟知廢棄物處理的過程。她發揮巧思，在書中扮演著重要的角色。這姑且不談，在此我們不妨把它視為作者筆觸細膩的表現，它詳實地呈現醫師和醫師以外的職員在醫院內的差異。

筆觸細膩的部分，也包括推展勞工運動的X光技師等配角的細微描述。另外，作者將隨著窪島對事件背景的調查而逐漸水落石出的劇情，逐步往結局收束的手法，可以說表現得相當漂亮。乍讀本書很難不被其嶄新的素材所吸引，不過，在這之外，別忽略了它還有布局平衡、結構扎實的小說世界在支撐著。

或許這已是衆所周知的事：作者川田彌一郎是現職的外科醫師，無庸置疑地，他曾將本身的經驗和生活感想，移植到本書主角窪島的人物架構上。正因爲描述的是作者本身熟知的世界，所以作品更顯逼眞。就這點而言，有能力描述醫師的世界，便成爲川田彌一郎的絕佳武器。而擁有不容其他人輕易仿效的武器，對現代的娛興作家是相當重要的。

川田彌一郎的第二部長篇作品《白色狂島》，再度充分發揮這個武器的威力。本書《白色長廊下》結尾時，主角應聘爲離島醫師，《白色狂島》便相當於它的續篇。該書敘述在日本國內絕跡三十九年的狂犬病，突然又在島上出現，主角們拚命尋找感染的途徑，帶有驚悚小說的味道，整體技巧相當純熟，和本書相比絕不遜色。

然而，川田彌一郎並非一味倚賴鋒利的拿手武器，亦逐步在開拓新境地，既有以江戶時代爲舞台，略帶情色的歷史推理系列作品《赤闇》問世，又推出《狙殺羅馬的刺客》，這在日本的作品中非常罕見，是以古羅馬史爲背景的長篇歷史推理小說。此外，他前一陣子還出版了以二次大戰期間的德國爲舞台，由日本人登場，收錄四篇精彩歷史佳作的作品集《悲慘的雅典》。

一如前頭所述，江戶川亂步獎是新進推理作家的龍門，這之前已有不少優秀作家登入這扇門，然後翱翔一方。不過，其中也不乏無法超越自己的得獎作品，仍在苦戰當中，甚或已從第一線撤退的作家。由此可見，要陸續催生佳作，原本就是困難之舉，而惟有能夠克服困難的作家，才有辦法贏得眞正的榮冠。執意拓展作品風格、活力四射地揮灑健筆的川田彌一郎，在近年江戶川亂步獎的得獎作家中，特別值得我們關注。

江戶川亂步獎精選

天使的傷痕

西村京太郎　著　許錫慶　譯

天使究竟是誰？天使的傷痕是誰造成的？
新聞記者田島利用難得的休假，和女友
到東京郊外的小山健行，卻意外撞見一樁殺人事件。
田島從被害人的遺言抽絲剝繭，
查出凶手竟然是……
日本推理小說名家西村京太郎的代表作，
在濃厚的娛樂性中，洋溢著人性的關懷。

阿基米德借刀殺人

小峰元　著　長安靜美　譯

一個高中女生死於墮胎，
自始至終她都沒有說出男孩的名字，
只在臨終夢囈中說了兩聲「阿基米德」。
接著，男學生吃了班上便當拍賣會買來的便當，
中毒倒地，和女同事發生婚外情的青年無故失蹤……
這一切究竟是誰在搗鬼？
跟阿基米德又有什麼關係？

柏林1888

海渡英祐　著　陳寶蓮　譯

年輕的森鷗外心想，至少該在歐洲自由的空氣中，
為自己留下一個至死不滅的回憶。
然而，這該是個怎樣的回憶呢？是戀愛嗎？
1888年7月，森鷗外離開柏林，踏上歸途。
當時，他心中果然藏著一個難忘的回憶。
那確實是一種戀愛，
但這份戀情卻扯上一樁密室謀殺案……

新書預告

濡濕面頰的雨　桐野夏生　著　林敏生　譯

五十萬年的死角　伴野朗　著　許錫慶　譯

別告訴左手　渡邊容子　著　朱佩

莫札特不唱搖籃曲　森雅裕　著

M3 江戶川亂步獎精選

白色長廊下

作　　者／川田彌一郎
譯　　者／東正德
執行編輯／陳秋月
協力編校／沙子芳　第一校對中心
封面設計／何月君

發行人／陳嘉男　**總策畫**／劉崇鏗
總編輯／方美鈴　**主　編**／李俊育
出版・發行／台灣英文雜誌社有限公司
台北市延平南路189號六樓
電話：(02)3612151　劃撥帳號：00003136
網址：http://www.fmp.com.tw
登記證／局版台業字第0078號
印刷廠／沈氏藝術印刷廠

原出版社／日本　講談社
版權代理／博達著作權代理有限公司
出版日期／1997年6月初版
定價/220元

1997.6.5000　ISBN 957-632-437-8

國家圖書館出版品預行編目資料

白色長廊下／川田彌一郎作；東正德譯，一
初版，一一台北市　：台英雜誌，1997〔民86
面；　公分，一一（江戶川亂步獎精選）
ISBN 957-632-437-8（平裝）

861.57　8